现代赋写作与应用

薛刚 著

中国民族文化出版社

北 京

图书在版编目（CIP）数据

现代赋写作与应用 / 薛刚著. — 北京：中国民族
文化出版社有限公司，2020.11
　ISBN 978-7-5122-1423-1

　Ⅰ．①现… 　Ⅱ．①薛… 　Ⅲ．①赋—诗歌创作—中国
Ⅳ．①I207.224

　中国版本图书馆CIP数据核字（2020）第193507号

现代赋写作与应用

作　　者：薛　刚

责任编辑：李　东

出 版 者：中国民族文化出版社　　地址：北京东城区和平里北街14号
　　　　　　邮编：100013　　联系电话：010-84250639　　64211754（传真）

印　　装：唐山楠萍印务有限公司

开　　本：710mm×1000mm　　1/16

印　　张：16.5

字　　数：251千

版　　次：2020年11月第1版第1次印刷

标准书号：ISBN 978-7-5122-1423-1

定　　价：49.80元

献赋的人
——为薛刚新书推荐序

张晓风

单单为了理解"赋"这个字，就需要一本书了。

在《诗经》时代，它指的是一种写作手法——既不用比喻，也不用联想，像记者写文章的方式——老老实实地直抒胸臆。

到了汉代，它变成了"报告文学"，那时的官员必须"登高能赋"，这事很合理，一个官员，号称爱国家爱民族，并要为大地和同胞效力，怎么可以不会形容自己的辖区的样貌呢？

麻烦的是有很长一段时间，"赋"的读者是帝王和权贵，所以赋必须写得华丽而气派。

曾经，汉武帝看了司马相如的赋，因为觉得极好，竟误以为必然是古人写的（汉武帝也有崇古的毛病），竟冒出来一句：

"遗憾啊！我怎么没赶上跟此人生在同一个时代？"

"哎哎，这人还活着呢！要见就可以随时召来见呀！"

左右提醒他。

被召见的四川才子后来也没怎么样，倒是收了一笔"千金稿酬"，因为替失宠的阿娇皇后写了一篇哀婉的《长门赋》，替她唤回一丝丝的怜悯。

大约在公元 300 年，左思写了《三都赋》，他用学者的功夫，花了十年收集资料，然后写了三篇赋（《蜀都赋》《吴都赋》《魏都赋》），平均三年四个月才写出一篇！

文章出来的时候，有两种人意外地发了财，一是"抄写人"，二是"纸商"。左思反而没因智慧投资而得到什么，最后却由于别人的政争，一事无成而死。

这，就是"洛阳纸贵"典故的由来。左思约和晋惠帝——就是那个说"何不食肉糜？"的昏君——是同时代的人。

好在时代不同了，"献赋"这件事的"受词"不须是帝王了。一千年前的《秋声赋》《赤壁赋》就已是给民众看的了——其实还更早，六朝的《别赋》《恨赋》《雪赋》《月赋》《舞鹤赋》《寡妇赋》，都已经是全民可欣赏的作品了。

徐州的薛刚，是少见的"二十一世纪献赋"的才子，希望"被献赋"的读者能肯定他比左思还稍长的努力（十二年）。

祝福赋，祝福写赋的人，也祝福读赋的人。

（张晓风，中国台湾著名散文家，从事国学教授及文学创作数十年，被誉为华语文学界"最温柔的一支笔"，多篇作品入选中小学教科书。余光中先生称其文字"柔婉中带刚劲"，将其列为"第三代散文家中的名家"。）

自序

　　从赋十多年来，一直在思索，赋在将来会是何等命运？我想赋之命运如何，全赖今人之践行。比如汉赋虽然在当时风靡一时，但在今天是绝对没有生命力的，如果没有张衡、庾信、王勃、欧阳修、苏轼等历代文学家的努力，创造了骈赋、律赋、文赋等各种赋体，创新书写内涵，努力开拓新境界，赋早就"亡"了。

　　赋之所以能有如此生命力，还是源于其秉持的强大基因。赋之本意为赋税，有"收敛"和"铺陈"之双重含义，所谓"取之于万民，用之于万民"。"赋"在敛藏中积蓄势能，然后铺展开来用在各个领域，在一收一放之间，彰显强大的势能和动能。赋税支撑整个国家的运转，可见其能量巨大。其大无外，其小无内。赋之文体也一样，不同于其他文体之处，就是有这种海纳聚敛和赋予铺陈的强大能力。正如清代曹三才为陆葇的《历朝赋格》所作的序中所说："虽六经群史不出范围，诸子百家尽归渊海，大哉赋也。"赋之成熟体——汉赋，就是海纳了先秦所有文学、文字、文化的成熟要素而创造出的文学体裁，后又泽被诗词曲对联戏剧小说传奇等文体的创作。后来各类赋体也都基本保持赋的这一根本特质，广泛借鉴诗词曲等文体的发展成果，丰富其书写手法、表现技巧，拓展其容量和境界，与诸体实现长期相济共存。

　　有人说，辞赋是形式主义文学之代表，可是哪有无形式的内容呢？特别是对于我们汉语文来说，"音形义"中的前两要素都是形式的范畴。英国文艺批评家贝尔在其著作《艺术》中提出了"有意味的形式"理论，"在各个不同的作品中，线条、色彩以及某种特殊方式组成某种形式或形式间的关系，激起我们的审美感情，就是有意味的形式"。赋之形式既铿锵严整又开放自由，激起历代人们的审美感情，显然是"有意味的形式"。所以笔者希望能继承这份宝贵的中华文学遗产，探索汉语在当今丰富、多样的表达形式。正如台湾赋学家简宗梧先生所说："赋是历代文学家文学修行的道场，赋一直充当'新文学语言研制工厂'的角色，与历代文学主流语言紧密结合。"赋能、赋能，"赋"何以"能"？赋之海纳兼容，体量宏大，曾为众多文体提供了源源的营养和能量，赋家为保存中华文字、史志等资料做出过重要贡献，笔者有理由相信赋之显扬必是有助于优化今天白话文的写作和口语的表达、提升人们的审美素养的，有助于文学承载"当今社会复杂信息"，记录"人们生存、精神状况"（郝敬波语）的。近年来，笔者做了多场关于"不歌而诵的赋能量"的主题演讲，就是希望人们能认识到赋之无限能量和巨大作用。

同时笔者也在积极探索实践，孜孜创作现代赋。现代赋概念较早由简宗梧先生在提出，他认为："如今新诗的语言密度太高，除非听众早已熟悉那首诗，否则难以欣赏。因此，发展不歌而诵雅俗共赏的现代赋，实有其挥洒的空间。"而简先生提出且实践的现代赋均为纯粹的白话赋，比如王蒙的《苏州赋》、颜昆阳的《太鲁阁赋》等，笔者阅读后感觉，这类赋相比于现代散文、散文诗，其中的汉语文优势荡然无存。

笔者认为，赋既然是中国独特的文体，那么就应该将民族语言文字的优势最大限度地展现出来。笔者认为现代赋应有以下几个特征：一是在语言方面，以文言为主，兼以适量的精炼白话，语言密度相比现代诗总体要稀释些。二是在形式方面，运用骈赋中常用句式，相比现代诗要紧凑些。三是意境方面，以无我之境为主，以有我之境为辅，"赋""比""兴"手法交叉运用，营造"以物观物"的超越时空的境界。四是风格方面，充分发挥赋基因的强大生命力和巨大优势，广泛吸纳前代、当代所有文学、艺术的成熟要素，除了保留集聚和铺陈两大核心特征外，其他不限。五是修辞方面，借鉴运用古今中外一切文学修辞手法，并将律赋、骈赋的一切规范要求当作亚修辞手法多多使用，比如押韵、对仗、平仄讲究等。

笔者心中一边酝酿现代赋的创新，一边探索实践现代赋写作，同时也在传承前人作赋的规范、方法和技巧，希望能对当代赋写作有所帮助。本书就是这两方面阶段成果的汇集，分为上下两部分，上部分是近年来笔者在中国文化大学、江苏师范大学、苏州农业职业技术学院等高校讲学的讲义的删改和扩充，下部分为个人创作，以现代赋为主。

为何要学赋，当代人学赋有什么用？平日做讲座，总有听众提出这样的问题。笔者就用余光中老师曾对我说一句话"赋无用，可为大用"来作为回答。在古代，赋被誉为大海，诗词歌曲骈文传奇等几乎所有文体好比是江河湖，江河湖汇流而成就大海，大海蒸发降雨滋润大地，充盈江河湖水。在当代，赋虽然已不是容量最大的文体，但赋之魂仍在，且从单篇来讲，赋之体量仍然是最大的。可以说，在当代学好了写赋，再创作诗、词、曲、歌词，甚至一般的广告语、文案，就会得心应手。即使不做专业赋家，对人生和事业也会有所帮助。

薛刚

2019 年 11 月于彭城

目　录

上部　赋法要义

赋之何用

赋是最无用的文学体裁。我们看杜牧的《阿房宫赋》："秦爱纷奢，人亦念其家；奈何取之尽锱铢，用之如泥沙？使负栋之柱，多于南亩之农夫；架梁之椽，多于机上之工女；钉头磷磷，多于在庾之粟粒；瓦缝参差，多于周身之帛缕；直栏横槛，多于九土之城郭；管弦呕哑，多于市人之言语。"说秦奢侈，有"秦爱纷奢，人亦念其家；奈何取之尽锱铢，用之如泥沙？"这句就行了，为何后面浪费这么多辞藻？这篇赋可以视为文赋，罗列的辞藻还算少的，如翻开汉赋，比如司马相如的赋，会发现辞藻华丽，弥天满地，铺排的阵势更大，构建的场面更宏阔。这些无用的辞藻并没有影响《阿房宫赋》成为流传最广的古文名篇，而司马相如并没有因为铺陈无用辞章而降低其文学地位，甚至还被称为"赋圣"。若说一个朝代的人愚昧、有偏见是有可能的，然而直到今天，中西方文学批评理论已经相当发达成熟了，《阿房宫赋》《上林赋》仍然被视为经典，司马相如依然还是"赋圣"，这就值得我们思考了。可以说：赋正是因为无用，所以才无所不可用；正因为不小用，才能有大用。如果想通过学赋，用在急用、小用之处，那就没必要学赋了。

赋之大用之一：可修"赋家之心"。何为赋家之心呢，据史料记载，司马相如曾说："赋家之心，苞括宇宙，总览人物。"凡成大事者，需要有赋家之心，正如曹操与刘备论英雄："夫英雄者，胸怀大志，腹有良谋，有包藏宇宙之机，吞吐天地之志者也。"这正是具有"赋家之心"者。试观古今历史，也确实如此，成大事者须有大胸怀。那么，学赋为何能修养赋家之心呢？我们从赋体的起源来看。先秦时代，有"君子九能"之说，"建国必卜之，故建邦能命龟，田能施命，作器能铭，使能造命，升高能赋，师旅能誓，山川能说，丧纪能诔，祭祀能语，君子能此九者，可谓有德音可以为大夫"(《毛诗传笺》)。"九能"说，成为溯赋之起源的经典解释。可以看出，在君子"九能"中除"登高能赋"外，其余"八能"之使用场合、目的等皆较为明晰，唯有"登高"之"高"，则为方位词，所指较泛，并不指示特定的场合。换句话说，其他"八能"只是用在具体的事务上，而唯有"赋"，不局限于具体事务，是超越的。但是前提是登高，登高必见远，"欲穷千里目，更上一层楼"，鸿鹄和燕雀、井底之蛙，看到的景象是一样的吗？胸怀是一样的吗？登高既是物理上视野的开阔，更是人生眼界的开阔、终身胸襟的培养。所谓"君子登高必赋"，形于中而发于外，登高所见者多，所言也必有物，所赋也必是真感发。东汉史学家班固在《汉书·艺文志》说"登高能赋可以为大夫"。因前面《毛传》说："君子能此九者，可谓有德音可以为大夫。"所以为大夫的前提是先成为君子，大夫的内涵大于君子的，可以为大夫，必然可以为君子。那么"登高能赋可以为君子"也是没问题的。君子之"九能"逐渐被"一能"所代表，那这一能如何能够担当呢？这"一能"，就是不唯拘限于一时一地之小能，亦不唯能"赋"尔，更是登高、作赋修养出来的赋家之心。有了赋家之心，便能百事皆通、百事皆能。而孔子说"君子不器"；子夏说"虽小道必有可观者焉，致远恐泥，是以君子不为也"；孟子说"君子有终身之忧，无一朝之患也"。成大事者考虑大局，不会纠结于一朝一夕之得失，不孜孜一技一能之擅长，而是要随物赋形、因事显能，是为不器，方可成为大器，方可为君子。那么，"君子之道"与"赋家之心"不就是相通了吗？

学赋的另一大用就是为思想、境界赋能，助长文章穿越时空的魅力。我们以至今流传最广的六篇古文为例，比如《阿房宫赋》《岳阳楼记》《赤壁赋》《后赤壁赋》《醉翁亭记》《秋声赋》。这六篇文章之所以流传最广，一是有思想、有境界；二是"赋"之力为其赋能。有思想、有境界容易出好文章，那么"赋"是否能为文章赋能，助力传播呢？到底助了多少力、赋了多少能呢？我们通过对比就好理解。方法很简单，同样的思想、境界，比较有"赋"和无"赋"之区别。《阿房宫赋》升华处是："一人之心，千万人之心也。秦爱纷奢，人亦念其家"，"灭六国者，六国也，非秦也。族秦者，秦也，非天下也。嗟乎！使六国各爱其人，则足以拒秦；使秦复爱六国之人，则递三世可至万世而为君，谁得而族灭也？秦人不暇自哀，而后人哀之；后人哀之而不鉴之，亦使后人而复哀后人也"。文章主要体现很典型的儒家思想。"秦爱纷奢，人亦念其家"是《论语》中"己欲立而立人，己欲达而达人"之句的延伸；"灭六国者，六国也，非秦也。族秦者，秦也，非天下也"即是化用《孟子》中"夫人必自侮，然后人侮之；家必自毁，而后人毁之；国必自伐，而后人伐之。太甲曰：'天作孽，犹可违；自作孽，不可活。'"之思想；"使六国各爱其人，则足以拒秦；使秦复爱六国之人，则递三世可至万世而为君，谁得而族灭也？"即是"爱人者，人恒爱之；敬人者，人恒敬之"（《孟子·离娄章句下》），"推恩足以保四海，不推恩无以保妻子"（《孟子·梁惠王上》）等思想的继承；"秦人不暇自哀，而后人哀之；后人哀之而不鉴之，亦使后人而复哀后人也"即是"诗云：'殷鉴不远，在夏后之世。'"之衍化。另外五篇其中《赤壁赋》《后赤壁赋》《秋声赋》是文赋，另外《岳阳楼记》《醉翁亭记》两篇建筑记，都是用"赋"之法创作而成，清代的金圣叹和北宋的宋祁对其有分别的评价。这五篇思想境界也都是来自于古代或儒或道经典——《孟子》《老子》《庄子》，而升华处也均是直接引用或化用这四部经典中的句子。但是"赋"之名句的实际传播影响力远远大于经典原句。

众知，春秋战国时代是思想繁荣的黄金时代，其后整个封建王朝几乎再也没有贡献什么新思想（佛家思想自外而传内），历代的文学家作品中的思想境界多数是出自这些经典。熟读这些经典，然后再读古代文学作品就会发现，文章有赋与无赋的区别，此过程会有很多发现和惊奇：宣扬"仁义礼智"之德道，孔孟不如杜范；传播"静虚、逍遥"之理念，老庄不如欧苏。上面举的那么多孔孟经典语句，有多少人知道？而《岳阳楼记》《阿房宫赋》，中学生都能背诵，这就是"赋"在发挥作用。赋体物写志，铺采摛文，以铺张辞采为能事，是文采之集大成者。正如孔子所说："言之无文，行而不远。"孔子还说："不学诗，无以言。"刘熙载说："古之君子上下交际，不必有言也，以赋相示而已。"（《艺概·赋概》）"赋"代替"言"，是不是也可以说：不学赋，无以言？虽然孔子和刘熙载的说法有些夸张，但是好好传承并使用古文经典之诗赋，是有利于提升国家、国人之形象的。

而赋相比于诗具有独特优势，诗一般直抒胸臆，而赋铺采摘文，体物写志，多借助于物来抒情达意。善于运用"赋法"的诗人词家，作品更易感动人。我们看东瀛国寄词："山川异域，风月同天。寄诸佛子，共结来缘。""辽河雪融，富山花开。同气连枝，共盼春来。""岂曰无衣，与子同袍。""青山一道同云雨，明月何曾是两乡。"其中意象有：山、川、域、风、月、天、佛子、辽河、雪融、富山、花开、气、枝、春、衣、袍、青山、云雨、明月、两乡。词句中仅仅54个字，铺陈物象达到了20个，形象、贴切，使得情志表达既委婉含蓄又感人肺腑，这就是赋法的优势。

《论语》里说："文犹质也，质犹文也。虎豹之鞟，犹犬羊之鞟。"作为创作者，是愿意自己的文章如虎豹一般绚烂美丽，还是如犬羊一样平凡无奇呢？多读读赋，相信每个人心中都会有自己的答案。

赋之用韵

众所周知，汉语言文字是当今唯一仍在使用的"音、形、义"合一的语言文字，是全面的信息载体。世界上大多数文字都是一维的，或单纯表音，或单纯表意。汉字丰富的内涵信息与能量是其他任何文字所无可比拟的。比如赋字，左边是贝字，能体现出：赋税就是要收钱之意。而赋的读音在古代是去声，在普通话里的第四声，斩钉截铁，很有力量，体现出赋税是不能商量，不能讨价还价的。汉字因发音具有个人情感、意志的隐喻性，比其他语言文字，表达效果更好些。据《淮南子》记载："昔者，仓颉作书而天雨粟，鬼夜哭。"其他文字的创造没有类似记载。究其原因，因为汉字模拟万物的形貌和声貌，揭开了大自然的奥秘，使中华民族的传承与积累变为可能，使中华文明步入了快速发展的进程。正如唐朝画家张彦远《历代名画记·叙画之源流》中说："造化不能藏其密，故天雨粟；灵怪不能遁其形，故鬼夜哭。"

赋作为中国古典文学的桂冠，是中国独有的文体，西方无文体可以与之对应，主要是基于语言文字的特色，赋是对汉语文音形义之美的全面展示，可以说赋将汉语言文字之美发挥到了极致。既然赋是汉字最极致的铺排和展演，那么要创作好赋，首先要把握汉语文的优势。

一、汉语文声情特质

一般来说，对于汉字最重要的元素是发音。声音是发出让人听的，超越一定空间，而具有时间性。超越空间是说音波发出后四面八方不分方向都能听到，但是话落了，时间过了，就消失了，这就是时间性。其次是形，即符号形状，供人们视觉辨认的，超越了时间而具有空间性。何为超越时间？就是一旦展现出来了，就可以长久观看，甚至五千年后仍然可以看到。何为空间性？就是只能在一定空间内观看。比如写在一张纸上，就只能在这张纸上看，其他纸张看不到。再次是义，因中华民族悠久的历史，汉字蕴涵、积累、承载了太多的民族记忆、特征、性格等等，典故和文本非常丰富，在象征、隐喻、联想上具有独特的优势。

本章我们主要来探讨汉字之音。当我们接触一个汉字的时，首先唤起的是对它的读音的记忆和理解，也就是所谓的"声情"。目前学界已有学者将"声情"理论提到了与"意象"和"神韵"同等重要的地位。为什么"声情"如此重要，因为在人类所有的感觉中，听觉最接近心灵深处。音波弥漫在接收者全身的每一个细胞。所以俗语有云"知人知面不知心"，知人知面都是不可靠的，只有知音才能知心。声音最接近内心，最难伪装。

姚鼐认为："赋、古文各要从声音证入。不知声音，总为门外汉耳。一切之抒情文学，都不可舍声而求义，岂独赋与古文哉？"姚鼐的观点是从日常创作经验感受上得出的。这也是中国古代历来读书人的习惯——经验主义，不重逻辑和实证，有利也有弊。如果用现代理论，则更加精确。比如西方美学理论之现象学和符号学。两门学问都是以研究文本形式为基础的，而音就是符号的最主要形式之一。波兰美学家罗曼·英加登在《对文学的艺术作品的认识》一书中提出："阅读文学作品的第一个基本过程不是一个简单的、纯粹感性知觉，而是超出这个知觉，把注意力集中在语词的物理的或纯粹语音学形式的典型特征上。""当我们充分掌握某种语言并在日常生活中使用它时，我们不仅把语词声音理解为纯粹声音模式，而且还应认为它传达或能够传达某种情感性质。"可见中西方文艺美学都认为"声情"是重要的。无论是东方或者西方，对于创作者来说，都无须去学习这些高深的理论，在此引用是为了强调语音和情感之间的关系，突出了声情在文学审美中的地位。

我们知道声情表达方式，一般包括唱和诵。赋是"不歌而诵"的艺术，是最早的吟诵文学。在吟诵文学之前，主要是以歌唱为主，比如诗经。相比于唱，吟诵更持久、更丰富、更渊永、更深入灵魂。因为唱出来的，旋律比较集中、强烈，只能是表现极少、较为通俗浅显的内容。歌唱和吟诵的不同，就像狂风暴雨与和风细雨一样。所以日本汉学家折口信夫说："吟诵在古代人的信仰中，曾意味着一种灵魂的感化。"在宗教集体活动中，诵经是作为主要内容的。赋作为最早的吟诵文学，其声情尤其重要。虽然随着创作的繁荣，诗词歌曲均可诵读，但能唱还一直是其本质特征，只是由于创作的繁富，曲谱的单调，很少再唱了而已。

二、好赋皆自韵出

赋之声情的重要已成为共识，在声情的要素中，又以韵为最重要。因为用韵的字往往在赋句的末尾，是文章和段落最长的停顿处，给人品位和思考的时间比较多。且韵不断地循环反复，加强了读者的记忆。可见，韵是第一重要的，韵用好了赋作就成功一半了。所以古人说："天下好赋，皆自韵出。"

既然韵那么重要，肯定是不可随便用的。不同用韵表达的感情和隐喻也是有差别的。我们来看古代音韵家怎么说。

如明代袁子让在其著作《字学元元》中认为："读等者，各摄中各有名号，皆别其所读之声也。如内八转：通摄为瓮里揭瓢声，欲出而细也；止为花间蝶舞，欲飞而跃也；遇为子哭颜回声，欲克而思也；果为漫水拖船声，欲团而缓也；宕为将战交枪，声欲雄而锐也；曾为晓星移落，字虽少而声欲明也；流为孤雁失群，声不借于他摄也；深为金砖落井声，欲铿锵有余韵也。如外八转：江为子母分离，母具而子少也；蟹为凤凰撮嘴，欲其声之循聚也；臻为风翻荷叶，欲其声之轻飘也；山为饿虎爬山，欲其声之哮烈也；效为豺尤呼群，欲其声之猖会也；假为鸦鹊噪林，欲其声之喧喳也；梗为将军交战，欲其声之严整也；咸为狮子衔环，欲其声之合而出也。此学切者所不必知，而读等者相传有之，故备载焉。"袁子让对汉语韵的十六摄均用生活和自然界不同的形象声音作比喻，是比较恰当、深刻的。

而与袁子让同朝代的王骥德在其《曲律》中指出："凡曲之调声各不同，已备载前十七宫调下。至各韵为声亦各不同。如东、钟之洪，江、阳、皆、萧、豪之响，歌、戈、家、麻之和，韵之最美听者。寒、山、桓、欢、先、天之雅，庚、耕之清，尤、侯之幽，次之。齐、微相之弱，鱼、摸之混，真、文之缓，车、遮之用杂人声，又次之。支、思之萎而不振，听之令人不爽。至侵、寻、盐、咸、廉、纤，开之则非其字，闭之则不宜口吻，勿多用可也。"也认为不同韵部所表达的情感是有差别的。

清代赋学家江含春在《楞园赋说》中说："认题既真，即须选韵，韵中百十字，必须全行翻阅，看何字与题相关，因韵生词，不因词觅韵，则押韵无不稳矣。韵有当作短句，亦有当作长句者，熟韵生用，生韵熟用，不可不辨。场中出色，押韵是一半工夫。押得自然，如韵脚皆为我设，则开卷数句，即知为内行所作，否则似稳非稳，纵有佳句，终难夺目。"江含春虽然是针对科考应试所讲，却也道出了一般好赋写作成功的秘诀。

因古人不习惯实证数理分析，且声音微妙难以捉摸，所作比喻和结论也未必全部精确，但这些论点是具有方法论意义的。

三、用韵方法技巧

（一）根据发音开口度，选择韵部

2019 年 11 月 1 日，国家语言文字工作委员会颁布了《中华通韵》，总计分为十五韵部，可以作为大家创作现代赋选韵之用。各韵部主要的区别有发音开口度的大小不同，大家可以尝试着发音去感受。那么用在赋创作上有表达效果有什么不同呢？一般来讲，开口度越大，表达情感越通畅、越直接、越强烈；开口度越小，表达情感越隐晦、越委婉、越曲折。

我们来看分析案例。第一篇《徐州见义勇为英烈广场赋》（赋文见本书下部分），文章首段综述行义的重大意义。本段选用中等开口度的"乾"韵（以下皆以首韵字代表韵部），娓娓道来，较为平缓、沉稳。一般来讲，首段如人之眉目、要清新要舒缓，这个韵部是比较合适的。

次段叙述古代和当今徐州见义勇为的英雄事迹，并作赞叹。本段选用开口度较大的"长"韵，书写通畅，由衷赞叹，直抒胸臆，毫无隐晦。

我们来看苏轼的《赤壁赋》。

赤壁赋
北宋　苏轼

壬戌之秋，七月既望，苏子与客泛舟游于赤壁之下。清风徐来，水波不兴。举酒属客，诵明月之诗，歌窈窕之章。少焉，月出于东山之上，徘徊于斗牛之间。白露横江，水光接天。纵一苇之所如，凌万顷之茫然。浩浩乎如冯虚御风，而不知其所止；飘飘乎如遗世独立，羽化而登仙。

于是饮酒乐甚，扣舷而歌之。歌曰："桂棹兮兰桨，击空明兮溯流光。渺渺兮予怀，望美人兮天一方。"客有吹洞箫者，倚歌而和之。其声呜呜然，如怨如慕，如泣如诉；余音袅袅，不绝如缕。舞幽壑之潜蛟，泣孤舟之嫠妇。

苏子愀然，正襟危坐，而问客曰："何为其然也？"客曰："'月明星稀，乌鹊南飞'，此非曹孟德之诗乎？西望夏口，东望武昌，山川相缪，郁乎苍苍，此非孟德之困于周郎者乎？方其破荆州，下江陵，顺流而东也，舳舻千里，旌旗蔽空，酾酒临江，横槊赋诗，固一世之雄也，而今安在哉？况吾与子渔樵于江渚之上，侣鱼虾而友麋鹿，驾一叶之扁舟，举匏樽以相属。寄蜉蝣于天地，渺沧海之一粟。哀吾生之须臾，羡长江之无穷。挟飞仙以遨游，抱明月而长终。知不可乎骤得，托遗响于悲风。"

苏子曰："客亦知夫水与月乎？逝者如斯，而未尝往也；盈虚者如彼，而卒莫消长也。盖将自其变者而观之，则天地曾不能以一瞬；自其不变者而观之，则物与我皆无尽也，而又何羡乎！且夫天地之间，物各有主，苟非吾之所有，虽一毫而莫取。惟江上之清风，与山间之明月，耳得之而为声，目遇之而成色，取之无禁，用之不竭，是造物者之无尽藏也，而吾与子之所共适。"

客喜而笑，洗盏更酌。肴核既尽，杯盘狼籍。相与枕藉乎舟中，不知东方之既白。

首段押韵的开始是从"少焉"开始，押"焉"韵。开口度中等，舒缓而平稳。

第二段用韵比较多，首先用的是"光"韵，开口度较大，主人公心情畅快，直接抒情。然后换成客人歌唱，韵也换成了开口度较为小的"慕"韵。表达了幽微、感伤、低落的情怀。

第三段情感起伏比较大，换韵更加频繁自由。开始描写赤壁周围环境时，用开口度较大的"昌"韵，描写周边环境的开阔，与曹孟德被困形成强烈反差。下面换用开口度较为小的"陵"韵，用压抑的调子来写孟德之雄风，正是东坡的别出心裁。前面已经说了这是困住曹孟德的地方，后面在写孟德之伟岸自然显得压抑。再下面客人分别用开口度较为小的"鹿"韵，诉说了人类之渺小，世事之无常，期望永恒而不得的愁苦悲思。

最后一段，东坡升华境界，安慰客人，分别用了"往"韵、"瞬"韵、"主"韵、"月"韵，除了"主"韵的开口度较小起到调节节奏作用外，其他的开口度从大到中，较好地表达了苏轼的淡然和超脱，从而感染客人化悲为喜。

我们再来看一个例子晚唐徐寅《涧底松赋》的第三段："翠锁山椒，心凌碧霄。生风而虎豹吟啸，拂衣而龙蛇动摇。安得伴磊磊之石，因离离者苗。奚三公之梦犹阻，岂万乘之封尚遥。何殊孔明之先主未迎，空怀良策；吕望之文王非猎，不到终朝。"这一段用开口度较大的"椒"韵，畅快淋漓、不遮不掩地表达期望得到重用的情怀。

再看一个例子苏轼《老饕赋》。

老饕赋
北宋 苏轼

庖丁鼓刀，易牙烹熬。水欲新而釜欲洁，火恶陈而薪恶劳。九蒸暴而日燥，百上下而汤鏖。尝项上之一脔，嚼霜前之两螯。烂樱珠之煎蜜，滃杏酪之蒸糕。蛤半熟而含酒，蟹微生而带糟。盖聚物之夭美，以养吾之老饕。婉彼姬姜，颜如李桃。弹湘妃之玉瑟，鼓帝子之云璈。命仙人之萼绿华，舞古曲之郁轮袍。引南海之玻黎，酌凉州之蒲萄。愿先生之耆寿，分余沥于两髦。候红潮于玉颊，惊暖响于檀槽。忽累珠之妙唱，抽独茧之长缫。闵手倦而少休，疑吻燥而当膏。倒一缸之雪乳，列百椀之琼艘。各眼滟于秋水，咸骨醉于春醪。美人告去已而云散，先生方兀然而禅逃。响松风于蟹眼，浮雪花于兔毫。先生一笑而起，渺海阔而天高。

本赋用"熬"韵，开口度较大，将一个梦中老饕悠闲畅快的自然天趣唯妙唯肖地表现出来了！

下面以南北朝庾信的《小园赋》为例：

小园赋

南北朝　庾信

若夫一枝之上，巢夫得安巢之所；一壶之中，壶公有容身之地。况乎管宁藜床，虽穿而可座；嵇康锻灶，既暖而堪眠。岂必连闼洞房，南阳樊重之第；绿墀青锁，西汉王根之宅。余有数亩敝庐，寂寞人外，聊以拟伏腊，聊以避风雨。虽复晏婴近市，不求朝夕之利；潘岳面城，且适闲居之乐。况乃黄鹤戒露，非有意于轮轩；爱居避风，本无情于钟鼓。陆机则兄弟同居，韩康则舅甥不别，蜗角蚊睫，又足相容者也。

尔乃窟室徘徊，聊同凿坯。桐间露落，柳下风来。琴号珠柱，书名玉杯。有棠梨而无馆，足酸枣而无台。犹得敧侧八九丈，纵横数十步，榆柳三两行，梨桃百余树。拔蒙密兮见窗，行敧斜兮得路。蝉有翳兮不惊，雉无罗兮何惧！草树混淆，枝格相交。山为篑覆，地有堂坳。藏狸并窟，乳鹊重巢。连珠细菌，长柄寒匏。可以疗饥，可以栖迟，崎岖兮狭室，穿漏兮茅茨。檐直倚而妨帽，户平行而碍眉。坐帐无鹤，支床有龟。鸟多闲暇，花随四时。心则历陵枯木，发则睢阳乱丝。非夏日而可畏，异秋天而可悲。

一寸二寸之鱼，三竿两竿之竹。云气荫于丛著，金精养于秋菊。枣酸梨酢，桃榹李薁。落叶半床，狂花满屋。名为野人之家，是谓愚公之谷。试偃息于茂林，乃久羡于抽簪。虽无门而长闭，实无水而恒沉。三春负锄相识，五月披裘见寻。问葛洪之药性，访京房之卜林。草无忘忧之意，花无长乐之心。鸟何事而逐酒？鱼何情而听琴？

加以寒暑异令，乖违德性。崔骃以不乐损年，吴质以长愁养病。镇宅神以霾石，厌山精而照镜。屡动庄舄之吟，几行魏颗之命。薄晚闲闺，老幼相携；蓬头王霸之子，椎髻梁鸿之妻。燋麦两瓮，寒菜一畦。风骚骚而树急，天惨惨而云低。聚空仓而雀噪，惊懒妇而蝉嘶。

昔草滥于吹嘘，籍文言之庆余。门有通德，家承赐书。或陪玄武之观，时参凤凰之墟。观受厘于宣室，赋长杨于直庐。

遂乃山崩川竭，冰碎瓦裂，大盗潜移，长离永灭。摧直辔于三危，碎平途于九折。荆轲有寒水之悲，苏武有秋风之别。关山则风月凄怆，陇水则肝肠寸断。龟言此地之寒，鹤讶今年之雪。百灵兮倏忽，光华兮已晚。不雪雁门之踣，先念鸿陆之远。非淮海兮可变，非金丹兮能转。不暴骨于龙门，终低头于马坂。谅天造兮昧昧，嗟生民兮浑浑！

《小园赋》感情基调是愁苦、忧伤的。文章抒发了作者对世道每下的忧患意识和欲隐而不得的纠结心思。虽然换韵频繁，却几乎都是选用开都度较小的韵部。

（二）根据声调平仄，布置韵脚

因汉语声调变换丰富，有高下轻重之分。一般来说平声，表达情感较为舒缓和婉约；仄声表达情感较为强烈和直接。

我们以《赤壁赋》（全文见上）第三段为案例。客人诉苦，换了四次韵"平平仄平"，分别为起承转合。起始是"西望夏口"，承始是"方其破荆州"，到"况吾与子"就开始转了，连续用仄声韵字。最后一句"寄蜉蝣于天地，渺沧海之一粟"，分别从时间和空间上表达了对生命之渺小和短暂的感慨，情绪抒发达到高潮。最后平声收合回来，"哀吾生之须臾，羡长江之无穷。挟飞仙以遨游，抱明月而长终。知不可乎骤得，托遗响于悲风"。客人因徒劳羡慕于事无补，只好无奈认命，情绪归于平复。言语间将一个悲观、纠结、优柔的文人形象展现得淋漓尽致。

下面再看笔者《徐州见义勇为英烈广场赋》（文见本书下部分）的第一段，"昭昭大义，磊磊坤乾。江河同漾，山岳共参"，开头平声舒缓。"巍巍松竹，不教风张沙狂；烈烈白日，终驱云消雾散"，"巍巍松竹"，渐渐起势；"云消雾散"，尾字用仄声表示一种特别强调。"义以正气而贯，仁以明道以传。恶存与世，义亦不远"，再缓再扬。"志驱奸邪，唯凭肝胆"强调志士肝胆之作用。"大和之道，无义何以行；大梦之图，无义何以现"，最后用重音"现"来为反问句升华。假如将两句倒过来，"大梦之图，无义何以现；大和之道，无义何以行"会怎么样，显然效果减弱不如原句。从中可以细细体味音韵对于表达效果的作用。

下面再看宋苏辙的《超然台赋》：

超然台赋并序
北宋　苏辙

子瞻既通守余杭，三年不得代。以辙之在济南也，求为东州守。既得请高密，其地介于淮海之间，风俗朴陋，四方宾客不至。受命之岁，承大旱之余孽，驱除蟊蝗，逐捕盗贼，廪恤饥馑，日不遑给。几年而后少安，顾居处隐陋，无以自放，乃因其城上之废台而增葺之，日与其僚览其山川而乐之，以告辙曰："此将何以名之？"辙曰："今夫山居者知山，林居者知林，耕者知原，渔者知泽，安于其所而已。其乐不相及也，而台则尽之。天下之士，奔走于是非之场，浮沉于荣辱之海，嚣然尽力而忘反，亦莫自知也。而达者哀之。二者非以其超然不累于物故邪？《老子》曰：'虽有荣观，燕处超然。'尝试以'超然'命之，可乎？"因为之赋以告曰：

东海之滨，日气所先。肖高台之凌空兮，溢晨景之絜鲜。幸氛翳之收雾兮，逮朋友之燕闲。舒埋郁以延望兮，放远目于山川。设金罍与玉斚兮，清醪洁其如泉。奏丝竹之愤怒兮，声激越而眇绵。下仰望而不闻兮，微风过而激天。曾陟降之几何兮，弃溷浊乎人间。倚轩楹以长啸兮，袂轻举而飞翻。极千里于一瞬兮，寄无尽于云烟。前陵阜之汹涌兮，后平野之淡漫。

乔木蔚其荟蔚兮，兴亡忽乎满前。怀故国于天末兮，限东西之险艰。飞鸿往而莫及兮，落日耿其夕躔。嗟人生之漂摇兮，寄流楂于海壖。苟所遇而皆得兮，遑既择而后安。彼世俗之私已兮，每自予于曲全。中变溃而失故兮，有惊悼而汍澜。诚达观之无不可兮，又何有于忧患。顾游宦之迫隘兮，常勤苦以终年。盍求乐于一醉兮，灭膏火之焚煎。虽昼日其犹未足兮，俟明月乎林端。纷既醉而相命兮，霜凝磴而趼躔。马踯躅而号鸣兮，左右翼而不能鞍。各云散于城邑兮，徂清夜之既阑。惟所往而乐易兮，此其所以为超然者邪。

赋正文选用"先"韵，全篇在音韵上没有波澜转折，用平声一韵到底，表达了从容泰处、不为物所累、超然豁达的情怀。

（三）根据发音清浊，择取韵脚

清浊，音韵学名词，清音与浊音的合称。清音纯由气流受阻构成，不振动声带；浊音发音时除气流受阻外，同时振动声带。清则轻扬，浊则沉郁。一般来说，清音适合表达较为轻扬愉快的基调，浊音适合表达沉郁深挚的感情。

如晚唐徐寅《荐蔺相如使秦赋》第三段，"缪子曰：'下位推先，相如是贤。骐骥请试于长坂，鸳鹭须观于远天。欲将伊吕量力，皋夔比肩。推心而皎镜光动，鼓舌而黄河浪悬。祸乃为福，媸仍改妍。必能挫西秦而不强不大，亦能继东赵于千年万年。'"最后结尾韵字年的辅音"n"为浊，深厚而绵长，表达对赵国世代和平安泰的期待。如果改成"千世万世"或者"千代万代"，仔细吟味下，表达效果却是逊色不少。

再如其《首阳山怀古赋》第一段："首阳山兮非秀非隆，因其贤而名高碧空。偶岩谷之逋客，问夷齐之古风。厚殷纣而薄宗周，曷称仁智；弃三隅而执一向，可谓昏蒙。"蒙字辅音是浊音"m"，发音浑厚。用在本段最后一个韵字，表达世俗眼里的伯夷叔齐是不清醒、不利索、不明智的。

无论发音开口大小和轻重高下、清浊对于提升感情表达效果的作用都是相对的，而不是绝对的。可以将以上三种方法当作是一种特别的"修辞手法"，因为声音"在感性存在中，随生随灭"，存在时间也较为短暂，声波同时在一定空间内几乎可以充满人的全身，而受众在接受音波时所受影响因素也较多，似真似幻，非常微妙，难以捉摸，所以很难对韵脚字做一个精确量化的界定。平日可多吟诵名作，多体味其中韵字，总结建立自己的数据库。

　　总之，建议在创作前先选韵部。备好《平水韵》《词林正韵》或《中华通韵》等韵书（根据喜好、习惯任选其一）。韵书看起来很高深，其实对于创作者来说，无需研究得那么透，只需对照韵表查阅即可，初学者建议使用普通话版的《中华通韵》。韵表准备好后，可以大声发音朗读，来仔细体味韵部的情感隐喻。根据段落所要表达的基调来选择韵部。选好了韵部后，就要选择韵脚了。就是落实到具体的字。韵脚的选择即是声母的选择。声母的发音特点依据气流在口腔中所受阻碍的部位及发音方法的不同而形成了相异的音质，产生了或清脆或浑厚或缠绵等听觉质感，要仔细体味方能感受差别。一般来说，韵母关乎开口度，声母关乎发音质感。平日要常翻韵书，熟悉各韵部及每韵中的百十字，全行翻阅，仔细体味琢磨什么字与赋之主题相关，要因韵而生句，不要因句而觅韵。还要注意选新丽流活之字，切忌陈腐、生涩字，要虚实结合，切忌同音。对于初学者尽量选择宽韵，就是韵部字多，可供选择的字多，组词也多。

赋之节奏与平仄

本章主要介绍讲解"赋之节奏与平仄"（一般指骈赋，其他赋体可为之借鉴）。节奏最早是音乐术语，见诸《礼记·乐记》，曰："乐者，心之动也，声者，乐之象也；文采节奏，声之饰也。"《现代汉语词典》把"节奏"解释为："音乐或诗歌中交替出现的有规律的强弱、长短的现象。"节奏在现代文艺中一般是指有规律的变化。朱光潜在《诗论》中说："节奏是宇宙中自然现象的一个基本原则。……寒暑昼夜的来往，新陈的代谢，雌雄的匹偶，风波的起伏，山川的交错，数量的消长，以至于玄理方面反正的对称，历史方面兴亡隆替的循环，都有一个节奏的道理在里面。"他还提出了"声音的段落"的概念。汉语文因是单音单形，更易有节奏感。赋是最集中展现汉语文特色的文体，现代赋创作不可不了解节奏。而且人体本身也是有节奏的，比如呼吸、心跳、情感等。当赋文的节奏与人的节奏和谐时，那么就能让人产生共鸣，产生美感。

节奏变化可以说是艺术美的根源所在。节奏潜藏于语句中，一般不随逻辑与思想的步伐而动。汉语文本来就是极富韵律感的语言文字，且赋集中了汉语文最强的韵律特征：大量使用骈偶、排比、押韵，句子严整而且富变化，有非常"气势"。在赋中，体物写志，以形象思维为主，所以赋常常以物象、辞采、铺排等取胜。

一、赋之节奏划分

至于节奏的安排与把握，最重要的是节奏点的掌握。那么，何为节奏点呢？节奏点就是句中停顿或换气处，也称为"断读处""停顿处"。当我们读到赋中作者为尊文体规则所安排的断读处，就中断了语言线性前进的过程，"时间体验"操纵了读者，文章乃有节奏感。

大的断读处，一般都用标点符号标识了。句号是最大的顿，分号其次，逗号是更小的顿。这里主要讲的是无标点的顿，就是无形之顿，无形的断读处。

首先来看如何标识节奏点。虽然节奏点的把握并不能代表掌握了文章的全部节奏，因为还有篇章节奏、情感节奏等，但节奏是贯串文章始终的，在之后的篇法、章法等章节还要再讲。节奏点是最重要、最基础的节奏标识。下面以笔者《梅赋》为例，来标识节奏点（因每个人阅读习惯等因素不同，标识可能会稍有差别）。

梅赋

茫茫 | 白素，点点 | 红尘。独撑 | 场面，自守 | 坚贞。唯 | 寒梅 | 之有韵，伴 | 风雪 | 之无垠。蕴 | 人间 | 之希望，立 | 天地 | 之中心。浮动 | 幽香，万象 | 超脱 | 觉悟；横斜 | 疏影，一枝 | 修到 | 精神。青山 | 不老，地脉 | 潜循。天道 | 通变，坤成 | 性真。静翕 | 动辟，阴阳 | 消长 | 见灵襟！

观夫 | 干之 | 挺露，花之 | 默舒。开放 | 凌寒，桥边 | 寂静；浅清 | 印月，野外 | 徐苏。香 | 不宜喧，未许 | 群蜂 | 招惹；淡 | 不别炫，还依 | 下土 | 相扶。幽处 | 丰神 | 妙境，静呈 | 墨韵 | 秀肤。更有 | 云影 | 遥回，忘味 | 于南北；风光 | 何妒，无心 | 乎锦芜。根地 | 良缘，何用 | 繁华 | 无数；即时 | 佳景，永开 | 玉骨 | 如初。

不需 | 人怜 | 瘦质，傲立 | 自化 | 琼枝。灿 | 山谷 | 之美颜，柔肠 | 百转；标 | 瑶台 | 之正色，铁线 | 孤支。色庄 | 而凝意，容淡 | 而献奇。岂 | 附庸 | 于苑囿，常 | 缀影 | 于坚石。嶙峋 | 点染 | 趣成，岩能 | 添雅；料峭 | 侵袭 | 节爽，冷助 | 清思。舞雨 | 兮凌寒，茕茕 | 兮孑立；迎风 | 兮仗剑，浩浩 | 兮玉仪。乃知 | 一世 | 超超 | 非胰脂，三千 | 了了 | 是真机！

待夫 | 春妩媚，色峥嵘。日煦暖，草郁葱。群玉 | 之堆，落落 | 无牵过往；百花 | 之竞，悠悠 | 还驻 | 高情。山人 | 有约，缘结 | 岭间 | 之伴；仙

鹤|有契，偕享|世外|之清。偏爱|竹交|松互|之地，羞逐|桃艳|李妍|之名。长咏|日暮|袖翠|之句，喜闻|帘掀|语解|之声。誓以|志洁，引领|乾坤|之烂漫；敢以|韵胜，期约|天下|之太平。叹|梅|之如此，诚可|寄意|于由衷也！（赋依《中华新韵》）

二、赋之平仄安排

　　赋中平仄安排讲究基本都在停顿处。掌握节奏点标识后，可以安排平仄了。在这之前，还需要了解下不同的赋体。因为不同的赋体平仄的要求不一样。古今辞赋体划分种类很多，我们按照元代祝尧在《古赋辩体》一书的划分，分为"古赋、俳赋、律赋、文赋"，也是我们今天的主流划分方法，再加上"现代赋"，总计有五种。古赋指楚辞和汉赋以及楚汉后世类似的作品；俳赋就是骈赋，多指六朝赋以及后世类似的作品；律赋就是有一定格律的赋体，唐宋清等朝代选拔人才考试用的赋，后世便通称这类限制立意和韵脚的命题赋为律赋；而文赋就是用韵较自由、散文化的赋；至于现代赋，目前还没有统一的权威的定义，笔者在本书自序中有关于现代赋的畅想，作为一家之言仅供参考。从严格程度来讲，律赋最严，骈赋其次，古赋再次，文赋再次，现代赋最自由。但是越是严格的赋体越难出名篇，比如清朝上万篇律赋，没有一篇能为人所熟诵，而流传最广的都是文赋，比如《阿房宫赋》《赤壁赋》《后赤壁赋》《秋声赋》等，现代赋仍需百年的沉淀方能见分晓。笔者创作一般以文赋、现代赋为主，骈赋极少，律赋仅仅数篇。古赋和文赋、现代赋一般对于平仄没有硬性要求，需要作者自己去按照感觉去调和，也可借鉴律赋和骈赋的格律要求来提升文章韵律节奏。建议初学者，取法乎中上，以骈赋创作为主。待掌握后，再创作律赋、文赋、现代赋。本章只讲解骈赋的平仄规范要求。

　　首先，我们来了解何为平仄。今天和古代的平仄都是基于四声的划分，稍有差别。差别在于，古代常用的平水韵和词林正韵的四声是：平、上、去、入，其中上去入为仄声；今天普通话新声韵四声是：阴平、阳平、上、去，分别为一到四声，其中第三声、第四声为仄声。我们的汉语文声调抑扬顿挫，抑、扬、转、降区分明显，富于节奏感。比如普通话中的一二声高扬而平缓，三四声曲折下沉。平仄是古代阴阳对立统一哲学思维的在声律上的具体化。平仄之讲究，本质就是讲究阴阳平衡。一抑一扬，潜气内转，隐喻性强。

众所周知，赋是最早的"不歌而诵"的文学体裁。之前是唱文学的时代，如诗经就是歌唱的词。诵对声调特别有要求，而唱是不讲究字词本身的声调，只是根据曲谱的安排。同个字到哪篇里诵读声调都是一样的（除了极少数的多音字除外）。南北朝之前的上古时期，文艺家们虽然不知平仄四声，但是已经有声调、音节的意识。如清代音韵学家段玉裁在《说文解字注》中就引郑玄之言"倍文曰讽，以声节之曰诵"，注释说："诵则非直背文，又为吟咏以声节之。"节之，就是调节，使之音调不同。《西京杂记》载司马相如论赋："合纂组以成文，列锦绣而为质，一经一纬，一宫一商，此赋之迹也。"宫商代指五音，即宫商角徵羽。南朝刘勰《文心雕龙·情采》亦云："立文之道，其理有三：一曰形文，五色是也；二曰声文，五音是也；三曰情文，五性是也。"言及"声文"，谓"五音是也"而非曰"四声"，可见在四声发明前的汉魏晋宋诗文辞赋作家们已经有较为明显的声调意识，赋家们在选声下字时也是很用心思的，只是不按套路成规，自己掌握平衡。

而真正体现平仄概念的应该是自南齐永明年间沈约提出"前有浮声，后须切响"开始，同时提出了"四声八病"说。四声就是后来人们区分平仄的基础。文人们把"四声八病"说运用到诗歌和辞赋、骈文创作之中而成为一种人为规定的声韵要求，产生了永明体。古人曾将四声和五音对应，如唐代段安节《琵琶录》云："太宗庙挑丝竹为胡部。用宫商角徵羽，并分平上去入四声。"唐代徐景安《乐书》云："上平声为宫，下平声为商，上声为徵，去声为羽，入声为角。"虽然不是那么精确，但是说明了四声和五音确实具有相通之处（中国传媒大学王佳颖有论文《五音四声关系辨》详细考证了两者关系，感兴趣的读者可以查阅）。说四声和五音的关系是为了让大家明白，既然宫商角徵羽的变化组合可以演奏美妙的乐曲，那么四声的规则交替一样可以产生动听的声音效果。赋诵虽然不是歌唱，却也可实现音乐般的旋律，给人以听觉的享受，而达到这样效果的主要还是要靠平仄的安排。那么具体怎么安排，主要的原则就是"一简之内，音韵尽殊，两句之中，轻重悉异"。一简，可以理解为一行一句吧，这是出自《宋书·谢灵运传》所载。"音韵尽殊""轻重悉异"是为了抑扬顿挫，错落有致，避免单调平直呆板，实现阴阳平衡，让读者从中获得更多审美快感。若要阴阳平衡，诗文中平仄安排要遵循"近者不同，对者反应"的原则。

（一）"近者不同"原则

近者即一句之中相邻的节奏点，对者即上下句同位置的节奏点。如清代学者徐斗光在《赋学仙丹》中指出："律赋中所论平仄，于断读处调度即可。"于骈赋也是一样。一句之内，相邻节奏点处最好能平仄交替变换。如唐代王棨的《江南春赋》第三段："当使兰泽先暖，蘋洲早晴。薄雾轻笼于钟阜，和风微扇于台城。有地皆秀，无枝不荣。远客堪迷，朱雀之航头柳色；离人莫听，乌衣之巷里莺声。"其中的"朱雀之航头柳色""乌衣之巷里莺声"等都是平仄交替的。

（二）"对者反应"原则

那么何为"对者相反"呢。首先看单句联："有地皆秀，无枝不荣。"其中"地""秀"为仄声，"枝""荣"为平声。对于单字作为独立音步单位，则一般不用遵循上下相反。比如笔者所作骈赋《梅赋》中"蕴人间之希望，立天地之中心"一句，"蕴"和"立"可同为平或仄声。

（三）对句平仄基本格式

清代学者徐斗光在《赋学仙丹》之《律赋秘诀》一章中，比较详尽论及律赋的平仄问题。律赋和骈赋的平仄要求基本一致，只是律赋多了限韵要求而已。我们按照徐斗光书中的论述将赋文三字句到七字句平仄格式列出如下（＋代表可平可仄）。

三字句：

"＋＋平，＋＋仄"或"＋＋仄，＋＋平"

如"春妩媚，色峥嵘。日煦暖，草郁葱"（笔者《梅赋》）。

四字句：

"＋仄＋平，＋平＋仄"或"＋平＋仄，＋仄＋平"

如"伐出物我，陶开杳冥。至精风散，元气雨零"（唐黄滔《融结为河岳赋》）。

五字、六字、七字及以上句式因助词位置不同，情况比较复杂，基本都是三字句、四字句的延伸。只要记住在对句的节奏点处上下平仄相对、一句相邻节奏点尽量做到平仄不同就好了。

（四）隔句平仄规范

上面介绍的是一般对句，隔句是比较特殊的对句，也是最常用的对句，规则是一样的，只是相对复杂一些。在隔句中，"一"对"三"，"二"对"四"。比如"远客堪迷，朱雀之航头柳色；离人莫听，乌衣之巷里莺声"；比如"渔舟唱晚，响穷彭蠡之滨；雁阵惊寒，声断衡阳之浦"（唐王勃《滕王阁序》）。隔句还要遵循，上联下句和下联上句句脚平仄相同的原则（这是上下句相对所导致的必然结果）。这样隔句中四句句脚无外乎就是"平仄仄平或仄平平仄"交替。如笔者《梅赋》中"浮动幽香，万象超脱觉悟；横斜疏影，一枝修到精神"之句。

上下联均在三句以上的，一般情况下很少用到，可以参考对联规则。一般来说，骈赋中，"近者相异"的原则较为宽松，对者反应要严格些。助词、发语词、虚词还有开头结尾的散句等不论平仄。

（五）规则与自由

对于骈赋还有一点要注意就是，一段之内，韵脚要一平或一仄到底。对于对于初学者来说，建议严格按照骈赋的要求来写作。经过一段时间（一般一到三年，因人而异）的训练，再来创作更自由的文赋、现代赋。因为"文章以气为主"，气盛则无不顺，平仄亦不能龃龉。对于赋家"仙境"高手来说，一切皆有可能。如清代江含春在《楞园赋说》中所说："气须清，又须盛，叙事有条不紊，浅深虚实一线穿成，此气清也；抑扬开合，提顿关锁，一气卷舒，篇如股，股如句，虽平仄有不调，对仗有不工，亦令阅者不觉，此气盛也。"

赋之"病"与"拗"

随着经济发展、繁荣，传统文化逐渐复兴，新的物态也更加丰富，赋因体量宏大、节奏明快、文采华美、音韵铿锵、意境深远等特质被广泛运用于碑刻、装饰、歌剧等艺术中。现代商业对赋体艺术的需求，促进了赋作者人数的增长，估计在数万以上。然因作者文化程度不一、美学素养不齐、思想境界差别较大，现代赋创作整体水平参差不齐，多数作品尚不规范。有的严重偏离正常审美，属于"病"之范畴；有的诵读起来不顺畅，属于"拗"之范畴。

一、赋之病

首先我们来探讨赋之"病"，以骈赋为例，其他赋体创作可参考之。大概有以下几种：

（一）口号多，俗语多

虽说雅俗共赏是多数艺术应该追求的境界，然赋作为中国最具代表性的文体，应该将"雅"作为赋的主要特质。俗语要适当用，变换用，至于如何用俗语，又读起来不低俗，是一门学问，不妨学习一下古代名篇《赤壁赋》《阿房宫赋》《岳阳楼记》《醉翁亭记》《秋声赋》《陋室铭》等。我们来看《光明日报》推出的《百城赋》专栏之《抚顺赋》的第五段开头："国企改革，大刀阔斧；资源加工，延伸延长。百万吨乙烯、千万吨炼油，北方石化城已新姿乍现；页岩油加工、建材类相继，百年老矿山又焕彩流光。洗涤剂原料基地，全国所需半数在此；石蜡之产出名都，世界产量六有其一。普钢特钢，助我'神舟'翔宇；煤研油研，荟聚科技精英。电力能源独具，发电量二倍小浪底；交通优势突出，路、铁、航通达辽吉黑。"这样的例子在《百城赋》中并不少见。国家级媒体刊登的作品都如此，何况地方杂志报刊。

（二）成语多

赋语言要求高度精练，内涵丰富。成语是约定俗成的固定词组，不是作者自己的创造，不宜入赋。用别人用过的词句，显示不出自己的创造力，甚至有抄袭古人之感。且成语已是约定俗成，流传广泛，限制了读者的想象空间，降低人们的获得感。如《百城赋》之《柳州赋》的第五段："正所谓山水之城，日新月异；开放之市，勃勃生机。人间乐土，桃源花雨，活在柳州，福我黎庶。纵巨橡大赋，浓墨重彩，写不完壶郡壮观，画不尽龙城俊采！"；《百城赋》之《广州赋》的第三段："及至虎门销烟，史开近代。文明较量，骇浪惊涛。西来列强，船坚炮利；老大帝国，风雨飘摇。当此之时也，广州士民，危机先觉，奋起救亡，上下求索。前则鸦片战争，戊戌变法；后则辛亥革命，国共合作。更有广州起义一声惊雷，尽显英雄气魄。至于不甘落后，追赶潮流，西方文明，率先吸收；远赴海外，孜孜营求，实业兴国，未雨绸缪。此又广州人之所以为广州人也。"一半以上都是"拿来"的成语。

（三）冷词僻字多

相比于成语、俗语，好用冷僻字也是现代人写赋的一大怪病。有人说"赋兼才学"，僻字多能彰显才华，且汉赋多列难懂之字，不也被视为经典了吗？我们首先来分析，为何冷僻字多的汉赋成为了经典。早在先秦战国时代，文字的载体成本较高，文学是唱为主，人们接触、认识的汉字是很少的，且各国文字不尽相同，到了秦朝才"书同文"，然秦朝焚书坑儒、压制文化，到了汉朝，多数经典都是由当朝学者整理出来，普通百姓很难见到批量汉字，只有少数贵族能阅读批量书籍。正如学者万曼所说，"辞赋"是从"语言时代"到"文字时代"的"桥"，在汉赋时代以前，文学作品多半是口语记录，辞赋以后，才完全是书面写作，所以辞赋这种文学形式，便是由口语文学（唱）转移到书面文学（诵）的一个主要枢纽。根据万曼的说法，汉朝属于汉文字的幼年，人们因为逐渐把握住语言辞令结晶为文字的兴奋，于是对其使用，便越发热衷，不断运用，不断发展，不断扩充，一直到超过它所能达到的限度。从这一点来说，汉赋为中华民族留存了相当数量的汉字。

正因为人们见不到多少字，所以对极致铺排的汉赋感到新奇。且汉字是以象形为主要特征，摹写自然事物的能力较强，即使不认识字的人，也能感受文字象形之美。况赋是诵读的艺术，有韵律节奏之美。试想象一下，读者捧着竹简，听着诵读，即使不明白文中意义，也会陶醉于其中。所以司马相如上《大人赋》，汉武帝"飘飘有凌云之气，似游天地之间意"。还有更神奇的是赋可以令人心旷神怡、治疗心理疾病。据《汉书·王褒传》记载："太子体不安，苦忽忽善忘，不乐。诏使褒等皆之太子宫虞侍太子，朝夕诵读奇文及所自造作。疾平复，乃归。太子喜褒所为甘泉及洞箫颂，令后宫贵人左右皆诵读之。"正如我们听着音乐，即使没有歌词也能够受到感染一样。

到了晋朝，造纸术已经相当流行，汉字对于人们已无新鲜奇美感，文人们甚至开始质疑汉赋的艺术价值，于是抒情小赋流行起来。可以说，从晋朝开始，大篇幅的类似汉赋一样极致排列物象的宏大篇幅已经很少再为文学界所重视，只存有史志的价值了。

到了当今社会，就不能提倡使用冷僻字了。原因主要有三点：一是当代读者多数都有百本以上的阅读经历，见识汉字的阵势可谓很多，审美期待有所提升，冷僻字只能令人生厌。二是当代作者的修为也不能达到古人水平。古人长年埋头苦读圣贤书，掌握相当数量的词汇。今人不能融会贯通，如果罗列不常用的词汇，只能说是生搬硬套，生吞活剥。其实我们汉语言文字的优势，是单音单形单义，即使是常用的三千汉字，也可以组成四万至五万个词汇。非特殊情况何必去搬字典，堆僻字。如是则连保存方志史料的意义也没有了。三是今人之吟诵技能严重倒退，无法重现昔日诵音之美。对于接受一方来说，可选之乐曲繁复缤纷，诵读之声已不再具有非常的吸引力。

我们举个今人创作例子——《太行山赋》："地灵鞠育，高张天巧之成；巨峡豁閜，并擅灵墟之胜。则有王莽龙泉，五指桃谷。脉络交午，虬蟠蠖屈。蓄丽秘精，韬妙藏幽。览其岩洞天开，涧溪地涌。播雾蒸云，飞泉吐溜。千瀑乱坠，喷雪奔雷。潭湖罗布，漾山沉璧。奇峰怪石，竞骋诡态。珍卉异木，牢笼尘寰。栈攀千尺，虹跨万仞。凝瑰玮于紫团，郁清淑乎林虑。殊胜卓荦，极豫游之壮观；景物罕侪，迈九峡而独妍。"作者是句句字字皆要注释来处，造成了阅读障碍。这样的文章很难流传于今时，更何况后世。

（四）句式单一，过于整齐

赋相对于其他古典文学体裁的优势是：体量宏大、错落有致、节奏明快、句式丰富变换，为古往今来的作者、读者所痴爱。总之，赋最大的优势是节奏。正如美国哲学家杜威对于节奏的定义：节奏就是有规则的变化。他认为，均衡的水流没有强度与速度的变化之时，就没有节奏；节奏最明显的特征就是强度的变异；节奏是美感和能量之源泉。这也是为何赋之书写宏阔，还不令人产生审美疲劳的缘故。我们来看《百城赋》之《昆明赋》的第一段："春城昆明，古今名城。高踞青藏高原南坡，山水称奇；俯瞰太平印度两洋，季风送暖。前后通达，左右逢源，雄峙边陲，守望国疆。拥滇池浩森碧水，驾彩云万里飞翔。古城壮丽兮，龟蛇深伏；气象景明兮，春润如常；高原明媚兮，花枝不断；人鸥相嬉兮，万物偕畅；孔雀翩跹兮，吉象威严；物类繁茂兮，资源富享；民族众多兮，色彩斑斓。美哉昆明，壮哉昆明！上苍馈我，我独优赏，兹以命笔，盛世记传，且咏且吟，多求酬唱。"全段四字句占据了80%，没有节奏的变换，读起来僵化无味。

（五）无思想、无境界、无升华

此类病的表现主要为：赋文只有辞藻的铺陈，就事论事，没有独立的思考，没有批判的精神，没有自我感情的融入，没有个人的境界升华，当代绝大多数的赋都是这样的。以上所举得例子莫不是如此。

当然，赋写作之病远不止以上五种，所存之问题主要还是作者审美素养偏低。在现代，虽然赋兴之潮流浩浩，然赋家之创作历程毕竟已有近百年的断代（虽间有赋作、未成规模），当代赋创作的规范标准缺失，况且赋家容易狂妄自大，不虚心向古人学习，导致辞赋界病弊丛生。笔者认为：除了多诵古人赋外，还要多阅读儒释道经典以及当今世界公认的哲学、史学、文学经典，提升自身修养，方可根除现代赋写作之"病"。

二、赋之"拗"

关于现代赋写作之"拗"，也以骈赋为例，其他赋体借鉴之。自沈约诸人提出"四声"说，"八病"也逐渐为历代文人所熟悉。具体内容最早由《文镜秘府论》（以下简称《论》）详细记载，具体为：平头、上尾、蜂腰、鹤膝、大韵、小韵、正纽、傍纽八种。主要分为两类：四声不和谐、同句或对句中有相同韵母或声母、非"双声"或"叠韵"的字。因为发音主要依赖开口大小、发音部位、发音方法，且有轻重高下之分，如重复出现同声母或同韵母的字，就会重复一个部位发音或者同一开口度，则发音器官容易疲劳僵木，发音呆板无抑扬错落之美，有时还会出现舌头、牙齿、嘴唇打架的情况。这"八病"都是关于声韵的，与其说是"八病"不如说是"八拗"。因为"病"必须治疗根除，而"拗"只是拗口，"拗"的程度有不同之分。有时用"拗"还能起到出奇的表达效果。且这"八拗"（以下"八病"皆称之"八拗"）渐次轻重，沈约本人也没有机械地严格遵循。一般来说避免"八拗"，对于提升作品和谐之美是很有帮助的。"八拗"说最早用在诗的创作上，后来文人们将其借鉴到赋的创作上，如白居易在《赋赋》所说："谐四声，祛八病，信斯文之美者。"我们先来了解这"八拗"的基本内容。

（一）平头

根据《论》之说："平头诗者，五言诗第一字不得与第六字同声，第二字不得与第七字同声。同声者，不得同平上去入四声，犯者名为犯平头。"意思是五言诗的上下对句中相对应的首字次字不得同声（无论是平上去入）。应用到赋之写作上，《论》又云："四言、七言及诸赋颂，以第一句首字，第二句首字，不得同声，不复拘以字数次第也。如曹植《洛神赋》云'荣曜秋菊，华茂春松'是也。铭诔之病，一同此式，乃疥癣微疾，不为巨害。"就是说赋句中上句开始处和下句开始处平仄不能相同，这可以理解，如果相同，上下失去高下错落、阴阳平衡之美了。但又说了这是"疥癣微疾"，而非"巨害"。比如《百城赋》之《天水赋》"崛起于陇山西麓，雄踞于渭河水滨"之"崛起"与"雄踞"，至于在隔句对中的，一与三、二与四的开头同样不要相同，如文章中"鸳鸯美玉，葡萄美酒夜光杯；庞公仙石，翡翠斑斓霞光飞"之句的"鸳鸯"与"庞公"的同声，都属于平头之"拗"。

（二）上尾

《论》论及上尾则曰："五言诗中，第五字不得与第十字同声，名为上尾。"又释曰："此即犯上尾病。上句第五字是平声，则下句第十字不得复用平声，如此病，比来无有免者。此是诗之疣，急避。"就是说，五言诗上句结尾不得与下句结尾处同声，否则是很严重的问题。这也好理解，相比于开始，诗句结尾处停顿时间较长，给予读者思考回味的时间比较长，如果上下不和谐，读者比较容易感受到，从而影响整体审美。《论》又引他人之论赋说："其赋颂，以第一句末不得与第二句末同声。如张然明《芙蓉赋》云'潜灵根于玄泉，擢英耀于清波'是也。斯乃辞人痼疾，特须避之。若不解此病，未可与言文也。"同样上尾在赋中也是严重之"拗"。比如《百城赋》之《天水赋》"陇上江南，历史名城"一句，"江南"和"名城"同属仄尾。又曰："若第五与第十故为同韵者，不拘此限。"意思为，上下句如果押韵的话，则为例外。比如《天水赋》中"银河滴翠，壮哉天水！"一句中的"滴翠"和"天水"押韵又同声，是可以的。《论》又曰："若诸杂笔不束以韵者，其第二句末即不得与第四句同声，俗呼为隔句上尾，必不得犯之"。是说，如果说在内不押韵的隔句中，也是适用同样道理，如《天水赋》中"据关西之首障，安危相属；控蜀汉之锁钥，治乱必据。雄山秀水，孕育古代文明；地灵人杰，荟萃人文华英"，"相属"和"必据"，"文明"与"华英"。

（三）蜂腰

至于蜂腰，《论》曰："蜂腰诗者，五言诗一句之中，第二字不得与第五字同声。言两头粗，中央细，似蜂腰也。沈氏云：'五言之中，分为两句，上二下三。凡至句末，并须要杀。'即其义也。"就是说在五言诗句中，一般第"二"字与第"五"字是断读处，不能同声。如果同声，就会平白无力，而少顿挫之美，如蜜蜂之腰部一样直木无趣。又曰："其诸赋颂，皆须以情斟酌避之。"就是说在赋句也要尽量避免相邻断读处平仄相同。比如《百城赋》之《泰州赋》："方寸之纸，难赋千年风流；咫尺之笔，何穷一城春秋？太古雄风，秉唐宋之气象；维今祥云，联日月之星光。""何穷一城春秋"句中的"穷""城""秋"，以及"秉唐宋之气象"句中"秉""宋""象"均是同平同仄，没有交替变换，即是犯了蜂腰之"拗"。然此"拗"非严重问题，《论》中也只是说要"斟酌避之"。

（四）鹤膝

至于鹤膝者，论曰："'五言诗第五字不得与第十五字同声。言两头细，中央粗，似鹤膝也，以其诗中央有病。''凡诸赋颂，一同五言之式。'如潘安仁《闲居赋》云：'陆摘紫房，水挂赪鲤，或宴于林，或禊于汜。'"即其病也。其诸手笔，第一句末不得犯第三句末。比如上面所举的《天水赋》："据关西之首障，安危相属；控蜀汉之锁钥，治乱必据。"其中的"首障"与"锁钥"。再如《泰州赋》："大海东徙，崛起碧阳高地；麋鹿繁衍，拓开丰饶盛土。"其中的"东徙"与"繁衍"，亦犯此类鹤膝之拗。在本节中，《论》又说："沈东阳着辞曰：'若得其会者，则唇吻流易，失其要者，则喉舌蹇难。事同暗抚失调之琴，夜行坎壈之地。'"再次印证了所谓"八病"都是有碍"唇吻流易"，即是"八拗"也。

（五）大韵

《论》曰："大韵诗者，五言诗若以'新'为韵，上九字中，更不得安'人''津''邻''身''陈'等字，既同其类，名犯大韵。"就是说五言诗句中的字之韵母不得与韵脚相同。这好理解，对于韵文，韵是其灵魂。韵总是在尾部，如果句中有相同韵母的字先声早夺，则减弱了尾韵的震撼力。比如在宴席上，在压轴菜未上之前，主人先上了一盘味道相似的佳肴，那么必会减弱客人们对压轴菜的获得感。诗如此，赋也一样，如《天水赋》中"四方辐辏，积淀人文厚土；古往今来，尽显岁月风流"之"辐辏"与"风流"，当属"大韵"问题。当然故作叠韵除外，如元郝经之《怒雨赋》："震来兮虩虩，迅击兮霹雳。"《论》中也提到了，不赘述。《论》又引元氏曰："此病不足累文，如能避者弥佳。若立字要切，于文调畅，不可移者，不须避之。"就是说"大韵"不算是大问题，能避则避。如果与诗意相冲突，可以不用刻意避免。这又表明了"拗"相对于"病"是具有一定灵活性的。

（六）小韵

《论》曰："小韵诗，除韵以外，而有迭相犯者，名为犯小韵病也。"就是在完整的诗句中，除了最后韵字外，其他字不要同韵母。在赋中也同样可以借鉴避免。比如《天水赋》："诗仙故里，子美为之流连；秦州杂诗，遂构千古佳篇。""故"与"古"同韵，诵读就会出现拗口。《论》又引元氏曰："此病轻于大韵，近代咸不以为累文。"或云"凡小韵，居五字内急，九字内小缓。然此病虽非巨害，避为美"可见此类问题一样不严重，在同一句内要相对多注意，在对句和隔对句中要稍次之。

（七）傍纽

《论》曰："傍纽诗者，五言诗一句之中有'月'字，更不得安'鱼''元''阮''愿'等之字，此即双声，双声即犯傍纽。亦曰，五字中犯最急，十字中犯稍宽。如此之类，是其病。"又引元氏云："傍纽者，一韵之内，有隔字双声也。"引元兢曰："此病更轻于小韵，文人无以为意者。又若不隔字而是双声，非病也。如'清切''从就'之类是也。凡安双声，唯不得隔字，若'踟蹰''踯躅''萧瑟''流连'之辈，两字一处，于理即通，不在病限。沈氏谓此为小纽。"就是说声母相同的两个字不得出现在同一诗句或上下句中。赋之写作也要尽量避免。比如：元郝经《怒雨赋》中"纷秦坚之百万，避晋玄之五千"，"坚"和"晋"同声母，即属于傍纽之"拗"。总之，一句之中非连用双声字而有二字同声母者或上下句有同声母字者，即是属于此类问题。这与《文心雕龙》所说的"双声隔字而每舛"原理是一致的，即不合声律原理。

（八）正纽

《论》引元氏曰："正纽者，一韵之内，有一字四声分为两处是也。如梁简文帝诗云：'轻霞落暮锦，流火散秋金。'"即两句之内不能杂用声母、韵母都相同的字。简文帝诗中的"锦"和"金"在一韵内，就属于正纽之"拗"。《论》又曰："若为联绵赋体类，皆如此也。"比如《百城赋》之《泰州赋》："太古雄风，秉唐宋之气象；维今祥云，联日月之星光。"隔句中包含同声母同韵母的"象"与"祥"，读起来会有些拗口。

总之，作赋如七言诗中"一三五不论，二四六分明"一样，只需在赋句断读处遵循"近者不同，对者反应"的原则即可避免平头、上尾、蜂腰、鹤膝四种拗口问题，而遵循在一句或者对句中尽量不要出现同声母或者同韵母的字，特别是不要与韵脚的韵母相同，则可避免大韵、小韵、正纽、傍纽四类问题。

正如《论》中所提到的："若得其会者，则唇吻流易，失其要者，则喉舌塞难。事同暗抚失调之琴，夜行坎壈之地。"作赋要多吟诵，仔细吟咏品味，凡读起来不顺畅的地方要及时改善，最好能邀请三两亲朋好友加入吟诵，共同发现问题并加以完善。

赋之篇法

古人云：不谋全局者，不足谋一域；不谋万世者，不足谋一时。就是说做事要有全局意识。写作也是一样，要有全局意识；关乎文章全局的学问就是篇法。刘勰在《文心雕龙》里说："篇之彪炳，章无疵也；章之明靡，句无玷也；句之清英，字不妄也。振本而末从，知一而万毕矣。"虽说得有点夸张，也确是道出了整篇布局的重要性。赋体量宏大，篇法布局尤其重要，否则就容易杂乱无章。在创作之前，最好能想好每段写什么，段与段之间有什么关联。正如《老子》所云："道生之，德蓄之，物形之，势成之。"最好能层层铺垫，虚实相生，重重蓄势，使之前后贯通，遥相呼应。本部分主要讲文章起承转合之法以及明线和隐脉的布置。

一、起承转合之法

起承转合之法，几乎适应于所有的文章，无论是长篇和短篇一般都有起承转合。起与合是必有的，也就是开篇与收尾。而承和转则有时不明显，比如有的篇幅大就比较明显，有的篇幅小就模糊甚至省略。

赋相比于一般的诗文来说，讲究铺陈和罗列，是时间艺术，更是一种空间艺术，设计师布置空间讲究前后左右衬托、照应、互补。所以赋相对于其他文体来说，更要讲究谋篇布局，主要是对前后段落的安排策划。首先是分段，一般是三到五段，当代很少会超过六段的。那么如何能起得峥嵘？如何承得开畅？如何转得"曲折"？如何收束得"渊永"？

（一）起

也称起势、破题、冒头、总提，就是赋文开始的文辞。首段要如人之头部，要清秀有姿态。特别是小赋。正如秦观说："凡小赋如人之元首，而破题二句乃其眉，唯贵气貌有以动人，故先择事之至精至当者先用之，使观之便知其妙用。"其实大赋也一样，只是小赋字数少，首段更突出显眼。不令人神情为之一振，如何能让读者读下去。

常见的破题、起势法有哪些呢？我们看古代的文论书，破题的方法概念有几十种，五花八门，令人眼花缭乱，其实大同小异。笔者在读古代文论的时候，看到古人发明的名词非常多。古人喜欢发明概念，因为创新有限，无法突破，又想标新立异，只有取不同的名词来显示不同了。在现代美学和文艺学观照下就清晰多了。一般可分为如下：正起、逆起、咏叹起、设问起、比喻起等；还可以分为两大类：实起和虚起，即开宗明义和关联引发。

1. 正起。就是开门见山，要清新、峥嵘。如白居易《赋赋》第一段："赋者古诗之流也。始草创于荀、宋，渐恢张于贾、马。冰生乎水，初变本于典坟；青出于蓝，复增华于风雅。而后谐四声，祛八病，信斯文之美者。"直接就点出了赋之来历和优势。江淹《别赋》第一段："黯然销魂者，唯别而已矣！况秦吴兮绝国，复燕宋兮千里。或春苔兮始生，乍秋风兮暂起。是以行子肠断，百感凄恻。风萧萧而异响，云漫漫而奇色。舟凝滞于水滨，车逶迟于山侧。棹容与而讵前，马寒鸣而不息。掩金觞而谁御，横玉柱而沾轼。居人愁卧，怳若有亡。日下壁而沉彩，月上轩而飞光。见红兰之受露，望青楸之离霜。巡层楹而空掩，抚锦幕而虚凉。知离梦之踯躅，意别魂之飞扬。"开头直接点出"离别"是令人黯然销魂的。苏轼《浊醪有妙理赋》第一段："酒勿嫌浊，人当取醇。失忧心于昨梦，信妙理之疑神。浑盎盎以无声，始从味入。杳冥冥其似道，径得天真。"徐夤《御水沟赋》第一段："陆海之中，昆明以东，御为沟而有自，沟注水以无穷。萦紫阁之千峰，清辞玉洞；泻银河之一派，冷入瑰宫。"都是如此。

2. 逆起。逆起就是欲言正先言反，欲言左先言右，多用于议论赋中。我们以苏轼《通其变使民不倦赋》为例。

通其变使民不倦赋

北宋　苏轼

物不可久，势将自穷。欲民生而无倦，在世变以能通。器当极弊之时，因而改作；众得日新之用，乐以移风。

昔者世朴未分，民愚多屈，有大人卓尔以运智，使天下群然而胜物。凡可养生之具，莫不便安；然亦有时而穷，使之弗郁。

下迄尧舜，上从轩羲。作纲罟以绝禽兽之害，服牛马以纾手足之疲。田焉而尽百谷之利，市焉而交四方之宜。神农既没，而舟楫以济也；后圣有作，而弧矢以威之。至贵也，而衣裳之有法；至贱也，而臼杵之不遗。居穴告劳，易以屋庐之美；结绳既厌，改从书契之为。

如地也，草木之有盛衰；如天也，日星之有晦见。皆利也，孰识其所以为利；皆变也，孰诘其所以制变？五材天生而并用，或革或因；百姓日用而不知，以歌以抃。

岂不以俗狃其事，化难以神。疾从古之多弊，俾由吾而一新。观《易》之卦，则圣人之时可以见；观卦之象，则君子之动可以循。备物致功，盖适推移之用；乐生兴事，故无怠惰之民。

及夫古帝既遥，后王继踵。虽或不由于圣作，而皆有适于民用。以瓦屋则无茅茨之敝漏，以骑战则无军徒之错综。更皮弁以圜法，周世所宜；易古篆以隶书，秦民咸共。

乃知制器者皆出于先圣，泥古者盖生于俗儒。昔之然今或以否，昔之有今或以无。将何以鼓舞民志，周流化区？王莽之复井田，世滋以惑；房琯之用车战，众病其拘。

是知作法何常，视民所便。苟新令之可复，虽旧章而必擅。神而化之，使民宜之，夫何懈倦？

本文的主题是"变则民不倦"，破题以"物不可久，势将自穷"，强调"不变则穷"，然后再引出"世变能通"，即是逆起法。

3. 咏叹起。如笔者《圣元环保赋》第一段："大哉，无用之为用也。至圣之言，山河回响；素元之本，亿兆微细。世间之循环，天道之轮回。累累城乡之秽，层层排泄之积。谁亮无采之目，谁弛掩鼻之手？谁燃千家糟粕，谁照万户福祉。唯大千之爽朗，乃圣元之所期！"现代张天夫《常德赋》（见《光明日报》所刊《百城赋》）第一段："杲杲常德，古武陵，朗州，鼎州是也。天不吝啬，舍湘北膏腴之地而为郡；地有独钟，让西楚纵横之区而雄踞。控引巴蜀，襟带洞庭。敞东南而望衡庐，倾西北以抱四塞。雪峰皑皑，帘挂潇湘新雨；河洑巍巍，夜宿衡阳雁声。禹分九派，先有澧州春秋；光耀华夏，首举城头青烟。沅澧汤汤，多屈子怀乡去国之恨；云水浩浩，扬文正先忧后乐之仁。江流如梦，何曾山河依旧，但看朝阳如炉。"用"杲杲"来赞叹常德历史悠久、底蕴厚重、璀璨夺目。

4. 设问起。如笔者《暨阳赋》："茫茫大江，谁扼其险？自虞舜驻足，泰伯开山，弦歌礼乐，不绝绵绵。神州之新潮遍拍，海头勇立；古邦之刚风正举，龙尾岂甘。更著红豆凝朱，相思情人之最；鹅鼻腾沸，勇惊俗世之澜。惯看往来沉浮，守望黄田港湾。牵一线滔滔拥旭日，望五洋浩浩卧君山。"再如现代张天夫《大爱赋》："问茫茫苍海，仁心安哉？问悠悠白云，博爱安哉？仰日月之光，有无私之照；俯大野之末，有造化之功。自古仁心，在日月左右。时有万恶，余一爱世界可亲；史传千年，载一德古今可颂。云淡淡兮，至爱无疆；水潺潺兮，大爱无声。有爱心驰骋，天下而有大道。"再如唐徐夤《员半千说三阵赋》："天地人阵者，其谁以测？唯圣主之嘉问，伊贤臣而洞识。莫不陈七德机要，叙三才楷式。愿同尚父，干戈永佐于周朝；敢学宣尼，俎豆将言于卫国。"

5. 比喻起。比喻起就是用类似主题的事物来做比拟，开启全篇。如唐徐夤《人生几何赋》第一段："叶落辞柯，人生几何。六国战而漫为流血，三神山而杳隔鲸波。任夸百斛之明珠，岂延遐寿；或有一卮之芳酒，且共高歌。"作者用落叶来比喻人生，起到兴发感动的良好效果。再如笔者《永久和平赋》第一段："信鸽咕咕，尽沐熙风细雨；海鸟嗷嗷，悠乐泛桅浮樯。全普天之永乐，乃万古之向往。然枭雄弓张，长有战事之繁；鼠盗齿啮，擅行不劳之享。遂有万古血海漂杵，千秋家园毁伤。然军功既往，难掩烦冤之泪；烟土久旱，不改云霓之望。"

除了以上五种外，笔者在教学时一般还会特别讲下"兴"起。"兴"是《诗经》中常用的表现手法，常与"比"结合使用，诗经之后用之者越来越少。赋中就更少了，因"兴"之手法比较玄妙，难以把握，然而用好了会有非常神奇的感发效果。上面所举的两个例子既是"比"起也是"兴"起。

赋之起始法，还可分为实起虚起两大类。实起，即开门见山、直入主题；虚起，就是不直接切入主题，而是用一些与主题相关联的句子，作开启全篇之用。根据当代赋家凝樱子的说法，或用大过文章主题的元素，从上向下演绎延伸；或用小过主题的元素，自下往上归纳总结。无论是大于或者小于都要与主题保持适当的关联度，否则就成为虚妄了。实起常以漫句开端，虚起常以对句开端。如唐徐寅《割字刀子赋》第一段："物有至大而无所为，物有至小而功且奇。当彩笔临文之际，见铦锋入目之时。改雕虫篆刻之非，重修丽藻；正垂露崩云之误，尽在瑕疵。观其寸铁虽轻，尺书可理。磨砻本自于良匹，玩爱式归于君子。封章是假，常挑鸾凤之踪；淬砺非多，不损杯盂之水。"作者没有直接论及刀子，而是先讲大于主题的哲理，"物有至大而无所为，物有至小而功且奇。"然后逐渐引出割字刀子，这就是用对句来虚起文章的典型案例。如唐欧阳詹《明水赋》第一段："智之不测，有明水焉。方诸在手，圆月居天。象质遐分，则迢遥而迥远。英华潜合，遂滴沥以流涟。可谓妙自斯妙，玄之又玄。"破题用漫句"智之不测，有明水焉"直入正题。再如唐张彦胜《露赋》："夫露者，阴阳之精气，天地之灵液也。秋冬浊而春夏清，晞于朝而生于夕，随时应变，不凝不积。"起始用漫句"夫露者，阴阳之精气，天地之灵液也"。

如将以上两类分法对比，则赋之正起为实起，咏叹起可虚可实，逆起、设问起、比喻起一般为虚起。实起虚起各有优势，作者可酌情使用。一般用虚起效果较好，正所谓"虚胜实，不足胜有余"。

（二）承

"承接处如人之有胸腹，要遒劲而有气力。"可分为：缓承、急承。

缓承：娓娓道来，顺调说下去。如唐徐寅《止戈为武赋》第二段："昔者楚庄，薄诸晋国。小臣请筑乎京观，厥王乃陈乎道德。谓临戎制敌，胜不在乎干戈。示子传孙，事宜归于翰墨。且武也者，战而不阵，师唯在和。考其字以因明所自，止其戈而焉用其戈。愿剑戟而器于农耕，贤哉若彼；问军旅而对以俎豆，圣也如何。"举例阐释，娓娓道来。

急承：虽然是承，但是承得很陡峭很急剧。如当代贾玉宝《广州赋》第三段："开国三十年，大起广交之会；又三十年，卷霹雳，裂惊雷，百千改革圣徒勇立潮头，一地之风焕为一国之风也。醒狮万头，唤起赳赳老国；丹荔千丛，延来四海之凤。五岭逶迤，难断天河之绢；三江横流，尽归黄埔之帆。碧海潮，白云翔。悠悠南天，其命维新。涉涉兮，湟湟兮，气象以开，九州景从，大国之弈星罗四海也。"造语精密，遣文顺快。再如笔者《暨阳赋》第二段："叹夫千樟风雨，南天砥柱。炮火燃空，满城戍鼓。天下慨然，鬼神敬肃。黄山岭兀立千秋，长存碧血；芙蓉湖澄鲜一色，永照心珠。松竹留翠，芳忠义于南门；兰蕙生芽，茂仁德于北户。菊怒播其香魂，梅寒挺其傲骨。壮哉暨阳！凝红雨于崇塔，铸国魄于万古。"暨阳是江阴的古名，这是为江阴创作的赋。这一段承接首段而铺叙，但是节奏突然加快。多用紧句，造语精密，行文顺快，整段或大段连贯起来，一气呵成。

（三）转

转是一篇文章主意发挥之关键之处。古人讲"转处，如人之膝盖，要有曲折灵活"。人行万里能走多远，靠的是腿脚，主要受制于膝盖的灵活度，如果是直直行走，能走远吗？所以古人认为通篇文字依托"关锁"而活。更有甚者认为作文常常从转处开始。一般用"是以、是故、于是、当是时、然则、由是观之、然、然而、虽然、不然、不则"等文字作为文章转接之发语词。文章之转如"破浪振起"，使得文势一变。如《岳阳楼记》最后一段："嗟夫！予尝求古仁人之心，或异二者之为，何哉？不以物喜，不以己悲；居庙堂之高则忧其民；处江湖之远则忧其君。是进亦忧，退亦忧。然则何时而乐耶？其必曰'先天下之忧而忧，后天下之乐而乐'乎。噫！微斯人，吾谁与归？"本文之"转"与"合"在同一段，波澜横生，发人深思。再如唐徐寅《首阳山怀古赋》："逋客曰：'夷齐以让国无为，求仁立规。何历数之不究，曷兴亡而不知。非不知周之可辅，纠之可隮，所忧者万纪千龄，所救者非一朝一夕。恐后代谓国之可犯，谓君之可迫。强者以之而起乱，勇者以之而思逆。所以激其时，抗其迹。往者晁而来可惩，义要行而身不惜。'"这两段是对前四段的发转，为结尾两段高潮来临做好了铺垫。总之，"行文曲折有致，波澜横生，常常语出意料之外，却又在情理之中"。转处要蓄满张力，在结尾处狠狠释放，文章方能具有巨大的能量和非常的生命力。

（四）合

收合贵紧切而渊永。这里介绍五种合法：照应、翻振、咏叹、发问、超脱。

1. 照应。照应是指在结尾回护文章主旨。文章在结尾段要对回护文章主旨。如刘熙载在《文概》中所说："揭全文之旨，或在篇首，或在篇中，或在篇末，在篇首则后必顾之，在篇末则前必注之，在篇中则前注之后顾之。"如唐徐黄《首阳山怀古赋》结尾："於戏！钟其浊则为佞为邪，禀其清则为英为异。垂名之士饿林薮，饱食之人砭天地。是宜征绘事，而写高山仰止先贤之志。"是对起始"首阳山兮非秀非隆，因其贤而名高碧空"的照应。如笔者《暨阳赋》结尾"嗟夫！暨阳印象，江阴精神。所谓一阴一阳谓之道，唯斯人最明道欤？所谓观水有术，必观其澜。唯斯江尾海头细浪翻滚之地，群山砥砺攻金玉，动静交养成仁智欤？而能满城皆活，富国策兮江之阴；一脉不已，厚国基兮福之地。欣看灿灿江山，悬一桥天索，卧长波激滟；待展峨峨宏志，遥四宇博望，探无限奇迹！"是对首段"牵一线滔滔拥旭日，望五洋浩浩卧君山"的回护。

2. 翻振。结尾处将前段之意翻覆升华、掉尾一振。笔者《安阳新城赋》第五段"一地一城一国，其兴衰沉浮无不系于通也。地脉通兮大道畅，商脉通兮百业旺，文脉通兮翰墨香，政脉通兮家国昌。通者，实惠民之根，兴国之本，大和之原也！"是对第四段"道贯九派，云衢通达青天"中"通达"的再反复，主旨得到升华。

3. 咏叹。比如唐代无名氏《沧浪濯缨赋》以"沧浪之水兮征《楚辞》，临清漪兮应昌期。濯吾缨兮有所思，幸我生兮及明时。进德修业兮已矣，拔茅汇征兮良在兹"结尾；如当代张天夫《湘江赋》以"枕一夜涛声，得千载风流；

摇一日洞庭，播万里春风。神州仰我湖湘兮，载古载今；天地借我湘江兮，且歌且奔"结尾。

4. 发问。如当代凝樱子《太湖赋》最后一段："于是流风久传，历代不绝。盖太湖之为宝盆，钟南岸而通仙阙。喜山之客，当享仁者之欢；乐水之人，不尽智者之悦。自古盛世，善政悠退；如今太湖，碧涛朗澈。捧月在掌，岂无傲立之荣；放舟随波，自得优游之惬。乃料鲲之可弃沧溟，鹏之将离云穴。而风光若斯，君忍别乎？"如笔者《记者赋》结尾："嗟乎！王者之道，岂必在于庙堂冠冕之间。誉之者罪之者，唯春秋乎？"

5. 超脱。文章结尾处不结而结，与主题若即若离，余韵飘渺。如苏轼《赤壁赋》结尾："客喜而笑，洗盏更酌。肴核既尽，杯盘狼籍。相与枕藉乎舟中，不知东方之既白。"《后赤壁赋》结尾："道士顾笑，予亦惊寤。开户视之，不见其处。"

对于古文起承转合之法，历来都有争议，特别是近代以来，学者对古文笔法诟病颇多。比如鲁迅曾引瞿秋白的话说："什么起承转合、文章气韵，都没有一定标准，难以捉摸。"正因为难以捉摸，一旦领会，运用起来总是很有效果。如果难以理解，可以看一下当代学者甘露明的论文《对起承转合章法理论的重新解读》，他认为："起、承、转、合"原理的本质，即使是把"重复"和"对比"两种思维操作模型有机地结合在一起，要么是重复加强，要么是转折蓄势。一般文章"起"部分包含了文章主题、基调；"承"渲染、铺陈，两个部分的构成运用了"重复"的赋形思维操作模型；"转"的内容是转到文章主题对立方向去和"起"、"承"部分的内容构成强烈的反差、对比，这正是"对比"的操作模型；而"合"的部分又重复回到主题上去了，当然这种重复不是简单的复制，而是进步一加深、升华。所以清代王元启在《惺斋论文》说："文字之道，极之千变万化，而蔽以二言，不过曰接曰转而已。一意相承曰接，二意相承曰转。"明白了这个本质，再进行写作时，就不必拘泥于"起、承、转、合"的文本框架模式了。

关于起承转合，最后要记住"蓄者乃统篇之法也"，"起"也好，"承"也好，"转"也好，都是蓄势。"起"和"承"一般是正面积蓄力量，"转"一般是曲折回旋积蓄反面力量。"蓄势于前，急转于后"，正如拉弓射箭，正反都要蓄势才能更饱满，最后在结尾处喷薄而出，感染读者。

二、明线与隐脉

（一）明线的设置

明线的设置是为了文章不散，如线绳串起珍珠，端庄典雅。明线的布置一般和主题直接相关。比如《赤壁赋》文章设置"主乐、客悲、主说、客喜"这条明显的线索。再如《国风·周南·桃夭》："桃之夭夭，灼灼其华。之子于归，宜其室家。桃之夭夭，有蕡其实。之子于归，宜其家室。桃之夭夭，其叶蓁蓁。之子于归，宜其家人。"文章三段描写的顺序是花朵、果实、叶子，先开花，再结果，摘过果子后就剩下叶子了。按时间先后顺序，从热烈到平淡。

（二）隐脉的安排

隐脉一般与主题若即若离。隐脉的安排，在不同段落隐现有相同或相似的元素，或是在不同段落隐含可成体系的元素。有的隐脉前后关联大，有的关联弱。有时未必是有意安排，可能是潜意识的流露体现。文章隐脉可能不止一个。无论哪种，隐脉的主要特征是不明显，如草蛇灰线，能够增加文章的趣味，给予读者惊喜。如《阿房宫赋》中的前四段都有多个数词"一"，第一段五个、第二段两个、第三段一个、第四段两个，到了最后一段数词有"三"和"万"，从"一"到"万"的这条隐脉，暗藏"一朝不知鉴，万世哀复哀"之意，暗示秦王是独夫寡人，秦国不得人心，奢求"三世至万世而为君"，只能贻笑后世。《安阳新城赋》（见本书第二部分），第一段"宏绘蓝图，大潮荡涤胸膛；高擎大纛，雄风纵横京广"，第二段"东纳泰岳紫气，吞吐万状；西瞻太行丰碑，汇通八方；南拥中原苍茫，蛟龙呼啸；北挟燕赵雄浑，鲲鹏奋张"，第三段"高拱商祚，鱼贯九域金融；广植梧桐，鸳集六合彩凰；钢铁巨子，风生水起；航空新星，斗灿月朗"，第四段"道贯九派，云衢通达青天；水润八荒，新城情系心脏"，每段都暗含"通"之道，直到结尾"通者，实惠民之根，兴国之本，大和之原也！"全面总结升华，增加了文章的哲理性和耐读性。

阿房宫赋

唐 杜牧

六王毕，四海一；蜀山兀，阿房出。覆压三百余里，隔离天日。骊山北构而西折，直走咸阳。二川溶溶，流入宫墙。五步一楼，十步一阁；廊腰缦回，檐牙高啄；各抱地势，钩心斗角。盘盘焉，囷囷焉，蜂房水涡，矗不知其几千万落！长桥卧波，未云何龙？复道行空，不霁何虹？高低冥迷，不知西东。歌台暖响，春光融融；舞殿冷袖，风雨凄凄。一日之内，一宫之间，而气候不齐。

妃嫔媵嫱，王子皇孙，辞楼下殿，辇来于秦，朝歌夜弦，为秦宫人。明星荧荧，开妆镜也；绿云扰扰，梳晓鬟也；渭流涨腻，弃脂水也；烟斜雾横，焚椒兰也。雷霆乍惊，宫车过也；辘辘远听，杳不知其所之也。一肌一容，尽态极妍，缦立远视，而望幸焉；有不得见者，三十六年。

燕赵之收藏，韩魏之经营，齐楚之精英，几世几年，剽掠其人，倚叠如山。一旦不能有，输来其间。鼎铛玉石，金块珠砾，弃掷逦迤，秦人视之，亦不甚惜。

嗟乎！一人之心，千万人之心也。秦爱纷奢，人亦念其家；奈何取之尽锱铢，用之如泥沙？使负栋之柱，多于南亩之农夫；架梁之椽，多于机上之工女；钉头磷磷，多于在庾之粟粒；瓦缝参差，多于周身之帛缕；直栏横槛，多于九土之城郭；管弦呕哑，多于市人之言语。使天下之人，不敢言而敢怒。独夫之心，日益骄固。戍卒叫，函谷举，楚人一炬，可怜焦土！

呜呼！灭六国者，六国也，非秦也。族秦者，秦也，非天下也。嗟乎！使六国各爱其人，则足以拒秦；使秦复爱六国之人，则递三世可至万世而为君，谁得而族灭也？秦人不暇自哀，而后人哀之；后人哀之而不鉴之，亦使后人而复哀后人也。

赋之章法

章法，就是段法，是介乎句法与篇法之中的。明朝的左培在《文式》一书中说："章法非篇法也。篇法乃一篇之提、反、虚、实，挑缴结也。所谓章者，片段之谓。就一篇中，股股贯串，句句接续，乃成章片。"

日本学者儿岛献吉郎认为"盖章法之妙，不存于一泻千里之中，而存于一波三折之中，不存于一气呵成之笔，存在于一意反复之文"，可见章法是需要匠心营造的。章法也包括音形义三个方面。在前面赋之用韵与赋之节奏、平仄两章节中，已论及赋在音韵方面的章法了。至于赋之句式变化、搭配之法，则属于形之范畴。赋之长短句、骈散句的铺排要和谐、平衡，在唐代无名氏的《赋谱》中已基本涵盖了，笔者对于《赋谱》有专门的解读，附录在后，此不赘述。本章主要介绍文章义（意）方面的章法，包括段之立骨、发语、收句，以及段中渲染、蓄势、阐释等。

一、章之立骨

章之立骨，就是段落要有主心骨，要有中心思想或是感情基调。最早全面论述"立骨"之说的是梁朝的刘勰，他认为"沉吟铺辞，莫先于骨""辞之待骨，如体之树骸""若瘠义肥辞，繁杂失统，则无骨之征也"。每段需要有中心之义来统摄全段，这样行文脉络就清晰，不能东一句，西一句。不要有只言片语绝缘于主题之外。现介绍以下几种立骨法。

（一）一字立骨法

"一字立骨法"，就是锤炼字句，用一个字或词来统帅全段，作为段落中心。如晋朝文学家陆机《文赋》中写道："立片言而居要，乃一篇之警策。虽众词之有条，必待兹而效绩。"一个字词，能揭示主旨、升华意境、涵盖内容，奠定段落的感情基调或中心思想或是核心要义，这样一段就有了主心骨。比如现代贾玉宝《湘江赋》第一段用"雄"、第二段用"勇哉"、第三段用"为乎"、第四段用"国运"、第五段用"动"、第六段用"爱"来统摄各段，是为"一字立骨法"。

（二）一句立骨法

"一句立骨"，指用一句话或一段话，作为段落之中心，确立骨架。比如笔者《徐州诗歌图书馆赋》的第四段："幸哉洗目有门前之溪，清心有诗仙之河，豁志有诗圣之桥，骋怀有诗云之楼。落落轻音，摇曳芳草，扬扬远韵，涤荡烦忧。凭栏则江山满是，小住则锦章织就。近夫硕望手植之桂，必能澄正诗情，感欣欣兮生机，思无邪兮悠悠。一入天空之美城，享诗意之栖居，人间之梦想可长守也。"其中"感欣欣兮生机，思无邪兮悠悠"是本段"段眼"，奠定本段之基调。笔者《汉王赋》第一段："帝乡佳境，名镇汉王。乾坤眷顾，风物典藏。山承楚汉之重，泉涌古今之芳。花放海之烂漫，石灿园之琳琅。感夫山河明秀，春风古木之拂；硕果丽鲜，秋水伊人之望。自古大汉之福地，而今锦绣之康庄。长得其人之裁剪，物我相得而益彰。"其中"长得其人之裁剪，物我相得而益彰"句是为本段段眼。

（三）正反立骨法

比如笔者《记者赋》："昔者左氏记史，诟耻令色巧言；迁圣直书，不媚三公九鼎。庶穷天人之际，擘划德图之清。二圣垂采访之范，丹心并松柏长青。至于陈寿编传，美丑关乎贿赂；孙潜改删，篇章变于临刑。竟得万年遗臭，可惜毕功付空。乃知记者之道，首在本志之明。"分别从正面案例和反面案例论述情志对于记者从业的重要性。

有时这三种立骨之法并非绝对独立，有时是交叉使用的，创作时要灵活运用。

二、章之发语

唐代《文笔要诀》几乎将所有的发语词都收录，并作分类整理。可以作为赋作发语选择之用（详见本书上部分附录）。

三、章之收句

收句，也称为落句，是一段的收束部分，因停顿较长，读者记忆和回味的时间较多。所以必须精心设计方好。收句可简单分为两类：一类是用骈句；一类是漫句也就是散句。一般来说，漫不如骈，因为在漫句中，语言是呈线性前进的，比较适合直接表达观点或抒发感情，而骈句因为严整对仗，倾向于罗列物象和事象来表达思想情感，较为间接，对于文学来说，间接含蓄总比直接直白表达的效果要好些。比如唐徐夤《荐蔺相如使秦赋》："大凡将有国以有家，无玩奇而玩异。岂不见匹夫以之而侧足，王者以之而丧志。余尝览赵国史书，窃笑相如之事。"结尾句比较直白。其徐夤另外一篇《陈后主献诗赋》的结尾是"岂徒咏风云草木，徇荣辱兴衰。家国何之，却有登封之议；祖宗谁嗣，更无恓惋之词。只闻五字时吟，千钟日醉。燕巢堪栗于帷幕，鸟觜先呈于谶记。逡巡炀帝殒江都，不及陈宫之故事"，将隋炀帝和陈后主对比，虽是宽对，然相比之下，《陈后主献诗赋》的结尾句余韵袅袅，耐人寻味。再如笔者《记者赋》第二段漫句结尾："夫子之世，过往千载；今事之杂，非博岂鉴？"与第三段骈句结尾"与天地兮共心境，与草木兮同呼吸。指白日以证心，望皓月而明识"，表达效果明显不同。两者表达效果的优劣并非绝对，可根据具体情况选用句式。

四、章之蓄势

赋段落中心思想、感情基调确立后。接下来就要铺排具体、形象的事物来引出结论、点燃情感，所做的铺排就是蓄势的安排。作为段"眼"（立骨一般会确立段"眼"）的字或句之前的内容都是为了蓄势做准备。正所谓厚积而薄发，段"眼"自然呼之欲出。比如苏轼《滟滪堆赋》的最后抒情和议论："嗟夫,物固有以安而生变兮,亦有以用危而求安。得吾说而推之兮,亦足以知物理之固然。"这是结论和感慨,如果仅仅是如此的话,那么肯定会苍白无力,需要详悉的铺陈来铺垫,铺陈内容就是前面的"方其未知有峡也,而战乎滟滪之下,喧豗震掉,尽力以与石斗,勃乎若万骑之西来。忽孤城之当道,钩援临冲,毕至于其下兮,城坚而不可取。矢尽剑折兮,逶迤循城而东去。于是滔滔汩汩,相与入峡,安行而不敢怒"。

五、章之演绎

赋段中心思想、感情基调在前的,就需要详细的阐释,也就是演绎和详说,让观点有说服力、情感流露自然。我们还以苏轼《滟滪堆赋》的序为例。序与本赋结尾不同的是,作者首先抛出了观点——"以余观之,盖有功于斯人者。"需要进一步的阐释演说方有可信度。于是就有了"夫蜀江会百水而至于夔,弥漫浩汗,横放于大野,而峡之大小,曾不及其十一。苟先无以龃龉于其间,则江之远来,奔腾迅快,尽锐于瞿塘之口,则其崄悍可畏,当不啻于今耳"的论述,令读者眼前胸中为其折服。

六、章之渲染

在抒情赋中,如没有渲染,则很难感动人。渲染的文辞可用在段"眼"之或前或后。比如《小园赋》最后一段:"遂乃山崩川竭,冰碎瓦裂,大盗潜移,长离永灭。摧直辔于三危,碎平途于九折。荆轲有寒水之悲,苏武有秋风之别。关山则风月凄怆,陇水则肝肠断绝。龟言此地之寒,鹤讶今年之雪。百灵兮倏忽,光华兮已晚。不雪雁门之踦,先念鸿陆之远。非淮海兮可变,非金丹兮能转。不暴骨于龙门,终低头于马坂。谅天造兮昧昧,嗟生民兮浑浑!"最后"谅天造兮昧昧,嗟生民兮浑浑"是抒情感慨,而之前关于往事的回顾、典故的运用则是意境的渲染。再如范仲淹的《岳阳楼记》(金圣叹认为如果独立看文中悲喜两段是赋体）正文第二段："若夫淫雨霏霏，连月不开，阴风怒号，浊浪排空；日星隐曜，山岳潜形；商旅不行，樯倾楫摧；薄暮冥冥，虎啸猿啼。登斯楼也，则有去国怀乡，忧谗畏讥，满目萧然，感极而悲者矣。"从"淫雨霏霏"到"虎啸猿啼"是环境的渲染，自然令去国怀乡者感发而悲愁也。第三段同样。

以上介绍的三种章法都是对"骨"之填充，方可使其有血有肉饱满充盈。蓄势、禅诗、渲染并非绝对独立，三者经常相互重叠交叉。

至于篇中句与句之间的搭配，宋代诗人范温提出"诗贵工拙相半"的观点可以引作借鉴。比如一篇赋的某段书写渐次疏密浅深，多用"拙句"，就是用朴实无华来衬托"工句"。不建议句句勾勒，字字雕琢，因为"皆拙固无取，使其皆工，则峭急而无古气，如李贺之流是也"，红花也需要绿叶来配。

滟滪堆赋并序
北宋　苏轼

世以瞿塘峡口滟滪堆为天下之至险，凡覆舟者，皆归咎于此石。以余观之，盖有功于斯人者。夫蜀江会百水而至于夔，弥漫浩汗，横放于大野，而峡之大小，曾不及其十一。苟先无以龃龉于其间，则江之远来，奔腾迅快，尽锐于瞿塘之口，则其崄悍可畏，当不啻于今耳。因为之赋，以待好事者试观而思之。

天下之至信者，唯水而已。江河之大与海之深，而可以意揣。唯其不自为形，而因物以赋形，是故千变万化而有必然之理。掀腾勃怒，万夫不敢前兮，宛然听命，唯圣人之所使。

余泊舟乎瞿塘之口，而观乎滟滪之崔嵬，然后知其所以开峡而不去者，固有以也。蜀江远来兮，浩漫漫之平沙。行千里而未尝龃龉兮，其意骄逞而不可摧。忽峡口之逼窄兮，纳万顷于一杯。方其未知有峡也，而战乎滟滪之下，喧豗震掉，尽力以与石斗，勃乎若万骑之西来。忽孤城之当道，钩援临冲，毕至于其下兮，城坚而不可取。矢尽剑折兮，迤逦循城而东去。于是滔滔汨汨，相与入峡，安行而不敢怒。

嗟夫，物固有以安而生变兮，亦有以用危而求安。得吾说而推之兮，亦足以知物理之固然。

赋之字词

《文心雕龙·章句》曰："人之立言，用字以生句，积句而成章，积章而成篇。"正所谓：好字出好句，好句成好章，好章成好篇。可见字词是文章的基础。一篇文章之成败，最终是要落实在字词上。

从大的分类可以将字词也分为虚实两类。首先我们来看，实字主要包括动词、名词、形容词、数词、量词、代词等。本章主要讲赋之动词、名词、形容词、数词以及少量的虚词。

一、动词

动词要发挥飞腾灵动之美。酝酿一种力，来达到一种神采飞扬、气韵生动的艺术境界。著名的语言学家赵元任曾说："在正常情况下，句子的主要信息总是搁在谓语里。"动词则是汉语中谓语的主力大军。黑格尔也认为："能把个人的性格、思想和目的最清楚地表现出来的是动作，人的最深刻方面只有通过动作才见诸现实。"赋相比于其他文体，描述铺陈更为宏大，所以在赋的创作中，对于动词的使用与锤炼则尤为关键和重要。动词一般展现出以下两种力。

（一）阳刚震撼之力

比如笔者《台儿庄战役赋》《郑成功赞》、苏轼《飓风赋》（见本章附）等。平日可以多读读杜甫和李贺的诗，将其中有阳刚力度的字词摘录，分类整理出来，常常学习体会。

（二）阴柔祥和之力

正如将军归田园、战马放南山，动词则卸去万斤力度，充满着婉转轻盈之美。在一些山水楼台等作品中常见。比如宋苏轼《中山松醪赋》、明唐寅《南园赋》等。平日可以多读读婉约派诗词赋家的作品，将其代表作中的动词摘录，分类整理，常常体会学习。

二、名词

（一）意象铺排

文学以意象为主为贵，诗赋更是如此。意象之象须用名词来表达书写。古文不重逻辑，善于用名词来发散思维，增加想象空间。名词是辞赋主体意象构筑的基石。创造性的组合意象，内涵深厚，包涵万状。我们来以《两岸一家亲赋》为例来解读。如文章第四段："所惜几多离情，一年容易秋风；五岳绮霞，子孙炎黄如故。唯夫情义兰舟，通融融之对岸；天地蓬窗，豁明明之四目。"仅用了两个轻隔句就陈列了近十个意象，营造了深远的意境，令人能感受两岸亲情不可分割的紧密关系。

（二）具象和抽象结合

赋中尽量不要用抽象名词，但有时也不可避免，特别是写现代事物，有大量的新词汇是绕不开的。比如科学、民族、基因、钢筋、建筑、亚克力、混凝土等，可结合具体物象来化俗为雅。比如笔者《中国新诗百年赋》："德赛星火，溅竖排之乎者也；性灵光芒，驱阴森怪力乱神。""德赛"为抽象词，"星火"为形象词。再如《两岸一家亲赋》中"虽隔于三百里之风信，一百年之雨愁"一句，其中忧愁和信息是抽象词，通过与风和雨的结合就形象、具体、有感染力了。

三、形容词

名词与动词的搭配基本可以构成句子的框架，形容词的使用则丰富了其形象与内涵，它对于表现书写对象多维特征至关重要，给读者视觉、听觉、触觉等感觉以刺激。恰当使用形容词对渲染环境、表情达意具有重要作用。因此在赋之用字艺术中，形容词的使用也是至关重要的。比如欧阳修的《秋声赋》。

四、数词

（一）汉字数字

明陆长庚《梦笔生花赋》："岂夜入题诗之路，径本三三；倘朝思授官之人，仙疑七七。"

（二）天干地支

清平恕《五丁开山赋》："记锁支祈之怪，漫道庚辰；将通伯翳之邦，斜连子午。""真形搜五岳之图，风云遁甲；铸错萃六州之铁，雷电飞丁。"

五、颜色词

颜色词是指形容颜色的词语，如红黄蓝绿等。赋中有例如清吴锡麒《春水绿波赋》："船真天上，扪星斗而皆青；人在镜中，染须眉而尽绿。"清韩潮《浔阳琵琶赋》："嗟老大之无成，鬓将点白；叹浮生之若梦，眼孰垂青。"

六、其他实词

（一）量词

斗、升、个、斤、匹、尾等。如唐徐寅《割字刀之赋》："磨砻本自于良匹，玩爱式归于君子。"

（二）代词

我、你、他、其等。如唐徐夤《文王葬枯骨赋》："盖将斯骨以喻我，以己不欲而行之于彼。"

（三）方位词

如清陶亮采《池塘生春草赋》："逗出无边绿意，春去春来；牵将一片红情，江南江北。"清徐轼《东坡赤壁后游赋》："姜粥芋羹，曾记身游陕右；铜琶铁板，尽教曲唱江东。"

七、实词互用

（一）形容词作动词

如唐徐夤《斩蛇剑赋》："磨霜砺雪兮，荧煌错落。""错落"是形容词，在这里是指交错地排列。

（二）名词作动词

如三国诸葛亮《出师表》中"以光先帝遗德"句中的"光"是名词作动词用，意为发扬光大。如唐刘禹锡《陋室铭》中的"山不在高，有仙则名"，其中"名"是名词作动词用，意为出名，闻名。唐杜牧《阿房宫赋》中的"鼎铛玉石"，"铛"和"石"是名词，在这里作动词，即是表示把……看作铁锅、把……看作石头。

（三）形容词作名词

如唐徐夤《寒赋》中"庭兰落翠，禁树催红"、《山暝孤猿吟赋》中"逾绝壑兮度鸣湍，悲风飒兮零雨残。涧草萋绿，溪花陨丹"及王棨《江南春赋》："年来而和煦先遍，寒少而萌芽易坼。"

（四）名词与动词组合

用名词之生动意象来助力动词之表达。能起到化俗为雅的目的。比如虎步、龙跃比跳跃好，蚕食比吞食好，等等。例如王棨《江南春赋》："野葳蕤而绣合，山明媚以屏连。"其中"绣合""屏连"即是名词与动词的巧妙组合。

八、虚字

虚字（词）是相对于实字而言的本身不具有独立意义的词。汉语虚词包括副词、介词、连词、助词、叹词、拟声词。马建忠在《马氏文通》中所说："构文之道不外虚实两字，实字其体骨，虚字其神情也。"日本学者三好似山在《广溢助语》中说："虚字为无用之用，文章之筋骨，辞藻之枢要也。"正如人之身体由骨、肉、筋、皮、血组成才能灵活，实词与虚词的共同作用才能成就一篇好赋。另有清代王济师的《虚字启蒙》可以作为虚字用法学习参考。

文章需刚柔并济、虚实结合，方能达到风骨与神韵并存的艺术境界。切记，无论虚词实词之锤炼，都要以意为主。正如清代沈德潜所说："古人不废炼字法，然以意胜而不以字胜，故能平字见奇，常字见险，陈字见新，朴字见色。"

九、积累词汇

平日里准备个笔记本或电脑里建个文件夹，遇到文章（不论是古文、古诗、现代文、现代诗），只要是感觉比较好的词（在俗和雅之间，不常见却不过度冷僻），就摘录下来、分类整理、经常复习。最好是由常用的大众可识别的三千汉字来组成的，比如依稀、旧雨新知、神思、性灵等。让人一看就熟悉的感觉，但是又不能立马看破、把握住，这就是好词。

飓风赋

北宋 苏轼

仲秋之夕，客有叩门指云物而告予曰："海气甚恶，非祲非祥。断霓饮海而北指，赤云夹日而南翔。此飓风之渐也，子盍备之？"语未卒，庭户肃然，槁叶蔌蔌。惊鸟疾呼，怖兽辟易。忽野马之决骤，矫退飞之六鹢。袭土囊而暴怒，掠众窍之叱吸。予乃入室而坐，敛衽变色。客曰："未也，此飓之先驱尔。"少焉，排户破牖，殒瓦擗屋。礧击巨石，揉拔乔木。势翻渤澥，响振坤轴。疑屏翳之赫怒，执阳侯而将戮。鼓千尺之涛澜，襄百仞之陵谷。吞泥沙于一卷，落崩崖于再触。列万马而并骛，会千车而争逐。虎豹慑骇，鲸鲵奔蹙。类钜鹿之战，殷声呼之动地；似昆阳之役，举百万于一覆。予亦为之股栗毛耸，索气侧足。夜拊榻而九徙，昼命龟而三卜。盖三日而后息也。父老来唁，酒浆罗列，劳来僮仆，惧定而说。理草木之既偃，辑轩槛之已折。补茅屋之罅漏，塞墙垣之隙缺。已而山林寂然，海波不兴，动者自止，鸣者自停。湛天宇之苍苍，流孤月之荧荧。

忽悟且叹，莫知所营。呜呼，小大出于相形，忧喜因于相遇。昔之飘然者，若为巨耶？吹万不同，果足怖耶？蚁之缘也吹则坠，蚋之集也呵则举。夫嘘呵曾不能以振物，而施之二虫则甚惧。鹏水击而三千，抟扶摇而九万。彼视吾之惴栗，亦尔汝之相莞。均大块之噫气，奚巨细之足辨？陋耳目之不广，为外物之所变。且夫万象起灭，众怪耀眩，求仿佛于过耳，视空中之飞电。则向之所谓可惧者，实耶虚耶？惜吾知之晚也。

秋声赋
北宋 欧阳修

欧阳子方夜读书，闻有声自西南来者，悚然而听之，曰："异哉！"初淅沥以萧飒，忽奔腾而砰湃，如波涛夜惊，风雨骤至。其触于物也，铮铮铮铮，金铁皆鸣；又如赴敌之兵，衔枚疾走，不闻号令，但闻人马之行声。予谓童子："此何声也？汝出视之。"童子曰："星月皎洁，明河在天，四无人声，声在树间。"

予曰："噫嘻悲哉！此秋声也，胡为而来哉？盖夫秋之为状也：其色惨淡，烟霏云敛；其容清明，天高日晶；其气栗冽，砭人肌骨；其意萧条，山川寂寥。故其为声也，凄凄切切，呼号愤发。丰草绿缛而争茂，佳木葱茏而可悦；草拂之而色变，木遭之而叶脱。其所以摧败零落者，乃其一气之余烈。

"夫秋，刑官也，于时为阴；又兵象也，于行用金，是谓天地之义气，常以肃杀而为心。天之于物，春生秋实，故其在乐也，商声主西方之音，夷则为七月之律。商，伤也，物既老而悲伤；夷，戮也，物过盛而当杀。

"嗟乎！草木无情，有时飘零。人为动物，唯物之灵；百忧感其心，万事劳其形；有动于中，必摇其精。而况思其力之所不及，忧其智之所不能；宜其渥然丹者为槁木，黟然黑者为星星。奈何以非金石之质，欲与草木而争荣？念谁为之戕贼，亦何恨乎秋声！"

童子莫对，垂头而睡。但闻四壁虫声唧唧，如助予之叹息。

赋之能量

为何与"赋"组合的词组多能给人力量、令人振奋（比如"赋能""赋予""赋形""赋颂"）？为何流传最广的文言文作品多与赋关联紧密（如《赤壁赋》《后赤壁赋》《阿房宫赋》《岳阳楼记》《滕王阁序》《秋声赋》）？是什么力量让这些文章穿越时空回响在中华乃至全世界人们的心中？为何最令人疯狂、价值最高的单篇文章是赋（如人们常说："洛阳纸贵三都赋""千金难买相如赋"等）？为何从梁朝萧统编《文选》开始，古代文人编选文集，喜好将赋列在最前头？笔者总结出以下五个方面原因。

一、中华汉字的能量

赋之能量首要应当首先归功于中华文明的主要载体——汉字（第二章有详细论述，不赘述）。赋包括宇宙，体量宏大，将汉字艺术铺排至极致、无以复加，所以能量相比其他文体更为巨大。

二、集聚与铺陈的基因能量

相比于其他古典文体，如诗词歌曲戏剧骈文等，赋能够独具一格，最根本的还是其特质，类似生物学里的基因。先从赋这个字之本义源流说起。清代段玉裁在《说文解字注》中说："《周礼·大宰》'以九赋敛财贿'，敛之曰赋，班之亦曰赋。经传中凡言以物班布与人曰赋。敛，就是收集，敛藏，积蓄力量。

周朝根据国家消费需要所征收的九种赋税。班，班布，展示，铺陈。小范围铺，就在国库里，大范围铺则是在整个国家的方方面面，比如礼仪、教育、赈灾、医疗、公职人员俸禄等。收起来的是势能，放出去的是动能。"敛"的目的是"班"，"班"的前提是"敛"。一收一放之间，就显示了赋之强大的势能和动能。试想一下，赋税支撑了整个国家的运营，能量能不强大吗？

可以说，集聚和铺陈是赋的基因。是不是可以发挥一下想象力，凡是从万物中积蓄力量的体量宏大的又能哺育万类的事物都可以称之为"赋"。其引申的意义也无外乎这两类。天赋、禀赋，是集聚的势能；赋予、赋形、赋诗，是铺陈的动能；至于赋体，则是兼具集聚和铺陈的辩证统一。

秦朝之后，中国大一统，社会安定，经济发达，汉朝继承先秦所有存蓄的文明成果，肇创了大汉文化，其中汉赋就是汉文化的最主要的体现。汉赋把先秦所有文章的发展成果都集中继承下来了。杂交让赋体更加强大，真正实现了"苞括宇宙，错综古今"。（在汉赋之前的战国虽然也有赋，比如宋玉和荀子等赋虽然也求全，但因社会动荡，各国文字不统一，赋家无法广泛吸纳各国文学成果，未能成就气象。）

清代章学诚在《校雠通义·汉志诗赋》中说："古之赋家者流，原本《诗》《骚》，出入战国诸子。假设问对，《庄》《列》寓言之遗也；恢廓声势，苏、张纵横之体也；排比谐隐，韩非《储说》之属也；征材聚事，《吕览》类辑之义也。"同朝代另一位学者曹三才在给陆菜《历朝赋格》作的序中说："虽六经群史不出范围，诸子百家尽归渊海，大哉赋也。……治乱兴废焕焉。草木无不详而晰也，博物君子其有过于此者乎？"，"辑""归渊海"，皆有集聚之义；"草木无不详而晰也"，是赋之铺陈的结果，可以说赋体完全继承了"赋"之基因。

"赋也者，篇章之象筮，而歌谣之钟吕也。"（清袁黄《群书备考》）"动荡乎天机，感发乎人心，而兼出于六义，然后得赋之正体，合赋之本义。"（清徐师曾《文体明辨序说》）"江山如绘，风雨称臣。邈矣文人，魁然赋手。"（清彭克惠《味兰轩百篇赋钞序》）"文章皆可华国，而赋为尤最。"（清孙濩孙《华国编赋选自序》）等评价纷沓而至，甚至现代的闻一多、余光中等文学大家亦对赋有非常高的评价。

因具备集聚和铺陈两方面相反的内生力量，致使赋及赋体都是中性的。在汉字中，笔者尚未发现类似同时具备相反意义特质的字，可见赋之特殊基因。因为中性，所以平衡、和谐、大美，喜怒哀乐哭颂皆可称之为赋。在任何文学艺术甚至是事业、生活上的作为等等都可以称为赋，无所不可用，无处不可用。歌舞剧、电视剧、演奏曲、绘画、雕塑甚至是盆景等或空间或时间的艺术形态，都可以称为"赋"。比如 2019 年春晚杨颖和杨宗纬联合演唱的《雪花赋》、陕西歌舞剧院演出的大型原创乐舞诗《大唐赋》等。

赋以其体量宏大的母体能量，滋养了除四言（《诗经》）以外的诗体（五言诗、七言诗）、歌、词、曲、传奇、对联、骈文等，是小说的滥觞（郭绍虞语），也是戏剧的重要源头。比如日本汉学家清水茂曾说："我认为在中国是用赋的形式来表现虚构的幻想。在中国戏剧、小说还没发达以前，虚构文学是由赋担任的。"赋较早大量使用虚构，启发了小说，大量对话形式的出现，也启发了戏剧。并在历史长河中，与诸体相互借鉴，相济共存。设想，如果赋体没有强大的能量怎么能泽被万类？也因此，赋成为古典文学中唯一能与以《荷马史诗》为代表的西方叙事诗接近的文体。

三、吟诵的感染力量

赋是"不歌而诵"的艺术，是最早的吟诵文学。叶嘉莹认为，汉字四声的发现，与赋的吟诵习惯关系很大。众所周知，古典韵文之声情表现，一般包括唱和诵。在吟诵文学之前，主要是以歌唱为主，比如《诗经》。相比于唱，吟诵更持久、更丰富、更渊永、更深入灵魂。因为唱出来的，旋律比较集中、强烈，只能是表现极少、较为通俗浅显的内容。歌唱和吟诵，好比狂风暴雨与和风细雨，所以日本汉学家折口信夫说："吟诵在古代人的信仰中，曾意味着一种灵魂的感化。"虽然后来诗词均有发展也有诵读，但唱还一直是其本质特征。只是由于诗词内容少、篇幅繁多，曲谱不能满足唱的需要，唱起来越发单调，吟诵逐渐替代歌唱。

四、最优的节奏

节奏最早是音乐术语。节奏和能量有什么关系呢？在物理学中，共振的原理是大家所熟知的，共振能量是巨大的。只要控制在一定范围内，共振的能量是可以造福人类的。共振是节奏的一种表现。

在美学领域，美国现代哲学家约翰·杜威在《艺术与经验》首次明确将节奏"能量"的概念引进现代美学，他详细论述了规律即节奏、节奏是有规则的变化、杂乱无章没有节奏、无变化亦无节奏、艺术能量源于节奏等观点、能量来自重复或反向加强等观点。

汉语文因是单音单形，粒粒珠玉，更易有节奏感。而赋则将汉语节奏感展演至极致。节奏核心的特征就是有规律的变化。文章之句式因人之情感起伏变化丰富，赋之节奏明显优于词、曲，词、曲之节奏优于诗。押韵、严整等特质让赋的韵律不断重复，加强了能量，使得赋之节奏优于骈文、散文。赋具有亦诗亦文的特征，将诗之有序凝聚美和文之开放自由的特点集于一身，所以在古典诸类文体中，赋之节奏最强，能量最足。

至于文章能够完成艺术价值的另一主体——读者也是如作者一样，呼吸、心跳、情感起伏都是有节奏的。一篇文章想要感染人，需要与人体的节奏相和谐才行。所以杂乱无章的词句是肯定读不下去的。当赋文的节奏与人的节奏和谐时，就能共鸣，就具有感染力，文章就能让人产生美感。

赋因能量充足，被广泛应用于现代空间装饰中。比如笔者《七彩人生赋》被铸铜装饰于柒牌集团国际运营总部大厅，是员工、访客进入公司的第一道风景线。空间有了赋之能量感染，令人鼓舞、振奋，再加以大厦、海岸、高柱等，韵律节奏不断加持，能量也在累积加强。如果能在上班前再诵读下赋文，"漱赋艺之芳润"，易口齿生香，员工们则能倍加神清气爽。相信在未来，赋会越来越多地被运用到人们的工作和生活中。

赋之现代应用

在上一章《赋之能量》中，我们分析了赋之能量源泉，并简单介绍了一个现代应用案例。本章我们来详细介绍赋之在现代的应用。

一、勒石铭志

赋历来都有铭志作用。比如范仲淹在《岳阳楼记》中说："乃重修岳阳楼，增其旧制，刻唐贤今人诗赋于其上。"他没说刻诗文于其上，可见在很多文人心目中赋之铭志效果胜于散文。且《岳阳楼记》主体也被金圣叹评价为用"赋法"写成。清刘熙载在《艺概》中说："古人一生之志，往往于赋寓之。《史记》《汉书》之例，赋可载入列传，所以使读其赋者即知其人也。"铭志本身要记录人物和事物的来龙去脉，回想过去、展望未来，赋能够全面展现人物之事迹和事物之形态。今人之所以习惯用赋作为广场、大厦竣工铭志之用，笔者分析有以下几个原因。

（一）体量宏大，海纳兼容

赋不拘泥于一类一事一物，可以随物随时赋形，能多维全面记录对象的神貌。志和铭一般仅是简单地记录过程事实，是实用工具。赋兼有记叙和颂美功能。因此在记录重大工程上，志和铭体不如赋体应用广泛。

（二）语言凝练，严整铿锵

赋相比于铭和志语言密度较大，韵味较足。比如我们为河南安阳市创作的《安阳新城赋》，被勒石于安阳东站广场，文章仅用数百字就将建城的来龙去脉书写得较为详悉，而且在最后文章主旨得到升华，非就事论事的一般文章可比。

（三）节奏明快，易于记诵

在上一章笔者已经分析赋相比于其他文体具有最优的节奏，便于吟诵，易于传播。比如笔者为见义勇为英烈们创作的《徐州见义勇为英烈广场赋》碑文，被录制成音频在网络流传，影响广泛。

（四）高雅端庄，位尊诸体

赋从诞生之日起，便不平凡，特别是南朝昭明太子编选《文选》之后，文人们喜好仿效《文选》将赋篇列于文集之首。我们看唐代诗人元稹在《乐府古题序》中说："《诗》讫于周，《离骚》讫于楚，是后诗人流而为二十四名：赋、颂、铭、赞、文、诔、箴、诗、行、吟、咏、题、怨、叹、章、篇、操、引、谣、讴、歌、曲、词、调，皆诗人六义之余。"赋被列为二十四体的第一位。赋之厚重典雅，格调崇高，用赋来作为工程铭志之用，能够很好地体现对建设者的敬重之意。

二、文创品

旅游景点或场馆开发的，或是同学、老乡、战友、单位等团体聚会所用的有一定文化内涵的纪念品是较为常见的文创品。近年来随着人们审美水平的普遍提高，千篇一律的文创设计已经很难满足人们的需求。赋就派上了用场。因赋之写物图貌、蔚似雕画，能够全面书写景点、城市的面貌以及聚会的内涵，将赋设计在文创品上，一是避免重复，契合人们想带走独特记忆的愿望；二是汉字本身具有音形义之美，典雅上档次。汉字艺术能在视觉、意境上给予接受者多重美的享受。比如笔者给台北明星咖啡馆创作的数篇赋均被设计制作成文创品，陈列在咖啡馆橱柜，供来客观赏、选购。

三、影视剧

我们知道影视剧是通俗艺术，对白一般也较为直白。赋语相对凝练、典雅铿锵，富有诗意，对白中加入适当赋语，对于提升影视剧文化内涵、调节剧情节奏很有帮助。且在古代的传奇、小说和戏剧中，赋与赋语之运用已是很广泛。比如元代高明《琵琶记》用了《早朝赋》《拐儿赋》《弥陀寺赋》《书馆赋》等，汤显祖的《邯郸记》用了《厨役赋》《驿丞赋》等，不胜枚举。时过境迁，当代影视剧用赋方式，多以引用少量赋语为主。比如台湾中国文化大学黄水云教授发现大陆影视剧《琅琊榜》和《甄嬛传》，在主要人物对白中分别用了曹植的《蝉赋》和张华的《永怀赋》。

四、实景剧

舞台剧与影视剧类似，一般时间较短，是现场艺术。受众身临其境、深入其中，感受更深。赋语一般用在各部分序幕的开场白中，除了能提升档次外，也能调和节奏，还具有提振观众精神的作用。据笔者经验，观众在观看舞台剧时，每当听到朗诵诗赋的时候，就像士兵听到指令，神情更加集中。相比于其他艺术形态建筑、歌舞、武术等，语言艺术更易懂，更有亲和力。比如四川省眉山市打造《梦源眉山三千年》大型歌舞实景剧，总计五个部分，前三部分分别以诗赋诵读作为开场之引，第二幕开始用了笔者《彭祖赋》中的前四句："大和有道，眉寿无量；悠悠万古，硕仙遐长。"引人入胜，效果明显。徐州市重点打造的汉韵情景剧则邀请笔者为每一幕创作开场赋语，亦收录于本书中。

五、空间装饰

在篇法一章中，笔者提到，赋相比于一般的诗文来说，讲究铺陈和罗列，其空间艺术特征更明显，所以赋体艺术与一定的空间容易形成异质同构，恰当的设计赋艺术装饰空间，能够增加空间的能量。

（一）文学与空间律动

空间一般是指三维空间，由长、宽、高所构成。本章主要讲和人们生活、工作息息相关的较为大的建筑空间。空间的边界是物质的，实体的，静止的，长期不会变动的，比如墙、地板、柱子、围栏、天花板等。如果没有经过文化装点，与人产生互动，那么就是死气沉沉的。让动态的软装赋予其中，方可实现动静结合、阴阳平衡。相比于其他文化艺术而言，文学的动态性更强（除了电影、音乐之外，但电影和音乐不能装饰空间，只能偶尔播放、渲染氛围，本章不做讨论）。一般的艺术，比如图案、雕塑等，都是静止的。只有文学既是固定的，又是"流动"的。图案、雕塑等一般是可以在瞬间被把握的。但对于文学，人们必须逐字逐句读完才能了解。这个过程就产生了动态。比如游客到了一个景区，见到建筑上的文辞，第一反应是要读出来，眼睛就会随着字流转，嘴里朗读着，脑海思考着，视觉、听觉、思维全部调动起来了。根据相对理论，人动则景区文辞及周边环境都动起来了。比如火车在开动中，车里的人看到窗外的树在飞奔，是人动引起树"动"。

（二）虚实结合开阔意境

文学能超越空间本身的环境限制，将意象赋予空间，营造更深远的意境。这就是文学品质和空间环境的相互借力。比如笔者为福建柒牌集团所创作的四部曲之四《七彩人生赋》被铸铜于集团总部大厅，其中第一段："采耀于海天，文质乎翩翩。迎紫氛之东来，纳朝霞之绚灿。高楼稳步，德厚可载物我；阔水涵长，心广能容壮观。观澜滟七彩，照人间意象千万，临夫风云可惯看。"仅仅用了几十个字，就把大海和蓝天邀请进来大厅了。如果说柱子、建筑是有限的实体的，那这篇赋则是无限的意境延伸。虚实结合让空间能量和感染力更强。

（三）赋体艺术优势

汉语文学相对于其他语言文学具有优势，是因为象形文字音形义的多维度动态，汉语文学更适合用于空间的装饰。那如何选择最恰当的文学体裁来给空间赋能呢？答案是韵文，韵文一般语言精练、节奏明快、音韵和谐。其中以赋为最优选择。在上一章，已经介绍了赋是最为突出的韵文，赋之句式变化最为丰富，包含了其他韵文体的所有句式，具有最优的节奏。而且赋可以包括宇宙，错综古今，其大无外，其小无内；可以因地制宜，随物赋形；可以根据空间的大小、主题、风格等来创作、设计不同的赋体艺术。

（四）赋与风水优化

最后我们再从风水学的角度来加强理解。何为风水？核心就是山水之术，就是说既要有山又要有水。山为静，水为动。仁者乐山智者乐水，动静交相养，仁智自然而生。宋代的郭熙在《林泉高致·山水训》中说："山以水为血脉，以草木为毛发，以烟云为神采。故山得水而活，得草木而华，得烟云而秀媚。""石者，天地之骨也，骨贵坚深而不浅露。水者，天地之血也，血贵周流而不凝滞。"有山有水当然好，没山没水的时候，要造山造水。就是说，设计相对高大的倚靠就是造山，设计灵活的动态就是造水。在空间中，奇石、柱子、高墙等"山"多是现成的，"水"需要另造。而文学最接近流水的特质，把文章说成行云流水自古有之。比如苏轼说："吾文如万斛泉源，不择地而出，在平地滔滔汩汩，虽一日千里无难。及其与山石曲折，随物赋形而不可知也。"

好的风水还有一个特征就是"风生水起"。风就是元气和场能，水就是流动和变化。文学是流动的，可以称之为"流水"。水有了，风从哪来呢？我们要再用一次相对理论来"造"风。既然风生而水起，倒过来讲"水起而风生"，可不可以呢？完全可以。看到了水在动，人的条件反射则认为有风，或者说是幻觉。还比如照镜子，镜子能反射光，因为思维幻觉，认为光是从镜子里面投射来的，人的直觉感受光是走直线的，溯源过去就看到了镜子里的像了。人因幻觉和条件反射，所以见到水动就想到风生，见到风生就想到水起。创作、设计文学可比制造真实流水的成本低的多了（大部分情况下），后期维护的成本也是天壤之别。前面我们详细介绍了，在所有的单篇文章中，赋之节奏感最强，其"流水"效应也是最好的。

赋法与作文

当下作文存在的最普遍的问题之一就是有"骨架",无"血肉",空洞苍白。本章介绍的赋法就是针对此类问题。什么是赋法呢?首先要了解什么是赋。赋最早是赋税的意思,具有聚集和铺展的双重意义,整个国家都靠税才能运行起来,可见能量巨大。所以赋组成的词能量都很巨大,比如赋予、赋能、赋形、赋颂、天赋等。当赋之本意,延伸为文学手法赋比兴之赋时,赋就是直接、铺陈;当发展为文学体裁赋时,同样具有集聚和铺陈的两个核心特征。

因为具有海纳兼容的特质,赋集聚了所有其他古典文学体裁的优势,展现亦诗亦文的特征,有诗之韵律节奏,有文之章法结构。有有序的严整美,有开放的自由美。诗化和文化两股内生力量牵制补充,不偏不倚,平衡和谐。

赋还有一主要特征就是体物写志。所谓体物写志,就是通过对外物的详细形象描写,来表达作者的情志意趣。期待读者接受自己,就要多用物之体现来展现个体心境。

何为赋法?笔者在南京大学王京州博士对于"赋化"阐释的基础上,概括为如下定义:"凡借鉴运用赋体铺陈、体物等核心书写手法,构建经纬交织的时空、恢弘文章艺术内涵的方法,即是赋法。"赋法包括:作赋之法以及"赋比兴"之"赋"法。

至于赋法用在作文上,本章首先解读集聚和铺陈的运用,再介绍如何兼用诗文优势以优化写作,最后介绍如何通过体物写志来提升作文水平。

一、集聚和铺陈

一般，文章可以简单地分为表达思想或者抒发感情两种。直接表达思想和抒发感情是抽象的，需要用形象来充实。赋法之集聚和铺陈就派上用场了。比如要表达思想和议论，就要首先充分发挥自己的想象力，无论古今中外，无论身边的远方的，超越时空地想象，将与要表达的思想相关的事物（是形象不是概念）全部列出来，这就是集聚的过程。然后，将一些较为恰当的相关度较高的事物放入文章中铺陈开来。文章篇幅大可以多铺，篇幅小则少铺。有事例，有形象，这样就比较容易说服、感染读者。首先来看一个议论的例子。现代作家萧乾《破车上》："凡是残旧了的时髦物件都曾有过昔日的光辉，像红过一阵的老艺人，银白的鬓发，疲惫的眼睛下面，隐隐地却在诉说着一个煊赫的往日。"作者首先表达了"凡是残旧了的时髦物件都曾有过昔日的光辉"这样一个观点，需要有形象的事物来进一步描绘解说方有说服力。首先想象，哪些类似"时髦物件"而且有"往日的光辉"。无论时空，凡是能想到的都可以列出来。然后选择较为恰当的事物列于文章中，萧乾就选用"红过一阵的老艺人"来比喻说明。再如当代作家张晓风的《行道树》："落雨的时分也许是我们最快乐的，雨水为我们带来故人的消息，在想象中又将我们带回那无忧的故林。我们就在雨里哭泣着，我们一直深爱着那里的生活——虽然我们放弃了它。立在城市的飞尘里，我们是一列忧愁而又快乐的树。"作者代树来抒发忧愁而又快乐的心境。同样，要发散，哪些事情让自己忧愁，哪些会使自己快乐，先集聚，再铺陈，文章则丰富而饱满。

二、如何铺陈

通过想象来集聚相对容易，结晶铺陈要难些。常常运用的手法，有"赋比兴"这三种。"赋比兴"是古代诗歌常用的手法，在散文创作中也常用，只是多为作者在无意识情况下使用的。上面举的第一个例子：萧乾《破车上》的片段就是用的"比"手法；第二个对行道树的描写是用的"赋"手法。至于"兴"

手法，现代文中较为少见，但如运用得好则更容易出名句。比，借彼物以比，由心即物。兴，借彼物以兴，由物即心。赋，直描不借他物，即心即物。无论是比也好，兴也好，对所借之事物的描写都会用到赋的白描手法。所以刘熙载说"赋兼比兴"。

三、具体应用

（一）蓄势

如要段落中主体观点的表达或是情感的抒发自然通畅，通过蓄势的手法，最合适不过了。这就可用上赋法之铺排。如张晓风《过客》："长长的甬道，只回响我的软屧。寂然的阳台，只留我独饮风露。穆然的大柜，只垂挂我的春衫。初涨的新溪，只流过我的梦槛——那主人不在，我把一切的美好霸占得那样彻底。"在抒发"我把一切的美好霸占得那样彻底"之前，有三个排比句，重复加强，蓄满文势，最后发出感慨，自然而然且有说服力。再如现代作家何其芳的《秋海棠》，文中说"就在这铺满了绿苔，不见砌痕的阶下，秋海棠茁长出来了。两瓣圆圆的鼓着如玫瑰颊间的酒窝，两瓣长长的伸张着如羡慕昆虫们飞游的翅，叶面是绿的，叶背是红的，附生着茸茸的浅毛，朱色的茎斜斜地从石栏干的础下击出，如擎出一个古代的甜美的故事。""如擎出一个古代的甜美的故事"是这一段的段"眼"，"甜美""古代"是抽象的，需要形象事物的描写方可不突兀。

（二）演绎

演绎是对作者提出的观点和抒发的感情做进一步的阐释、细化、分解，令读者形象理解。比如张晓风《春天是一则谎言》："可是，她说，这么多年过去，我仍不可救药地甘于受骗，那些偶然红的花，那些偶然绿的水，竟仍然令我痴迷。春天一来，便老是忘记，忘记蓝天是一种骗局，忘记急湍是一种诡语，忘记千柯都只不过在开些空头支票，忘记万花只不过服食了迷幻药。真的，老是忘记——直到秋晚醒来时，才发现他们玩的只不过是些老把戏，而你又被骗了，你只能在苍白的北风中向壁叹息。""甘于受骗"是自己表达的情绪，连续用了六个"忘记"，四个物象的铺陈，将自己对春天傻傻的痴情表现得深刻有趣。再如她的《画晴》："落了许久的雨，天忽然晴了。心理上就觉得似乎捡回了一批失落的财宝，天的蓝宝石和山的绿翡翠在一夜之间又重现在晨窗中了。阳光倾注在山谷中，如同一盅稀薄的葡萄汁。"表达"捡回失落的财宝"的情绪，"财宝"比较抽象，作者就用"天的蓝宝石""山的绿翡翠""一盅稀薄的葡萄汁"来对"财宝"做进一步的细化、解释，形象生动。

（三）渲染

渲染一般是对环境和气氛的渲染，以让读者有亲临之感，更易理解作者的观点或情感。比如《岳阳楼记》正文第三段："至若春和景明，波澜不惊，上下天光，一碧万顷；沙鸥翔集，锦鳞游泳；岸芷汀兰，郁郁青青。而或长烟一空，皓月千里，浮光跃金，静影沉璧，渔歌互答，此乐何极！登斯楼也，则有心旷神怡，宠辱偕忘，把酒临风，其喜洋洋者矣。"从前面"春和景明"到"渔舟互答"就是对环境的渲染，自然得出"宠辱偕忘""喜洋洋"的心境。

四、亦诗亦文

前面介绍了赋具有诗之韵律、节奏和文之结构、句式，具有有序凝聚美和开放自由美。我们来对比一下苏轼《后赤壁赋》的句子"江流有声，断岸千尺；山高月小，水落石出"和柳宗元《小石潭记》的句子"从小丘西行百二十步，隔篁竹，闻水声，如鸣佩环，心乐之"，不难发现诗句和文句各有优势。现代作文可以充分借鉴赋的这两个优点，提升文章艺术感染力。比如现代作家余光中散文《听听那冷雨》："雨来了，最轻的敲打乐敲打这城市。苍茫的屋顶，远远近近，一张张敲过去，古老的琴，那细细密密的节奏，单调里自有一种柔婉与亲切，滴滴点点滴滴，似幻似真，若孩时在摇篮里，一曲耳熟的童谣摇摇欲睡，母亲吟哦鼻音与喉音。或是在江南的泽国水乡，一大筐绿油油的桑叶被噬于千百头蚕，细细琐琐屑屑，口器与口器咀咀嚼嚼。雨来了，雨来的时候瓦这么说，一片瓦说千亿片瓦说，说轻轻地奏吧沉沉地弹，徐徐地叩吧挞挞地打，间间歇歇敲一个雨季，即兴演奏从惊蛰到清明，在零落的坟上冷冷奏挽歌，一片瓦吟千亿片瓦吟。"众所周知，余光中是大诗人，其散文的韵律感也特别强，这是其散文能够成功的主要原因之一。俞平伯《桨声灯影里的秦淮河》选段："时有小小的艇子急忙忙打桨，向灯影的密流里横冲直撞。冷静孤独的油灯映见黯淡久的画船头上，秦淮河姑娘们的靓妆。茉莉的香，白兰花的香，脂粉的香，纱衣裳的香……微波泛滥出甜的暗香，随着她们那些船儿荡，随着我们这船儿荡，随着大大小小一切的船儿荡。有的互相笑语，有的默然不响，有的衬着胡琴亮着嗓子唱。一个，三两个，五六七个，比肩坐在船头的两旁，也无非多添些淡薄的影儿葬在我们的心上——太过火了，不至于罢，早消失在我们的眼皮上。谁都是这样急忙忙的打着桨，谁都是这样向灯影的密流里冲着撞；又何况久沉沦的她们，又何况飘泊惯的我们俩。当时浅浅的醉，今朝空空的惆怅；老实说，咱们萍泛的绮思不过如此而已，至多也不过如此而已。你且别讲，你且别想！这无非是梦中的电光，这无非是无明的幻相，这无非是以零星的火种微炎在大欲的根苗上。扮戏的咱们，散了场一个样，然而，上场锣，下场锣，天天忙，人人忙。看！吓！载送女郎的艇子才过去，货郎担的小船不是又来了？一盏小煤油灯，一舱的什物，他也忙得来，像手里的摇铃，这样丁冬而郎当。"其中对仗、排比、重复等手法皆是诗之特征，而在严整中亦有丰富的自由变化，成就了这篇名作。

五、体物写志

现代作家沈从文说："我就是个不想明白道理却永远为现象所倾心的人。"赋，体物写志，用文字生动地摹状事物，来抒写情志意趣。赋法让文章主体客体交替出现，在"无我之境"与"有我之境"中转换，以客为主，以我为辅，以物观物，物我融为一体。我们来看朱自清的《荷塘月色》第六段："荷塘的四面，远远近近，高高低低都是树，而杨柳最多。这些树将一片荷塘重重围住；只在小路一旁，漏着几段空隙，像是特为月光留下的。树色一例是阴阴的，乍看像一团烟雾；但杨柳的丰姿，便在烟雾里也辨得出。树梢上隐隐约约的是一带远山，只有些大意罢了。树缝里也漏着一两点路灯光，没精打采的，是渴睡人的眼。这时候最热闹的，要数树上的蝉声与水里的蛙声；但热闹是它们的，我什么也没有。"除了最后一句提到我外，整段都是对于客观事物的描写，将淡淡愁思流露在字里行间。虽然文中少见"我"，读者却能深切感受到主人翁心事之凝重。不要担心"物"反映不了"我"。只要仔细观察，这些事物都能"走心"，都会如镜子一般映照出作者自己。

六、赋家之心

徐志摩在《草上的露珠儿》一诗中说"你资材是河海风云 / 鸟兽花草神鬼蝇蚊 / 一言以蔽之 / 天文地文人文 / ……/ 纵横四海不问今古春秋"，而两千年前的司马相如则说"赋家之心，苞括宇宙"，可知，赋法之灵魂就是要有赋家之心，要有开阔的眼界和胸襟，无拘、发散的思维，让天地万物为我所用，触类旁通、无所不及。

一般人可能无法短时间内深刻领略赋法之魅力，如是这样，可以换个角度想象：如果一篇文章没有赋法的勾勒和铺陈会怎么样？

《赋谱》^① 解读

凡赋句有壮、紧、长、隔、漫、发、送合织成，不可偏舍。

解读：赋相比于诗、词、歌、曲最大的优势在于，丰富变换的句式，令人读之不至于平白无味。《赋谱》以本句开篇，实在是将赋之主要特点归纳总结出了。作者形容赋家作赋如妇女之握机杼，编织手法丰富，不偏不倚，不走极端，才能随物赋形，创作出千变万化的好作品。唐人形容徐夤之赋如锦绣堆，可见当时人们对于华美辞赋的喜爱。

壮，三字句也。

若"水流湿，火就燥"；"悦礼乐，敦《诗》《书》"；"万国会，百工休"之类，缀发语之下为便，不要常用。

解读：壮句，就是三字句。从句子的命名上看，我们大概可感受句式与文势之关联。一般用在段落开始发语词之后，不要多用。因为三字句比较急促，如果多用，文章节奏就会加快，收不住。除非有特殊的表达期待，一般不要多用。

紧，四字句也。

若"方以类聚，物以群分"，"四海会同，六府孔修"，"银车隆代，金鼎作国"之类，亦缀发语之下为便，至今所用也。

---

① 原著 唐 佚名。

解读：紧句就是四字句。一般用在段落开始发语词之后，不要多用。紧句相比壮句，节奏稍微宽松些，然而仍然很紧凑。除非有特殊的表达期待，一般不要多用，多则呆板单调。

长，上二字下三字句也，其类又多上三字下三字。

若"石以表其贞，变以彰其异"之类，是五也。"感上仁于孝道，合中瑞于祥经"，是六也。"因依而上下相遇，修分而贞刚失全"，是七也。"当白日而长空四朗，披青天而平云中断"，是八也。"笑我者谓量力而徒尔，见机者料成功之远而"，是九也。六、七者堪常用，八次之，九次之。其者时有之得。但有似紧，体势不堪成紧，则不得已而施之。必也不须缀紧，承发下可也。

解读：长指五字及以上字数的句子。长句相比壮句、紧句，表达情感较为舒缓和通畅。一般使用最多为九字句。实在不得已才用十字及以上字数句，是因为过长的句子会被断句成四字紧句和其他句式组合。一般不用在紧句之后，可以直接用在发语词之后。

隔

隔句对者，其辞云隔。体有六：轻、重、疏、密、平、杂。

轻隔者，如上有四字，下六字。若"器将道志，五色发以成文；化尽欢心，百兽舞而叶曲"之类也。

重隔，上六下四。如"化轻裾于五色，犹认罗衣；变纤手于一拳，以迷纨质"之类是也。

疏隔，上三，下不限多少。若"酒之先，必资于麴糵；室之用，终在乎户牖"。"倏而来，异绿蛇之宛转；忽而往，同飞燕之轻盈"，"俯而察，焕乎呈科斗之文；静而观，炯尔见雕虫之艺"等是也。

密隔，上五已上，下六已上字。若"征老聃之说，柔弱胜于刚强；验夫子之文，积善由乎驯致"，"咏《团扇》之见托，班姬恨起于长门；履坚冰以是阶，袁安叹惊于陋巷"等是也。

平隔者，上下或四或五字等。若"小山桂树，权奇可比；丘林桃花，颜色相似"，"进寸而退尺，常一以贯之；日往而月来，则就其深矣"等是也。

杂隔者，或上四，下五、七、八；或下四，上亦五、七、八字。若"悔不可追，空劳于驷马；行而无迹，岂系于九衢"，"孤烟不散，若袭香炉峰之前；圆月斜临，似对镜卢山之上"，"得用而行，将陈力于休明之世；自强不息，必苦节于少壮之年"，"及素秋之节，信谓逢时；当明德之年，何忧淹望"，"采大汉强干之宜，裂地以爵；法有周维城之制，分土而王"，"虚矫者怀不材之疑，安能自持；贾勇者有攻坚之惧，岂敢争先"等是也。

此六隔，皆为文之要，堪常用，但务晕澹耳。就中轻、重为最。杂次之，疏、密次之，平为下。

解读：隔句因字数多，能容纳赋之丰富内涵的，所以要常用。但是要注意晕澹，就是如施粉黛或色彩要渐次浓淡，就是要循序渐进，前后句式变化不要变化太大。为何是轻、重隔句——四六句、六四句要最常用呢？这是古人长期实践得出的结论。如果用西方美学来进行数理分析，结论是相同的。早期西方形式美学认为，美就是数的和谐。毕达哥拉斯学派认为，最智慧的是数，最美的是和谐，开形式美学之先河。虽然西方美学历经数千年发展而丰富，这些观点退居到美学论的次要地位，但是他们提出的很多法则直至今日依然有生命力，比如著名的黄金分割率0.618。我们看一下，一般赋句由三四五六七字句组成，就会发现，隔句组合，四六或（六四）组合最接近黄金分割率。隔句可以看作是停顿较长时间的上下句，比如"嶙峋点染趣成，岩能添雅；料峭侵袭节爽，冷助清思"（《梅赋》），可以视为"嶙峋点染趣成、岩能添雅，料峭侵袭节爽、冷助清思"。根据计算方法，长句字数除以总数，六除以十等于0.6，最接近黄金分割率。当然，有人会说还有三五组合，五除以八等于0.625，也接近黄金律。可是别忘了汉字是单音节，落单容易紧促，可偶用不能常用。除了句子有数之讲究和规律，整段和整篇也有数的规律。可以肯定地说，字数（不包括标点）是句数五倍的文章比较有平衡、和谐之美。那么这是怎么得出的呢？是根据《赋谱》推算，并结合大量名篇统计验证总结出来的。《赋谱》说"凡句字少者居上，多者居下，紧、长、隔依次相随"。这个《赋谱》真好，不但教大家整句内部如何和谐，还教大家前后句如何排列。按照"少者居上、依次相随"六隔为常"计算，句子的平均字数就是五。因为五是三至七的中间数，"四六"组合的平均数也为五，而且为最常用，前后中和，那么句子平均数就是五。我们可以验证一下，唐朝状元的赋和唐宋文章大家白居易、范仲淹、欧阳修、苏轼的骈赋计算，都非常接近五。

漫

不对合，少则三四字，多则二三句。若"昔汉武"，"贤哉南容"，"我圣上之有国"，"甚哉言之出口也，电激风趋，过乎驰驱"，"守静胜之深诫，冀一鸣而在此"，"历历游游，宜乎凉秋"，"诚哉性习之说，我将为教之先"等是也。漫之为体，或奇或俗。当时好句，施之尾可也，施之头亦得也。项、腹不必用焉。

解读：漫句一般是一段的文眼或题眼。一般用在开始或者结尾处，很少用在中间段。因整句具有节奏感，如果中间掺杂漫句就会破坏这种节奏感，所以只适合用在开始发起，或者结尾收束。

发

发语有三种：原始、提引、起寓。若"原夫""若夫""观夫""稽夫""伊昔""其始也"之类，是原始也。若"洎夫""且夫""然后""然则""岂徒""借如""则曰""金曰""矧夫""于是""已而""故是""是故""故得""是以""尔乃""乃知""是从""观夫"之类，是提引也。"观其""稽其"等也，或通用之。如"士有""客有""儒有""我皇""国家""嗟乎""至矣哉""大矢哉"之类，是起寓也。原始发项，起寓发头、尾，提引在中。

解读：发语词是赋作起承转合变换语气和节奏的重要标志。对文章的流畅表达很有帮助，因为赋之语句多为严整句，逻辑性较弱，如果没有这些发语词发起、提引、起寓，文章就更显死板、堆砌。

送

送语，"者也""而已""哉"之类也。

解读：送语一般用在段落句子之尾部。为虚词，无实际意义，但能表达感慨、强调之意，增加文章余韵。

凡句字少者居上，多者居下。紧、长、隔以次相随。但长句有六、七字者，八、九字者，相连不要。以八、九字者似隔故也。自余不须。且长、隔虽遥相望，要异体为佳。其用字"之""于""而"等，晕澹为绮矣。

解读：循序渐进，娓娓道来，乃文章一般基本书写之道。因为情绪、感情有个积累的过程。句式一般从少字数句子开始，逐渐增长。所以刘勰在文心雕龙里说："搜句忌于颠倒，裁章贵于顺序：斯固情趣之指归，文笔之同致也。"八九字长句，尽量不要相连，因为读起来容易断句如隔句，所以不要两个八九字长句连用，否则就冗长，延滞不前。除非有特殊的表达需要，否则不要连用。至于"长、隔虽遥相望，要异体为佳"指的是长句和隔句的使用要经常变换，比如长句的字数要变化，隔句的类型要变化（轻重疏密平杂交替）。"之""于""而"等字也要交替使用，以使之有错落之美。

凡赋以隔为身体，紧为耳目，长为手足，发为唇舌，壮为粉黛，漫为冠履。苟手足护其身，唇舌叶其度；身体在中而肥健，耳目在上而清明；粉黛待其时而必施，冠履得其美而即用，则赋之神妙也。

解读：古人好以身体比喻文章，是为"近取譬"。因为人对身体是最有切身体会的。比喻就容易为人所理解和接受。隔句要多用，如人的身体一样是主体，四字句如人之耳目，在面部要清新明快峥嵘，长句如人的手足守护主体，发语词如人的唇舌起到协调各段落的作用，三字句如粉黛一样，只有合适的时机才用，一般用在开头。漫句如人的帽子和鞋子能够展现特殊效果的时候就可以用。

凡赋体分段，各有所归。但古赋段或多或少。若《登楼》三段，《天台》四段之类是也。至今新体，分为四段：初三、四对，约卅字为头；次三对，约卅字为项；次二百余字为腹；最末约卅字为尾。就腹中更分为五：初约卅字为胸；次约卅字为上腹，次约卅字为中腹，次约卅字为下腹；次约卅字为腰。都八段，段段转韵发语为常体。

解读：关于赋之分段，并无定数，根据文章需要安排。古代特别是以赋取士时期，对段落分段有具体规定。今人未必一定要遵循，一般在三到五段之间。至于段与段的切换，要用发语词不显突兀，还要转韵换韵，这样不会单调。

其头初紧、次长、次隔，即项原始、紧。若《大道不器》云"道自心得，器因物成。将守死以为善，岂随时而易名。率性而行，举莫知其小大；以学而致，受无见于满盈。稽夫广狭异宜，施张殊类"之类是也。次长、次隔。即胸、发、紧、长、隔至腰。如此，或有一两个以壮代紧。若居紧上及两长连续者，仇也。

解读：本段是对前面"凡句字少者居上，多者居下。壮、紧、长、隔以次相随"的进一步阐释。强调了壮句不要和紧句连用，相同的长句不要连用，否则就会显得轻浮不典雅。

夫体相变互，相晕澹，是为清才。即尾起寓，若长、次隔、终漫一两句。若《苏武不拜》云："使乎使乎，信安危之所重"之类是也。得全经为佳。约略一赋内用六、七紧，八、九长，八隔，一壮，一漫，六、七发；或四、五、六紧，十二三长，五、六、七隔，三、四、五发，二、三漫、壮；或八、九紧，八、九长，七、八隔，四、五发，二、三漫、壮、长；或八、九隔，三漫、壮，或无壮；皆通。计首尾三百六十左右字。但官字有限，用意折衷耳。

解读：本段是对晕澹原则的进一步阐释。具体规定了字数是针对律赋而言，今人只需了解即可。

近来官韵多勒八字，而赋体八段，宜乎一韵管一段，则转韵必待发语，递相牵缀，实得其便。若《木鸡》是也。若韵有宽窄，词有短长，则转韵不必待发语，发语不必由转韵，逐文理体制以缀属耳。若"泉泛珠盘"韵是宽，故四对中含发；"用"韵窄，故二对而已，下不待发之类是也。又有连数句为一对，即押官韵两个尽者。若《驷不及舌》云："嗟乎，以骎骎之足，追言言之辱，岂能之而不欲；盖窒喋喋之喧，喻骏骏之奔，在戒之而不言。"是则"言"与"欲"并官韵，而"欲"字故以"足""辱"协，即与"言"为一对。如此之辈，赋之解证，时复有之，必巧乃可。若不然者，恐职为乱阶。

解读：一般转韵要用发语词，如果韵在较宽与较窄韵之间转换，不一定非得有发语词；如果长短差别过大，也可以用发语词，不一定非得等到转韵时。宽韵指韵部字数较多的韵部，窄韵则相反。

凡赋题有虚、实、古、今、比喻、双关，当量其体势，乃裁制之。

解读：凡是赋题一般有虚实古今比喻双关等，根据体势不同，适当来布排文辞。虚题，指含有形而上的抽象之理的题目；实题，指题目中有具象形态的题目；古题，指咏叹历史事件；今题，指陈述当今之事情；比喻题，指用类比手法所出的题目；双关题，指题目中包含的两件事物有紧密关联。

虚

无形象之事，先叙其事理，令可以发明。若《大道不器》云"道自心得，器因物成。将守死以为善，岂随时而易名"，《性习相近远》云"噫！下自人，上达君。感德以慎立，而性由习分。习而生常，将俾乎善恶区别；慎之在始，必辨乎是非纠纷"之类也。

解读：虚题的破题之法有先叙述形而上的道理，令人得到启发。

实

有形象之物，则究其物像，体其形势。若《陳尘》云"惟陳有光，惟尘是依"，《土牛》云"服牛是比，合土成美"，《月中桂》云"月满于东，桂芳其中"等是也。虽有形象，意在比喻，则引其物像，以证事理。《如石投水》云："石至坚兮水至清。坚者可投之必中，清者可受而不盈。"比"义兮如君臣之叶德，事兮因谏纳而垂名"。《竹箭有筠》云："喻人守礼，如竹有筠。"《驷不及舌》云："甚哉言之出口也，电激风趋，过乎驰驱。"《木鸡》云："唯昔有人，心至术精，得鸡之情。""水""石""鸡""驷"者实，而"纳谏""慎言"者虚，故引实证虚也。

解读：对于实题，破题要描写物像，将物事形容和态势体现出来。用实际的物态来演绎形而上的道理。

古昔之事，则发其事，举其人。若《通天台》之"咨汉武兮恭玄风，建曾台兮冠灵宫"，《群玉山赋》云"穆王与偓佺之伦，为玉山之会"，《舒姑化泉》云"漂水之上，盖山之前，昔有处女"之类是也。而白行简《望夫化为石》无切类石事者，惜哉！

今事则举所见，述所感。若《大史颁朔》云"国家法古之制，则天之理"，《泛渭赋》云"亭亭华山下有渭"之类是也。又有以古事如今事者，即须如赋今事，因引古事以证。若《冬日可爱》引赵衰，《碎琥珀枕》引宋武之类。而《兽炭》未及羊琇，《鹤处鸡群》如遗乎嵇绍，实可为恨。

解读：古昔之事，则发其事，举其人。今事则举所见，述所感。又有以古事如今事者，即须如赋今事，因引古事以证之。

叙述古代之事，多要陈列典故，多描写人物。书写今事要将所见所闻举例出来，抒发自己的感想。如果古今之事具有相似性，可以借用古事来论证今事。

比喻有二：曰明，曰暗。若明比喻，即以被喻之事为干，以为喻之物为支。每干支相含，至了为佳，不以双关。但头中一对，叙比喻之由，切似双关之体可也。至长三、四句不可用。若《秋露如珠》，"露"是被喻之物，"珠"是为喻之物，故云"风入金而方劲，露如珠而正团。映蟾辉而回列，疑蚌割而俱攒""磨南容之诗，可复千嗟。别江生之赋，斯吟是月"。月之与圭双关，不可为准。

解读：对于赋题，有的是暗喻，有的是明喻。如果被喻之事和为喻之事内涵重叠，那么就不是双关题目，在正文叙写中就不必用双关写法了，破题之对句除外，可以用双关句。到了三、四句就要再用了。

若暗比喻，即以为喻之事为宗，而内含被喻之事。亦不用为双关，如《朱丝绳》《求玄珠》之类是。"丝"之与"绳","玄"之与"珠",并得双关。"丝绳"之与"真","玄珠"之与"道",不可双关。而《炙輠》云:"唯輠以积膏而润,唯人以积学而才。润则浸之所致,才刚厥修乃来。"《千金市骏骨》云:"良金可聚,骏骨难遇。传名岂限乎死生,贾价宁亲乎金具。"或广述物类,或远征事始,却似古赋头。

　　解读:如果是暗喻的话,要主写为喻之事物,隐含被喻的事物或道理。文章主体也不要用双关句来书写。就像《朱丝绳赋》《求玄珠赋》中的"丝绳"之与"真","玄珠"之与"道",不可双关。如果题目为喻中有可并列的事物,是可以双关句来写,如《朱丝绳赋》《求玄珠赋》中"丝"之与"绳""玄"之与"珠"。

　　《望夫化为石》云:"至坚者石,最灵者人。"是破题也。"何精诚之所感,忽变化也如神。离思无穷,已极伤春之目。贞心弥固,俄成可转之身。"是小赋也。"原夫念远增怀,凭高流眄。心摇摇而有待,目眇眇而不见。"是事始也。又《陶母截发赋》项:"原夫兰客方来,蕙心斯至。顾巾囊而无取,俯杯盘而内愧。"是头既尽截发之义,项更征截发之由来。故曰新赋之体,项者,古赋之头也。借如谢惠连《雪赋》:"岁将暮,时既昏。寒风积,愁云繁。"是古赋头,欲近雪,先叙时候物候也。《瑞雪赋》云:"圣有作兮德动天,雪为瑞而表丰年。匪君臣之合契,岂感应之昭室。若乃玄律将暮,曾冰正坚。"是新赋先近瑞雪了,项叙物类也。入胸已后,缘情体物,纵横成绮。六义备于其间,至尾末举一赋之大统而结之,具如上说。

　　解读:本段讲述了古赋(唐以前赋)和新赋(唐律赋)首段次段之不同,古赋一般是平铺直叙,起始就从事物原始开始书写,而新赋则倒装,一般是第二段才开始溯源由来。古赋较为朴素,随着人们审美期待的增强,赋越发精巧细密了,所以唐新赋应运而生。新赋一般从第三段开始"缘情体物,纵横成绮",更加精致巧密,耐读性更强了。给我们今人的启发就是创作赋,要随着时代的发展,有所创新,特别是当代人们的审美素养普遍较高,增加赋语之诗意密度是有益于提升作品生命力的。

自宋玉《登徒》、相如《子虚》之后，世相放效，多假设之词。贞元以来，不用假设。若今事必颂，著述则任为之，若元稹《郊天日祥云五色赋》是也。

解读：本段说的是唐以前的古赋好用虚构的人物来叙述观点，产生戏剧效果。唐德宗贞元以来，赋家们很少用这种手法。如果表达今人之事，可以适当运用假设角色。

文笔要诀

唐　杜正伦

属事比辞，皆有次第；每事至科分之别，必立言以间之，然后义势可得相承，文体因而伦贯也。新进之徒，或有未悟，聊复商略，以类别之云尔。

观夫，唯夫，原夫，若夫，窃唯，窃闻，闻夫，唯昔，昔者，盖夫，自昔，唯。

右并发端置辞，泛叙事物也。谓若陈造化物象，上古风迹，及开廓大纲、叙况事理，随所作状，量取用之。大凡观夫、唯夫、原夫、若夫、窃闻、闻夫、窃唯等语，可施之大文，余则通用。其表启等，亦宜以臣闻及称名为首，各见本法。

至如，至乃，至其，于是，是则，斯则，此乃，诚乃。

右并承上事势，申明其理也。谓上已叙事状，以复申重论之，以明其理。

洎于，逮于，至于，既而，亦既，俄而，洎，逮，及，自，属。

右并因事变易多，限之异也。谓若述世道革易，人事推移，用之而为异也。

乃知，方知，方验，将知，固知，斯乃，斯诚，此固，此实，诚知，是知，何知，所知，是故，遂使，遂令，故能，故使，所谓，可谓。

右并取下言，证成于上也。谓上所叙义，必待此后语，始得证成也。或多析名理，或比况物类，不可委说。

况乃，矧夫，矧唯，何况，岂若，未若，岂有，岂至。

右并追叙上义，不及于下也。谓若已叙功业事状于上，以其轻小，后更云

"况乃""岂云"其事其状云。

岂独，岂唯，岂止，宁独，宁止，何独，何止，岂直。

右并引取彼物，为此类也。谓若已叙此事，又引彼与此相类者，云"岂唯"彼如然也。

假令，假使，假复，假有，纵令，纵使，纵有，就令，就使，就如，虽令，虽使，虽复，设令，设使，设有，设复，向使。

右并大言彼事，不越比也。谓若已叙前事，"假令"深远高大则如此，此终不越。

虽然，然而，但以，正以，直以，只为。

右并将取后义，反于前也。谓若叙前事讫，云"虽然"仍有如此理也。

岂令，岂使，何容，岂至，岂其，何有，岂可，宁可，未容，未应，不容，讵令，讵可，讵使，而乃，而使，岂在，安在。

右并叙事状所求不宜然也。谓若揣其事状所不令然，云"岂令其至于是"。

岂类，讵以，岂如，未如。

右并论此物胜于彼也。谓叙此物微也，讫，陈"岂若"彼物微小之状。

若乃，尔乃，尔某，尔则，夫其，若其，然其。

右并覆叙前事，体其状也。若前已叙事，次便云"若乃"等，体写其状理。

倘若，倘使，如其，如使，若其，若也，若使，脱若，脱使，脱复，必其，必若，或若，或可，或当。

右并逾分测量，或当尔也。譬如论其事使异理，云如此。

唯应，唯当，唯可，只应，只可，亦当，乍可，必能，必应，必当，必使，会当。

右并看世斟酌，终归然也。若云看上形势，"唯应"如此。

方当，方使，方冀，方令，庶使，庶当，庶以，冀当，冀使，将使，夫使，令夫，所冀，所望，方欲，更欲，便当，行欲，足令，足便。

右并势有可然，期于终也。谓若叙其事形势，方终当如此。

岂谓，岂知，岂其，谁知，谁言，何期，何谓，安知，宁谓，宁知，不谓，不悟，不期，岂悟，岂虑。

右并事有变常，异于始也。谓若其事，应令如彼，忽令如此。

加以，加复，况复，兼以，兼复，又以，又复，重以，且复，仍复，尚且，犹复，犹欲，而尚，尚或，尚能，尚欲，犹仍，且尚。

右并更论后事，以足前理也。谓若叙前事已讫，云"加以"又如此。

莫不，罔不，罔弗，无不，咸欲，咸将，并欲，皆欲，尽欲，皆，并，咸。

右并总论物状也。

自非，若非，若不，如不，苟非。

右并引其大状，令至甚也。若叙其事至甚者，云"自非"如此云。

何以，何能，何可，岂能，讵能，讵使，讵可，畴能，奚可，奚能。

右并因缘前状，论可致也。若云"自非"行彼，何以如此。

方虑，方恐，所恐，将恐，或恐，或虑，只恐，唯虑。

右并豫思来事，异于今也。若云今事已然，"方虑"于后或如此。

敢欲，辄欲，轻欲，轻用，轻以，敢以，辄以，每欲，常欲，恒愿，恒望。

右并论志所欲行也。

每至，每有，每见，每曾，时复，数复，每时，或。

右并事非常然，有时而见也。谓若"每至"其时节、"每见"其事理。

则必，则皆，则当，何尝不，未有，不则。

右并有所逢见便然也。若逢见其事，"则必"如此。

可谓，所谓，诚是，信是，允所谓，乃云，此犹，何异，奚异，亦犹，犹夫，则犹，则是。

右并要会所归，总上义也。谓设其事，"可谓""如此"，可比"如比"。

诚愿，诚当可，唯愿，若令，若当，若使，必使。

右并劝励前事，所当行也。谓若其事，云"诚愿"如此。

自可，自然，自应，自当，此则，斯则，女则，然则。

右并豫论后事，必应尔也。谓若行如彼，"可"如此。

下部　现代赋作

匠孜咖啡赋

书香浸润，咖啡滋养。孜志营造，匠心流芳。居新城之大隐，汇众美之典藏。借夫龙湖之涟漪，自在时空之徜徉。酝酿光影，助物我境界升华；律动神韵，任节奏自然流淌。

唯夫匠心之运，乃可玉琢以成。独邀哲思之佳士，厚积绝妙之良工。游刃有余，持慧手之婉转；随物赋形，诞食材之新生。更有芝兰馥郁，绿竹摇清。壶觥酒热，荟中西之佳飨；笑语春温，滋人间之款情。

赏夫艺芬袅袅，好风熏熏。海纳融创，兼容纯真。唤底蕴之勃发，却无力之旧陈。激岁月沉淀，励灵感缤纷。杯中攒存奥秘，壶中自有乾坤。邂逅美学盛会，演绎诗意氤氲。质有文而集萃，形并茂而传神。

享夫声线慵懒，唯美耳畔。自由旋律，肆意醺澜。意共神清气爽，怀旷澄净安然。惬足诉求，寻回记忆味蕾；如初期许，至味人生清欢。赞曰：匠孜芬芳永嘉，秀色人间堪餐。地为君子长配，相与缔结奇缘！

联合作者　夏海燕

尚卿赋

　　闽域之名镇，安溪之尚卿。峦谷之高窈，泉溪之幽清。野葳蕤而满绿，山郁郁以连屏。松桂茶香，涵濡风雅堪寄；铁藤秀美，锤炼自然大成。赞乾元之造化，叹坤厚之钟灵。宝藏无穷于地，匠心有道于工。倚天时与地利，修素养于高情。故能标奇特于海曙，驰令名于国中！

　　观夫人间胜境，地脉潜珍。陶熔至刚，石矿可补天之漏；绕指柔婉，规模早光艺之林。运天赐之材料，富人间之缤纷。继世世之传统，传非遗而创新。君不见巧缕云旋，眼前绣攒锦簇；铜条铁干，腕下随物赋神。玲珑别样，不觉花生手掌；绝妙沉稳，尚未技展全身。日月研精，尽是累代之蕴；纵横成器，薄发性情之真。

　　何造育之瑰玮，挺茶树之参差。依宝地以托质，择名区而遍植。倚夫高耸之峰，照夫洁白之日。良辰旧雨之润，古木清风之习。锦文列而生果，霞彩映夫清溪。漱芬芳于口齿，夺激滟于琉璃。一茶之航，渡晋江而惊天下；寰宇与共，循丝路而彰国仪。美哉！国心绿谷，硬核铁饮，风味无二，举世赞奇！

　　观夫峭壁森森，奇峰楚楚。松柏有灵，茶山得趣。云白风杳，几重翠霭之间；石瘦水清，一曲清溪之路。寻烟寺静，时有少年追风；饮露泉霏，每当小桥蹈雾。难得闲暇丽景，不思尘世之争；如此秀媚韶光，顿觉江山之助。风月幽我风怀，烟霞雅我情愫。仰仁山而开宇宙，乃生豁朗之舒；俯智水而启心扉，能作怡神之赋。

嘻嘻！名镇尚卿，济济才杰。依云端兮放羽翼，仰天明兮俯地洁。骨如铁兮常铮，心如铁兮靡懈。铁艺香兮馨亿家，铁茶香兮待远客。更源源侨胞，接踵兮跨沧溟；莘莘百姓，承志兮耀红色。四时绿意满南国，笑语春温常情热！知己相赏，松石泉溪之亲；乡民相依，大梦守望之恪！

段落大意

第一段　综述尚卿乡的地理特征、主要产业以及人文特征。

第二段　主要写尚卿人从古到今善于开采自然矿藏发展经济。特别是滕铁工艺产业，从业人数近万人，自20世纪70年代至今，引领八闽藤铁工艺业30余年，誉满中外，名驰五洲。

第三段　主要写尚卿乡特色产业——茶。因气候宜人，阳光照射充足，尚卿乡广植茶树，富产茶果，常飘茶香，远播海内外。

第四段　主要写尚卿乡人文自然景观丰富，足供悠游。其景色宜人，山川明秀，人文繁盛，适宜养生观光游览。

第五段　总揽全篇，展望未来。作为福建省特色小镇，中国淘宝镇，尚卿乡凭借自身优势，借助淘宝网络云平台以及海外侨胞的支持，大力发展产业，实现了经济繁荣。在未来还将继续将"铁"的精神发扬光大，为梦想不懈奋斗！

注解

名镇：福建省特色小镇。**峦谷高窈**：形容高山与幽谷多。尚卿属安溪中部低山与丘陵相间地带，地势北高南低，由东北向西南倾斜，如阶梯状。**海曙**：形容距海很近。

参差：形容茶树品类繁多，产量丰富。

云端：代指淘宝网络云。**恪**：坚定，恭谨；恪守，坚守。

云谷小镇赋

　　智慧流韵，科技赋能。现代云创，未来联通。依傍清山秀水，瞻依云白日明。以大彭之底蕴，涵养人文之性灵；以楚汉之胸襟，拥抱寰宇之春风。更浚云根之源，绘家园绵绣；舒宝地焕发，灿人间丽景。乃有小镇开元，肇启万类之户；谷神匠筑，鼎立千家之营。

　　观夫物产集约，高端众创。文采相缘，科技琳琅。新材研发，补业界之未有；旧料重生，助地球之永祥。看冉冉星月，起恒升希望。近体验而易信，远宏观而豁朗。欣有硕彦之领衔，擎智慧之灯塔，汇数据之渊薮，灿光耀于殊方。葆畅通兮乐业，展宏图兮未央。持善水之虚怀，握蓝海之巨桨。

　　至若擘画择胜，行止利便。雨笋广厦，华栋杏坛。恒产传世，恒心居安。娱购丰盛，惬意物质精神；杏林妙手，呵护身心康健。更铺展玉带之路，畅通星灿之源。编织美好愿景，优享诗意空间。静坐兰席芬芳，致敬无限经典。

　　于斯彭城福地，徐土沃野。繁富绿色屏障，滋长生态怡和。桃李春风，徜徉魅力之镇；菊桂秋雨，慢享沁爽之活。云裳雨幕，沐浴汉风荣耀；山帘水练，仰承自然恩泽。窗前檐下，悠游尘外画廊；室宇心间，邂逅宇内喜悦。美哉！长借青山绿水，守望天下俊杰。

　　嗟夫！千军以硕，一马吾谷。高新进阶，鸿鹄以举。厚积匠心，弃燕雀小志；孵化雄翼，行高远通衢。秉智明高瞻，依学苑科府。树研产之标杆，超平庸之凡俗。且看芳草鲜美，群莺盘礴。乘天时景运，骋星海征途。奋发初心，待展科技之势；砥砺玉成，不愧山川之助！

联合作者　孙卫民

注解

谷神：在中国古代文化中，谷一般被认为具有神秘的力量。谷神之本意为生养之神，原始的母体。此用比喻云谷小镇作为科技产业孵化器，助力了本土高科技产业发展。谷神用于此，也有"谷有精神"之意，这个精神就是创新和奋发的精神。

武夷时代天越赋

　　国匠武夷，启程南安。时代天越，名邸壮观。一方胜境，筑轩堂之明敞；尘外华庭，营桂苑之温暖。秉至善之制造，建怡适之空间。汇众美之兼有，养身心之康健。纳风华之满目，展前景之无限。

　　感夫现代之轻盈，东方之经典。海畔之韶光，亚洲之风范。樱花落瀑，享夫深院芳韵；回廊鸟语，浸夫曲径兰婉。松声拂眉，天趣邀于家室；杉影照眼，大美润乎心田。一池清辉，晓风吹皱澄澈；九曲禅意，大道返璞自然。

　　外则融融绿地，巍巍名山。气蒸祥泰，运积善缘。坐拥城市繁锦，步履从容利便。泉港要塞，心旷人间秀爽；海曙云霞，神游物外清欢。蟠龙跃运门庭显，凤凰舒羽傲云淡。

　　赞夫禀赋高格，栋宇光灿。瑞霭美征，博雅集焉。成就金玉良宅，鼎助乐业身安。荣福自得德不孤，永世家风长传延。嘻嘻！诗意人生，今圆栖居梦；中国武夷，华章正铺展！

徐州诗歌图书馆赋

　　融融一水之间，森森诗心之渡。有灵性之活泼，潘安之拙居。攒尘外之烟霞，滋表里以兰竹。筑小楼于鱼水之巷，偕"天一"祥云之常驻。戚戚小院之阴晴，因缘水国以意舒。岂徒逞一时之雅观，实期以领时风，温世俗也。

　　于此天下英雄必争之地，四海诗者必赋之乡。非独泰斗隔岸寄语，更迎夫宇内方家之赠藏。君不见金篇玉页，辉映草木芳华；风颂雅赋，荟萃智库琳琅。借来霞烘一屋，映照读书冬亦暖；风翻千叶，拂掠诵诗夏乃凉。

　　至于光景奔驰，谁会慢活之意；德业勃发，还需淳厚之积。焕乎灵光者是为诗，超乎当世迈乎一地。探虚隐之精微，深息交于天地。能涵高志之旷，而无近利之急。富有风华者乃为书，浓缩时空之过往，厚壮参天之根基。养眼悬于未来，长识见于往事。此诗书之助春秋，兹馆之助生命也。

　　幸哉洗目有门前之溪，清心有诗仙之河，豁志有诗圣之桥，骋怀有诗云之楼。落落轻音，摇曳芳草，扬扬远韵，涤荡烦忧。凭栏则江山满是，小住则锦章织就。近夫硕望手植之桂，必能澄正诗情，感欣欣兮生机，思无邪兮悠悠。一入天空之美城，享诗意之栖居，人间之梦想可长守也。

　　赞曰：
　　古有泮宫，今有湖馆。

心嗅蔷薇，气结蕙兰。

诗裁翡玉，书藏锦笺。

腹有诗书，神思无限。

引慧生果，请来斯岸！

注解

拙居：潘安有《闲居赋》："昔通人和长舆之论余也。固曰：'拙于用多。'称多者，吾岂敢；言拙，则信而有征。"诗歌图书馆坐落于潘安水镇，是潘安曾经诗意栖居的地方。所谓"文以拙进，道以拙成"，不管外界环境条件如何变化，不管人们对时髦时尚怎样趋之若鹜，始终固守着一份追求中的执著，一份躁世中的沉默，一份宁静中的淡泊，即是为守拙。

小院之阴晴：化用著名诗人郑愁予先生《水巷》诗句："我原是爱听磬声与铎声的，今却为你戚戚于小院的阴晴。"2017年端午节期间，先生题写其中"谁让你我相逢，且相逢于这小小的水巷如两条鱼"诗句赠送给诗歌图书馆。

英雄必争：2017年5月，笔者应约至余光中先生家中做客，请先生为诗歌图书馆题字，先生欣然题写"徐州诗歌图书馆：英雄必争之地，诗家必赋之乡"，题字后被镌刻于门头和门联上。

天一：天一生水。古有着名藏书楼曰天一阁。水克火，诗歌图书馆临水而筑，对图书的保护有利。

泮宫：古代高等教育机构，因门前有池儿得名。如：古代学校前有半圆形的池，名泮水；科举时代生员入学称入泮。

厚德载物赋

薄浅难载，厚深易承。德之为大，何物不容。澄千秋之澈，睹万物之明。抱虚心，仰天高境阔；敦实志，迎海静风清。唯德者堪砥砺而前行，能致远而任重。

原夫坤之为势也，磅礴而无疆。人之并才也，襟怀也无量。履道八方也有则，仁智相养；行德四海也无愧，动静吉祥。故而德必养乎深厚，物乃得其宜长。

至若德之深也，与上善而均美，长居下而恭谦。混之而不浊，流之而不满。小者可齐家，大者可治国；细者可纬地，巨者可经天。若乃载诸其身，必也运转而无边焉。

德发仁义礼智，厚载元亨利贞。德水渊永而广源，德山崇壮而固根。德云流彩而风赋，德曜璀璨而光临。秉诚心于衷素，人德厚而芳馨。持大信以为式，国德厚而有邻。则若夫泰岳立而群能无钦乎？

注解

为势：化用《易》："地势坤，君子以厚德载物。"

磅礴：意思是形容气势盛大，广大无边。

并才：并列为才。古人将天地人，并为三才。

宜长：既适宜也长久。

德云、德星：孔子说："君子之德风"，风随物赋形，连云朵也因之而流彩；德星璀璨而光临，意为光芒照临之意。

曜：曜，日、月、星均称"曜"。

曼格赋

南国春暖，紫荆花灿。

隔岸香满，曼格创焉。

荟寰宇之艺士，秉维新之理念。

撷跨海之雄气，驻鹏城之桃源。

哲思之豁开，天高而云淡。

其志在超匠工之锦运，取高趣之雅慢。

舍流俗之格局，倾文情于空间；

绝品性之袭摹，蕴独一之奇苑。

脱略尘嚣，辟融会之佳境；

循依兴好，修风水之福田。

至于挥洒智造，寻约自然。

激扬天命，大道可观。

契心性之大美，熔中西之素元。

线切合于纹理，角割洽于周缘。

致远未来，富温馨之层次；

沁扬诗意，非止步于利便。

故而旷素尚之胸怀，寄憧憬于琅嬛。

眼放之处，前景无碍；

梦想之图，风光无限。

此盖曼格之赞美于生活也。

注解

曼格：曼格（香港）空间艺术设计有限公司是一家从事室内外软装设计的专业机构，专注于室内外空间环境整体软装的艺术设计，公司自创立以来，在业界享有良好的信誉和口碑，在香港、深圳、福建均成立公司。曼格站在国际视野的高度，整合自然的艺术智慧和灵感，将美学素养和设计意识完美融合，为每一个项目营造超乎所想的独特风格，使软装设计在室内外空间设计中起到美化、提升生活空间的环境意象，丰富空间层次，赋予空间涵义的重要作用。

汉王赋

帝乡佳境，名镇汉王。乾坤眷顾，风物典藏。山承楚汉之重，泉涌古今之芳。花放海之烂漫，石灿园之琳琅。感夫山河明秀，春风古木之拂；硕果丽鲜，秋水伊人之望。自古大汉之福地，而今锦绣之康庄。长得其人之裁剪，物我相得而益彰。

壮也！石隐鳞凤，山崇龙腾。观夫紫金雄立天栋，三华遍植郁葱。既谙风云之变，得养沧海之容。曾经一剑乾坤定，一马天下平。一屋渡江计，一泉润苍生。故而雄健乡人之底气，砥砺乡土之民风。可图一方富强，俯仰安稳；可开一地高美，发展从容。乃能显扬华夏重镇，润色淮海名城。

美哉！清波漾洄，风光爽宜。徜徉云湖大梦，溯源玉带泉溪。常逐桃澜漾处，贯看柳浪翻时。卜居世外，超轶尘埃而筑；临景涯岸，熏陶兰桂以依。八景誉驰，领略诗中之画；一泓堪赞，访寻画里之诗。更有书香满溢，艺苑传奇。别开丁塘老街，旧径八九；愿助徐州迎客，芳邻一一。

噫嘻！日永消闲，月明芳辰。叠翠绿树，四起白云。松交竹互，请看淋漓满目；秀岩芳水，处处渲染慧心。映山郭酒旗，焕格外清新。尽兴水山之妙，放怀趣味之真。长有壶觞酒热，笑语春温。吟来韶景历历，岁月舒舒。度我韶华，时光不慌亦不促；来此乐土，逸境若遥而可临。

联合作者　夏海燕

注解

润色：指汉王为淮海经济区中心城市徐州增色。

溯源玉带泉溪：意为云龙湖之水发源于拔剑泉，通过玉带河连通。

八景：代指很多美景。

一泓：一片。

常州朝阳中学赋

冉冉旭日，照河之阴。悠悠恒升，聚合祥氛。长育慧心，根连地脉；每教高志，遥映星辰。更以朝阳之光热，灿生命之七彩；以人间之大明，助前程之无垠。乃有芳华蕴涵，李桃树培七十载；韶景播撒，嘉木守望天下春。

欣夫同窗携手迎晖，满校朝气豁朗。思也无邪，芳草萋而赏悦；虑而无忧，新葵倾而向阳。乃有师尊焕发，身教多于言传；学襟敞亮，感应加深课堂。和而不同，文采绽放于笔端；争也君子，高下分晓于棋场。熙熙大雅，俱随时转而成长也！

至若斯人乘震，万物敷荣。栋宇含润，美哉其中。紫气东来，起光明之循渐；长河南赴，滋厚土之无声。沐浴能量，蓓蕾园中绽放；传递温度，师徒杏坛驰骋。自是阳光核心，彼此光辉互映。乃能明堂同飨，书山并攀，光耀共荣。

可期桐生高岗，凤鸣崇山。书香赋能，七彩云间。立大地肃穆，脚下坦荡；望苍穹丽美，胸中蔚蓝。既而澄澈一片冰心，惠赠一支彩笔。缤纷俱呈，兼容德育美育；瑰玮满眼，把握今天明天。方有莘莘学子，栩栩妙才，陶陶自着，卓卓焕然！

噫嘻！诗以赋曰：
朝阳徐徐，晨曦蔼蔼。多士斯集，无负良材。

唯日孜孜，诗书仰赖。金石铿锵，天宇豁开。

十年树木，长留手泽；百年树人，传承风采。

松影风骨，薪传不衰；青云培养，前程永待。

注解

河之阴：水南为阴。悠悠：形容历史悠久。恒升：出自《诗经·小雅·天保》，原文："如月之恒，如日之升。如南山之寿，不骞不崩。如松柏之茂，无不尔或承。"形容旺盛的生命力和广阔的发展前途。祥氛：指紫气东来，布满吉祥。星辰：指与太阳同列于太空的月、星等。

学襟：学生的襟怀被鲜艳的朝阳和老师的尊容所照耀，感应正能量，加深领悟课堂上所学。和而不同：指大家绽放不同的风采。争也君子：源自孔子所说"君子无所争，必也射乎！揖让而升，下而饮。其争也君子"。棋场：实指校园内棋盘竞技角，代指公平竞争之平台。

乘震：震是八卦之一，方位在东方。指师生迎着东方的朝阳，看着大地万物欣欣向荣。长河：指位于学校之北的运河，滋润这座常州城市，学校因地利，得普惠更多。更象征着源源不绝的江南文化。如泰伯谦让、延陵信义、东坡文采，等等。蓓蕾：没开的花；花骨朵儿。驰骋：师生尽情展现生命之大美。阳光核心：每个人都是一个小宇宙，温暖自己和温暖他人。明堂：宽敞明亮的食堂。

高岗、崇山：都形容师生起点高格调高。又"凤凰鸣矣，于彼朝阳"是学校门厅设想改造之主题。陶陶：指欢乐、广大貌。语出《诗·王风·君子阳阳》："君子陶陶，……其乐只且。"卓卓：高远、卓越。即"心向朝阳，追求卓越"。栩栩：活泼、灵动。

噫嘻：表示赞叹。松影：指校园内古松，见证了学校的风风雨雨和光荣辉煌。现仍以傲然之风骨挺立。青云：祝愿学生们乘东风，步青云，未来前景无限。

段落大意

第一段　综述朝阳中学之历史、文化、特色。

第二段　本段主要描绘光明的氛围在学校蔓延，为学校奠定了敞亮、豁朗、开阔的基调。

第三段　本段主要写师生充满正能量，饱含温情、暖意，相互照应，进退共荣。

第四段　本段主写朝阳中学秉持七彩特质，赋予学生们多姿多彩的人生。

第五段　用充满意蕴的诗歌来作为结尾。愿朝阳光和热照耀、照应学生终身，愿朝气为学生们一生赢得运气、福气。

徐州见义勇为英烈广场赋

昭昭大义，磊磊坤乾。江河同漾，山岳共参。巍巍松竹，不教风张沙狂；烈烈白日，终驱云消雾散。义以正气而贯，仁以明道以传。恶存与世，义亦不远。举手可为，止步能堪。志驱奸邪，唯凭肝胆。大和之道，无义何以行；大梦之图，无义何以现。

溯夫古徐源远，仁义流长。孔正孟浩，洙泗滥觞。一水相连，当义不让。刘项抗暴，立马横刀铸新鼎；亚夫平乱，挺身扼腕蠹脊梁。王母刎颈，垂春秋之坤范；古河显红，留巾帼之芬芳。更有滚滚车轮漫淮海，森森铁臂守台庄。而今有夺刀拒贼，睥睨亡命凶徒；救弱拯溺，何惧惊涛骇浪。拼将骨断，掌接高坠之人；何曾袖手，眉切火海之望。彭祖楼下义士多，歌风台前新声唱。平声之时携风雷，平凡之处示慨慷。群奋袂，众敬仰；湖激荡，山高昂。前蹈后进，开来继往。岂可枚举，蔚然风尚。信哉中流砥柱，看我彭城气量。

何以永守净土，唯有激扬大义。著彰英烈，勤各界之慰恤；深弘士节，殷长策之砥砺。建正义之广场，颂震俗之事迹。湖溢好人之光，山耀正色之奇。唤万万之雄起，铸英雄之城市。英雄匡助城兴，雄郡健壮国气。英杰与烈士同安，丰碑与义石并立。斯必可昭生命之大义，庶人亦可有功于国事也。

噫吁嚱！瞻高塔，念英灵；馨芳满，剑气横。热土兴怀，赋宏业之伟岸；清风拂岗，沁侠义之赤诚。望者整身检行，行者立志盈胸。更况银龙呼啸，载亿兆之过往；丝绸蔓绵，延忠勇之湃澎。叹兹风云际会之奇地，南熔北炼之重镇，中转枢纽之要冲，创斯德道之大观，或可演一世之风也！

赞曰：利不及义，存世之终。舍身忘利，存义是明。瞻斯广场，大道康宁。缅忆先人，体会心声。倚其高节，助我豪情。愿此素尚，蔚国之风。天下行义，可望大同。

注解

孔正孟浩：子曰"政者，正也"，孟子曰"吾善养吾浩然之气"。泗水连接四渎（五岳四渎代表中国），大部分在古徐州境内。孔孟之道称为洙泗之学，是因为发源于泗水、洙水之畔，以泗水为主。

生命之大义：见义勇为鼓励用正确的办法，救人救己，现在有很多的见义勇为者，有勇无谋，没有用正确的办法，导致了不好的结果。尊重生命，尊重被救者的生命，也尊重自己的生命。此生命，指双方性命。

亚夫：西汉名将周亚夫，丰沛人，在国家存亡之际，勇敢站出来平定了七国之乱。代表了徐州男儿勇当大任的形象。

手艺神赋

河漾楚韵，山雄汉歌，东君鸣佩，更绽金凤之窠。有亭台纳快哉之风，云海传天外之和。奎楼之下，不逊梦想；壮彭城日新，与时增色。

叹大隐之境，见夫古城厚积，薄发回龙深沉。徘徊婉转，涤荡灵魂。虽世内桃源，有意外知音。爱人间大美，聚妙手艺人。更借云放羽翼，波净烟尘。免货殖之患，绝兜售之奔。心专能静，静安自得，善养浩正，精气有神。则克承古艺于往者，弘扬广大于来者，诚可期也。

夫神者，韵也，宇宙之灵也。十指连底，手艺之神自心；万物有灵，自然之神源天。有形而无神，为序工；形神合一，效法自然，人与天通，可曰天工。神在象化，随情而蕴，唯天工方可开物，是为手艺神。而传非遗者，非传物也，在传神也，故而唯有"神"者当之。

若乃无牵凡虑，神情自好。无沾俗气，可与天地交。则心能格物，万物皆备，挥洒潘江陆海，融汇中外古今。澄彻两端，思霏玉润，意开繁锦；天假人手，何物不神。有"神"者谁也，徐土新手创者也。

乃作歌曰：放鹤于云间兮，声闻于天下。招鹤于东山兮，心契于自然。乐此家园兮，全我素志。表里自如兮，怀旷神怡！

手艺有神能化物 天工借力传非遗
——《手艺神赋》解读

在徐州的主城区，有一宝地名曰回龙窝，布局着典型的彭城传统民居建筑，近年街区的保护与开发被市府列为城建重点工程，成为老徐州历史文化片区中的核心项目。街区周边名胜古迹星罗棋布。东边是苏轼的快哉亭，融纳千里浩然之风；往南是著名的云龙山，钟毓文雅自然之气。虽处闹市，我们仍然能感受到古老的艺术气息，静静地蔓延开来……

街区十八号的枇杷小院是一座比较特殊的院落，这里汇聚众位古彭妙手艺人，志在打造优秀手艺人的大本营、特色手工艺品博览园和手工定制产品消费俱乐部，打造别开生面的徐州文化客厅。正所谓：院不在大，有"神"则灵。艺苑好坏的标准，还在于是否有神。神包括神韵和精神，准确地说是工匠之精神和自然之神韵。

东坡诗云："惟有王城最堪隐，万人如海一身藏。"看尽繁华历经热闹而能悟得真"清净"，回龙窝就是这样一个能让人清心感悟的地方。手创者工场于兹创办，就是希望能给广大手艺人提供静雅的场所。正所谓：大隐隐于市，心净易出"神"作。同时工场借助电商平台云技术，用电波涤荡凡俗尘埃，扫除艺术如何实现价值的忧虑，让大家专心创作，传承古艺非遗，在云端放飞梦想，弘扬广阔于未来。

静养精气神，又能专心创作，创作的境界就提升了。人隶属于自然，一切从自然来，最高的境界当然是融和自然，即"天人合一"。正如老子所说：人法地，地法天，天法道，道法自然。从"甲骨文字"到"飞机轮船"，从"阴阳五行"到"电脑航天"，无一不是取之自然，效法自然。艺术更是如此，人们往往惊奇地赞叹美好的作品——"巧夺天工"，就是说精巧胜过天然。"胜过"实为夸饰表达，可以理解为把"天工"作为一个至高的参照。只有具备足够安静的心灵磁场，才能接收到天赐的灵感。所以，与其说人工夺胜天工，不如说是，"神"授妙笔，天工择人，天假人手。

"天工化物"，只有天工能让物质重新组合、完成凡品到艺术的飞跃，否则就是机械的排列组合，按部就班的序工和仿工，只能"浪费天物"。古人早就意识到了这个道理，明朝有本全面总结了中国古代传统工艺的书，名曰《天工开物》，法兰西学院汉学家儒莲则将"天工开物"理解为"对自然界奇妙作用和人的技艺的阐明"，手创工场的创始人们也应该是如此理解的。

从回龙窝漫步半个钟头到云龙山，可以见到大名鼎鼎的放鹤亭，亭下山谷之间还回荡者千年前的放鹤招鹤之歌。太守苏轼的《放鹤亭记》闪耀于《古文观止》之表里，让高士张山人和徐州山水名满天下。千年后，新时代的彭城高士手创者们，与山人齐立于同一方水土，不论隐于山，或隐于市，今人古人都吸纳着一样的湖山灵秀，拥有这一样的楚汉底气，一样的奎星仰望给予他们自信和期许。笔者也仿佛听到了隔世的放鹤招鹤之歌："放鹤于云间兮，声闻于天下。招鹤于东山兮，心契于自然。乐此家园兮，全我素志。表里自如兮，怀旷神怡！"期待着他们自如收放只属于自己的"鹤"，名扬云海之外。

汉王紫荆潭记

帝乡徐州，名镇汉王，有紫荆雄山矗立，常攒藏霞雨，仰纳甘露，满目郁郁葱葱。时有山水流降至西坡平地，泥陷而生低洼之坑。山北有拔剑泉，相传高祖困塞，剑裂地脉而汩涌。每溢辄向西南入天坑，地泉与山水相挽，积益多而潭益深广。长年活水，清冽甘甜，涵濡乡民之用大矣。

余臆斯潭上承天意下通地脉，兆乾坤交泰之吉，甚有灵气。夫天意无穷，而地脉无尽，则潭亦何有涸时？然圣贤岂不云：天时地利不如人为。近数年内，潭为今人填充，几绝其迹。时书院方筹建于潭之南，创始者恐自然之作永没，冀存天道之余痕。乃疏浚砌石以维护，石栏联围六边，以配天地四方六合，期多蓄"天一"之水，亦有"地六成之"之意。过者每凭之，可睹青天白云之不远，清风素月之可亲也。

栏石刻敬天、爱民、木本、春露诸字，以示敬畏天道自然，崇尚人文关怀，不忘木本水源。既而嘱余撰文，镌石立于潭之侧。使一方百姓与往来之客，知晓其潭之来历，了然大道灿然：唯有保自然之生态，而后享自然之大美，顺应自然之本律，建人文之佳景，方可长久！

余钦筑者之豁达远见，乃欣然为记。

台儿庄战役赋

纪念台儿庄大捷八十周年而作

国岂好战，迫而为之；民何以勇，其义在斯。内鼓舞于华夏，外振威于四极。绝杀两阵之间，流传千古之奇。山积人心，河绕不屈；海叹壮观，天置死地。后生源源鸿烈之气，力抗十四载，竟使鲸波平息。悬八十春秋不世功业，孰能当此！

回首故国多难，哪堪卢沟桥头月冷。赤焰灼中原，虎狼满关东。黄浦江映鹊桥垂，灵岩空恋太湖梦。秦淮连江呜咽，石城踏破碎零。大河无辜弃险堑，泰岳震愤唯悲鸣。乃有天开圣略，南四湖紧拥大运；地布江防，众英雄血洒长空。每拒金刀之赏，气色激壮；睥睨东山之势，严律平整。

至于飞一骑之奔走，有诸军之勇往。风云回谷，草木悲怆。千里川将风潇，万众莽野尘张。山光动兮炮横飞，我挥旗兮奋昂扬。淮河淹倭贼之谋，滕水沉三岛之凶。沂波荡来犯之敌，韩庄灭魑魅之狂。台儿古城，岂容他人跋扈；徐土安舒，从来当仁不让。兵威谁树，藩篱谁仗；一时虎步，群起刘项。

壮哉！云愁暮醺，霞残地黩。山撼海沸，飞石拔木。弹尽而抱敌以归，炮空则挥手以刃。万枪霹雳耳畔，千巷兴酣丈夫。暗暗城头血肉撕，相逢狭路徒以手。鱼鳖断桥，风涛没顶。猎旗掩映，共逐狼虎。抛命以搏，合五岳之所支撑；片甲难回，实天下之所共睹。持猖贼于月余，夺江山于反复。依山强支，树黄土之丰碑；背水作健，存神州之雄图。

嘻吁嚱！拔豺狼之爪牙，撑恶虎之血泪。护津浦与陇海，扬国军之芳烈。东方凡尔登，强虏灰飞灭。弹痕累累古墙，家国精神翡翠。榴花通红胜火，映照西山落日。大和之道何以，太平白鸽翻飞。过往响若洪钟，几度风云际会。千年同心，礼用和贵！同瞻半轮明月，曾烛彼岸依依！

祭余光中教授文

　　嗟嗟人间，一代巨才，诗书春秋，案头笔端，世间长留。公之德道，必可不朽。公之诗赋，必可熏陶性灵。只惜天邀海峡浪子，徒哀地挽中华名流。追思仙翁耕岛屿，岂止海外传文章！

　　先生早岁毓栖霞之秀，晚年照木棉之光。江南芳草，好梦送予；闽南求学，鼓浪而去。虽遭逢战乱时局，辗转人间仓促，然持青春之气节，不辍笔耕煌煌而著。蔚典文之炭炭，映艺苑之煦煦。西子湖畔，西子湾头，高雄港岸春未来，一苇渺渺追彭祖。锦绣楚人，青城仙子；过过往往，生死谁卜。

　　乃谓百年诗史，一代诗豪。傲立诗骨，喷薄诗涛。初则捧心效西，而后转向东顾。厚重拓荒现代，探珠溯源古典。四度空间翱翔，诗伯雄心不老。笔蘸康河之水，口吸黄河之涛。孤灯映照，洗炼浮海。细嗅蔷薇，贯看大潮。融汇倒四海词源，人间倾不绝滔滔。先生之泽，何地不流；文坛骄子，山河呼号！

　　仰公教化一方，自成海岛之师。文采之焕，龙蛰岁月，杏坛立教，垂范人文，烛大洋以熊熊。吁嗟先生，终遗世而独立，泛海槎于天庭。爱河清韵回荡，谁复继赓传奇。绵绵德功，逝者如斯。普惠后学，长永与世！

　　呜呼！厚爱晚辈昨赐题，何以报之无桃李。唯有朴文悼先生，念念音容长不已。欲渡海峡万顷浪，祝寿反成悼念辞！哀哉！公之往兮无来期，山川无极兮无是非。风雅颂兮转深沉！他年此夕雪来野，再奠吟坛酒一杯。乡愁应无兮魂已归！尚飨！

丁酉大雪时节

《哭池鱼赋》有序

周末过韩山小池，两鲤浮死于水表，一红一白，皆尺长也，周遭数小游嘻如故。红者乃友数日前钓于云龙湖，后舍于兹。忆其圉圉洋洋，倏然而逝，以之得其所，悉历在目。今见遗体，不禁慨然而伤，亦恨初未阻友。潘岳之赋秋兴，曰其思江湖尔。今观其睊睊犹视，似诉强死之哀痛，而知也。造化生万物，唯兹类与笼鸟不瞑目乎？吾不忍，乃出之，掘二坑，葬之于花丛，期以芳馨之伴，永安息而长眠。昔者曹公之怜落英飞花，今亦得其意。泣而赋诔曰：

城之南有嘉鱼兮，生惊世之赪尾。羌水族之翘秀兮，矜特异之修真。秉金仪之奕奕兮，曳罩罩之红鳞。瀔汕汕以遨游兮，扬细波而垂锦。穿藻荇以嘻娭兮，濡落荷之缤纷。若乃云遮苏堤，白沫跳珠，托迹九渊，潜身纡徐。忽而日薄西山，风霁南浦，相响聚首，澄澜吞吐。涵泳荡春波，浮沉听夏雨，历历落秋声，寒月偎冬芦。肆志八方，从容四宇。虽饱食之时难，无竭泽之意惧。志欢豫而匪倦，忘机心而忧除。庄周临川而羡其乐，张公凌波而意自足。寄汗漫之云龙，复此生之何图？

然则渔人至焉，察斯鳞之美质，兴绝色之痴贪。乃抽钓线，垂银钩，运芳饵，振修竿。斯鳞也，方乘流而触浪，正悠悠而连翩。近金丸而触钩，纵全身于彼岸。惧钓者之狰狞，苦吐沤以祈怜。忏兹体之绝殊，遭今世之侮冤。

幸免戮于盛宴，继致身于小池。初洋洋而自得，不动劳而愉逸。多香饵之惑诱，客朝夕之临即。忽顽童之投石，审潜藏而接底。希腾跃而不可，望洪流而无期。唯鳅蛙之呱呱，具虫鳅之不离。动则触乎四隅，终怅惘于烂泥。忆长波之汗漫，愠群小之相戏。争脱拘而适意，悔奢欲之可耻。叹图南之郁郁，无乖崖之相知。愧吾心之不察，绝兹鳞之末路。唯敛葬以锦簇，盖黄土之一抔。庶芳馨之永伴，再托生于云湖。

夫大块化群生，万物皆有主。禀阴阳之化质，立本性之芳骨。性者命也，命者性也。有乱心之迷欲，多伐性之柯斧。欲增则性减，欲泛则性灭。性灭则心丧，心丧则神无。鉴池物之放欲，绝独立与自由。拒丧志之行尸，形虽存已秽腐。寄世人以寡欲，戒兹鳞之多图。

两岸一家亲赋

一泓湛蓝，两岸秋水。机生大地，台岛濛洄。望云山之浩渺，听碧海之潮汐。天空境阔，能共于靖安；此往彼还，更益于合契。脉脉兮！朝霞升东方之望，落日牵故园之思。

感夫寸心谁言，一日数秋。密语声声，频频难舍之唤；佳期何日，永守同胞之候。虽隔于三百里之风信，一百年之雨愁。不阻细浪有情，浮东西而回抱；清辉无限，笼左右而绸缪。故能秉兰臭之齐心，同风雨之悠悠。

所惜几多离情，一年容易秋风；五岳绮霞，子孙炎黄如故。唯夫情义兰舟，通融融之对岸；天地蓬窗，豁明明之四目。但看印潭日月，天长涛涌；昆仑回首，江河共谁人同赋！

甜油赋

一壶秋色，半勺天香。鲜超凡俗，美迥平常。粹灵谷之韵，腾云气之芳。合日月精华，攒露霞酝酿。谐和手艺之神，致敬天工之匠。养墨浆之成味，登雅俗之筵堂。滋阴润月田，快意微醉绕心房。

制美之初，首在材良。五谷披沥，六物典藏。坯成而笼蒸，曲生而泛黄。点盐华之入，腌厚肥而忙。纳风霜之高洁，承月魄之爽朗。得清腴于涵泳，茹雁过之秋光。历春夏之咸宜，舀一瓢之溟漾。

借问甜到几分，流涎甘来心上。仿佛清风徐来，依稀霏微雪降。梅未望，舌津生；瓶未倾，味蕾放。蔬食席间，玉盘筷下，沾濡而增趣，虽咽而不忘。洽到神助，喜好雨之化物；弘彼良方，领风味之食尚。足以酬应嘉客，佐兴清觞。

何以遣浮生之饕意？请来苏北之水乡。倾酱玉之春湍，凝丹霞之流淌。拌银鱼之新烹，调卤肉之捆香。倾听老街传奇颂，品味运河故事唱。溢温情于沿岸，饱思忆于里巷。一泓甜油游甜梦，乡愁能不永回响？

注解

甜油酿法是在每年春天取小麦熟面块遮光高温发酵，待面块生出乳黄色菌性线绒，将其从室内搬出在通风处晾干，放入露天大缸内加水浸泡。白天阳光暴晒、夜晚月照晨露。立秋之后，从缸中的滤筒内取出的杏黄色液体叫甜油。甜油酱香浓郁，色泽清澈，鲜美爽口，体态浓厚，集鲜、甜、浓、香于一体。加入了甜油的凉菜、生鱼虾不仅味道异常鲜美，而且营养丰富，大大改善了人们的饮食健康。

半勺："半"体现从容的心态，凡事不做满，度过美好时光，悠闲而适意。与渴饮相反（渴饮则满杯，急切地消耗茶水，消耗时光，一饮而尽）。

月田：一语双关，一指处于阴气重于阳气时的身体，二指月田组合即是胃。

六物：岁、时、日、月、星、辰，意思为甜油的酿造过程收藏了日月星辰之精华，典藏了美好时光。

饕意：饕餮，即现代语所说的"吃货"。

安阳新城赋

太行西来，金鼎镇莽野之沧桑；大河东去，甲骨镌华夏之辉煌。易演乾坤，阴阳化育万象；渠开山川，清浊润泽芬芳。盘庚数迁京都，鼎盛殷商；吾辈再筑新邑，雄起城邦。宏绘蓝图，大潮荡涤胸膛；高擎大纛，雄风纵横京广。千秋更迭，不改维新之志；百代兴衰，总关天下之昌。

燕京伟略，彰神州之瑞气；中原宏韬，秉邺城之霞光。古都风华，日新月异，横槊东指，新城激荡。宏猷磅礴，擘划有方：东纳泰岳紫气，吞吐万状；西瞻太行丰碑，汇通八方；南拥中原苍茫，蛟龙呼啸；北挟燕赵雄浑，鲲鹏奋张。古城拓，虎翼添；云楼矗，鹰爪扬；肱股雄，襟喉畅。一体辉煌，东区与西区同旺；双星璀璨，新城共老城齐翔。洹河碧波，映伊妹之眸；白璧华彩，耀殷墟之光。

当轴决断，高瞻远瞩；俊彦奋臂，负重扛梁。筚路蓝缕，共筑崔嵬之郭；披荆斩棘，同绘锦绣之乡。殚精竭虑，志耀日月；呕心沥胆，血荐炎黄。壮志盈胸，宁恋柔情蜜意？锦程在望，岂惧雨雪风霜！大爱弥天，隐闻爱子之啼；精忠誉众，遥拜慈母之像。鹰隼试翼，长空穿云；老骥伏枥，壮心涌浪。高拱商祚，鱼贯九域金融；广植梧桐，鹜集六合彩凰：钢铁巨子，风生水起；航空新星，斗灿月朗。美哉，新业共新城而兴！壮哉，青虬驭青云而翔！

道贯九派，云衢通达青天；水润八荒，新城情系心脏。稻菽浪消，昔日阡陌耸嘉园；鸡犬声远，曾经村落成商场。千绿采采，萦桃源之梦境；一碧汪汪，流花坞之芬芳。琼楼玉宇，观古都之胜景；曲水流觞，画江南之苑阗。地灵人杰，开来继往。红旗猎猎，天纵鹏举罡风，万古浩浩；铁轨锵锵，地载相如懿德，百代泱泱。邺水朱华，怀瑾握瑜；新城福地，纳瑞呈祥！

嗟夫！抚今追昔，云计算演绎沧桑；知来鉴往，甲骨文璀璨朝阳。一地一城一国，其兴衰沉浮无不系于通也。地脉通兮大道畅，商脉通兮百业旺，文脉通兮翰墨香，政脉通兮家国昌。通者，实惠民之根，兴国之本，大和之原也！

颂曰：
莽莽山河，巍巍安阳。
开疆二帝，变法商鞅。
漫卷红旗，涅槃凤凰。
云蒸俊采，潮涌海沧。
文运似山，商祚如江。
谁铸新鼎？万象偾张。
我运巨笔，甲骨重光。
政道通天，大国日昌！
值京广高铁全线贯通之际，特作赋以志。

联合作者　屈金星

注解
安阳新城：安阳新建设的东城区称为安阳新城。京广高铁站建在新城。
"太行"：本句写安阳对中华文明的发展起到的重要作用。
金鼎：后母戊大方鼎在安阳出土，鼎乃王权、盛世之象征。
甲骨：甲骨文在安阳出土。
"易演"：上句写周文王在安阳羑里所演《周易》成为中华文化的源头之一；

下句写古代西门豹治理漳河，今天安阳红旗渠的开凿和南水北调穿过新城区惠泽百姓。清浊，一指清浊水波，二指清、浊漳河。

"宏绘"：本句写改革开放大潮荡涤安阳人胸膛，京广高铁贯通安阳，为安阳插上腾飞的翅膀。

"千秋"：本句写维新乃安阳的永恒精神，安阳兴衰关乎天下繁荣昌盛。

邺城，安阳古称、别称。

横槊，槊，长矛，指文韬武略的英雄气概。

宏猷，远大的谋略；擘划，擘，大拇指，擘划，筹划。

"古城拓"：本句写新城拓展了老城的发展空间，使安阳如虎添翼，鹰爪高扬，肱股强壮，大道通畅。鹰爪扬：年老的鹰爪子等器官均老化时，以嘴啄石长出新啄，以啄拔掉老化的鹰爪和羽毛，重生新爪、新羽，搏击蓝天，重获数十年之新生，犹凤凰之涅槃。襟喉，衣领和咽喉，比喻要害之地。

"一体辉煌"：本句写新城与老城，双星璀璨，一体辉煌，共同兴旺，比翼齐翔。在洹河奔流，甲骨文出土的土地上，古今文明交相辉映。洹河：安阳的母亲河。伊妹，伊妹儿，象征电子文明；白璧，喻新城所在的白璧镇如同白玉，其光彩照耀殷墟发出别样的光彩。

当轴，指新城决策者；俊彦，优秀人才。

"筚路蓝缕"：本句写新城建设者艰辛地进行开创性的工作。"血荐炎黄"，化用"我以我血荐轩辕"。

"壮志盈胸"：本句写安阳新城建设者无论年轻人、老人都努力工作。

"鹰隼试翼"：本句写安阳新城吸引各路客商落户。鹰隼，此特指小鹰，喻年轻员工。

"高拱商祚"：本句写钢铁和航空企业等巨头落户安阳新城。商祚，商运。

"美哉"：本句写安东新城产业勃兴，如龙腾青云。虬，龙的一种，屈原《离骚》曰："被明月兮佩宝璐，驾青虬兮骖白螭。"

"道贯九派"：道，一指道路，二指哲学意义之"道"。九派，指中国。云衢，道路之美称，通天大道。水，南水北调工程纵穿安阳新城；心脏，指北京。此句指新城通过京广高铁、南水北调工程联通北京。

"千绿采采"：本句写新城美丽的景象。采采，茂盛、众多貌。

"琼楼玉宇"：本句写新城琼楼玉宇、曲水流觞的如画景色。苑阆，神仙居住的地方。

"地灵人杰"：本句指安阳人民继往开来，彰显蔺相如美德、秉承岳飞豪气，发扬红旗渠精神，进行新城建设。鹏举，指岳飞；相如，指蔺相如。二者出生、活动于安阳。

"邺水朱华"：本句指在钟灵毓秀的土地上，安阳人怀抱美玉，新城呈现祥瑞气象。朱华，指荷花。怀瑾握瑜，瑾、瑜均为美玉，喻人有高洁的情操。

"一地一城一国"：本句纵览古今，古老的甲骨文文明和现代的电子文明在安阳大地上交相辉映，发出朝阳般的璀璨光芒。云计算：电子文明的象征。

"地脉通"：本句揭示一地一城一国的兴衰沉浮无不系于"通"。

"通者"：本句写地脉、商脉、文脉、政脉通使得家国兴旺。卒章显志，站在中华乃至人类文明的高度，将主题最终升华为具有普遍意义的哲理，点出"通"乃惠民、兴国乃至社会和谐的大道。这是中华文化之精髓！通，指路通、政通、商通、文通乃至心通等，具有哲学意义。

"莽莽山河"：本句写安阳形胜。山河，指太行山和黄河。

"开疆二帝"：本句写安阳人杰地灵。二帝，指颛顼、帝喾在安阳拓土开疆；商鞅，古代改革家，出生于安阳。

"涅槃凤凰"：本句写建国后，安阳发扬红旗渠精神，使安阳实现了凤凰涅槃。

"潮涌海沧"：本句写改革开放以来以及新城建设，人才云集，大潮激荡。俊采，优秀人才；海沧，即沧海，也喻指改革开放使中华文明与海洋文明交融、激荡。

"商祚如江"：本句写安阳新城文化、经济发展势头如山峰峥嵘，如江河浩瀚。

"万象偾张"：本句写安阳人、安阳新城建设者重铸新鼎，万象偾张。鼎是盛世之象征，一指新建的安东火车站形似大鼎；二指安阳的建设如铸"新鼎"；万象，指大千气象。万象奔腾何等磅礴！

"甲骨重光"：本句写"我"挥动如椽大笔，创造出使甲骨文文明重新光芒四射的新文明，以此引领人类的未来！站在人类文明史的高度，作者深沉的呼唤，勇于担当，撼人心魄！"我"，指安阳人、安阳新城人，河南人，甚至包括所有中国人。

　　"大国日昌"：本句是文章的收笔，以广阔的视野、犀利的目光揭示为政之道亦在"通"。政道通天，才能使大国崛起，中华民族再铸辉煌！

鼓浪屿赋

半勺时光，一晌咖啡。南国天风，四面来吹。聆海浪琅然以鼓，闻奇石凛然以吟。天音地籁，悠悠心中；自然气息，丝丝腑肺。看波往波还，礼敬英雄忠魂；人聚人散，不改明月青垂。欣燃燃木棉，向非锦上之花；蔚蔚乔榕，可庇游离之丝。更有凤凰丹花照砖红，浓缩欧柱美堂，一屿满卷是瑰玮！

回首故地晚唐，薛陈拓荒以将。先民艨艟扬帆，随逐鲸浪。涛声激荡，助我雄浑；礼乐教谕，蔚然风尚。嘉禾千户，思明之朗。志气不磨，片瓦可为古寺；丹心不陨，独木能铸脊梁。故而叱咤风云，全海天之版图；酝酿流霞，存延平之理想。岩映日光普照，洞回浩气永藏。忆昔龙虎守江，有我一臂；而今五洋安澜，我观风向。

沁夫浪打花窗，长波妆我竹帘。雨落及时之润，潮涨八方之澜。故能熔东炼西，八卦重解堂构；涵古茹今，菽庄移借江南。匠心独运，雅典楣梁跃麒麟；诗意赋形，爱琴回廊望飞檐。万国小筑，荟萃海角；千家新态，融聚闽南。倚此天涯独角，邀清茶半壶，溶巧克浓豆，可一瓢弱水，一味苦甜。凝重天下轻浮，成就人间洗炼。浪回岩穴擂鼓，梦在沙洲好圆。

若乃俯仰兮上下，超迈兮埃尘。看逸游鸥鸟，舒羽展身。旷烦虑之胸次，与初心而为邻。故能毓秀语堂，灵岛诙谐；钟灵舒婷，橡树联姻。而放眼之处，尽是有爱之士；静耳世内，皆为天外之音。时享浮云芦笛，随烟涛以舒展；拨浪瑶琴，伴天风而雄浑。更有日光栖禅思，石门听梵音。广种福田处，弘扬德声亲。时敲仁义之响，常唱博爱之吟。惯看乾坤鼓喧，胸纳星斗滔文，则可散孤渺之俗念，与天地而一身！

歌曰：

纳乾坤之沉瀯兮，阅沧桑兮若流。

复初心之澄澈兮，邀天然而为侣。

奏绿水之霏澜兮，风过岩而启牖。

看云垂而海立兮，贯波吞而天吐。

触银浪之冲融兮，舒时空之悠悠。

注解

鼓浪屿：原名"圆沙洲"，别名"圆洲仔"，南宋时期名"五龙屿"，明朝改称"鼓浪屿"。因岛西南方海滩上有一块两米多高、中有洞穴的礁石，每当涨潮水涌，浪击礁石，声似擂鼓，人们称"鼓浪石"。欧柱美堂："鼓浪屿：历史国际社区"是具有突出文化多样性和现代生活品质的国际社区，此外鼓浪屿还是文化间交流的一个特例，见证了亚洲全球化早期各种价值观念的交汇、碰撞和融合。鼓浪屿有机的城市肌理清晰保留了其发展变化的痕迹，见证了数十年间多元文化不断融入原有文化的过程。

薛陈：据史料记载及厦门日报报道，薛氏陈氏最早开发厦门，薛氏早于陈氏开发厦门岛。

艨艟：中国古代具有良好防护的进攻性快艇。又作艨冲、艨艟。

片瓦：有日光岩寺等宗教建筑。指建筑虽经战火动乱，仍能不断重修，保持生命力。

龙虎守江：日光岩又称龙头山，与厦门的虎头山隔海相望，一龙一虎把守厦门港，叫"龙虎守江"。

八卦：八卦楼是厦门近代建筑的代表，建于清光绪三十三年（1907），总建筑面积3710平方米，顶窗呈四面八方二十四向，民间就称它为"八卦楼"，它既成为海轮进出港口的标志，也是厦门近代建筑的代表。

菽庄：菽庄花园利用天然地形巧妙布局，全园分为藏海园和补山园两大部分，各景错落有序，园在海上，海在园中，既有江南庭院的精巧雅致，又有海鸥飞翔的雄浑壮观，动静对比，相得益彰。

沆瀣：水汽，露水。司马相如《大人赋》："呼吸沆瀣兮餐朝霞。"

暨阳赋

　　茫茫大江，谁扼其险？自虞舜驻足，泰伯开山，弦歌礼乐，不绝绵绵。神州之新潮遍拍，海头勇立；古邦之刚风正举，龙尾岂甘。更着红豆凝朱，相思情人之最；鹅鼻腾沸，勇惊俗世之澜。惯看往来沉浮，守望黄田港湾。牵一线之滔滔，拥旭日兮天宇阔；望五洋之浩浩，卧君山兮白云翩。

　　叹夫千樟风雨，南天砥柱。炮火燃空，满城戍鼓。天下慨然，鬼神敬肃。黄山岭兀立千秋，长存碧血；芙蓉湖澄鲜一色，永照心珠。松竹留翠，芳忠义于南门；兰蕙生芽，茂仁德于北户。菊怒播其香魂，梅寒挺其傲骨。壮哉暨阳！凝红雨于崇塔，铸国魄于万古。

　　感夫山水雅爱，清越汇融。人民堪教，高士长情。蔚然物华，昭明植灵根之木；蔼蔼灵殊，孙文唤文明之声。范公谨明明之教，学政司文章之命。万手拨难，听晨钟之铿然；一塔开境，俯琉璃而悟醒。更行健神州，放眼寰瀛；天下澎湃，澄澜荡胸。故能裁成英杰，荟菁华于渊薮；孕育才学，启中西之兼容。

　　试问先声谁唱，静观如练澄江。险塞推波，力助郑和之浪；莫城执戟，灭湮寇盗之狂。贵能涤霞心远，滋客步长。足履云门胜概，墨泼山水莽苍。至于刘氏握诗、乐之新轴，缪公肇图书之馆藏。皆时势之英杰，助国运之隆昌也。益能集广智，众筹创；照肝胆，齐臂膀。热土扬扬兮，豪雄引领是沧桑！

嗟夫！暨阳印象，江阴精神。一阴一阳谓之道，至道者其唯水与？孟子有云：观水有术，必观其澜。叹兹江尾海头之地，万民日饮大江之沸，加以群山砥砺攻玉，动静交养遂成仁智。故能满城皆活，富国策兮江之阴；一脉不已，厚国基兮福之地。欣看灿灿江山，悬一桥天索，卧长波潋滟；待展峨峨宏志，遥四宇博望，探无限奇迹！

诗译

大江茫茫，千里奔流，谁扼其险要位置？自从舜帝来此考察驻足，泰伯奔吴作为江阴的开山鼻祖。季子集礼乐之大成，人文脉络从此绵绵不绝。华夏的潮流几乎都经此岸拍遍，在这古老的乡邦，民风刚烈、正派、进取，人们都不甘心处于龙脉的尾部，于是勇立于大海潮头，向世界张望。更因为红豆凝聚人间最美的相思色而出名于世，鹅山下沸腾回环的江水，让世俗胆颤，我们却饮以为常。所能能惯看古往今来的沉浮起降，默默守望着家园。作为长江要塞，同时近距离拥抱旭日升起的地方，心中具有无限的展望，像君山一样高卧，望着白云梦想联翩。

感叹这个城市经历了多少风雨，砥砺名节成为南国的中流砥柱。曾经的枪林弹雨下，戍鼓震响，人们抵抗的热情高涨。每每遇到侵略时，人们都合力把城墙高筑，惊天地泣鬼神。黄山岭高昂的头颅，长久地存留着烈士们的鲜血。芙蓉湖永葆鲜艳本色，映照着丹心不改。南门"忠义之邦"千古长青，仿佛那松竹四季留翠影；北门的"仁德之地"浓烈芬芳，仿佛兰花熏陶市民。像经霜的菊花一样怒放生命，像耐寒的梅花一样挺起傲骨。多么宏壮的气象，暨阳啊暨阳。抛头颅洒热血的时代虽然过去了，但是不屈斗志已经化为国家民族之精神。

感慨人杰地灵，山水让人雅爱，融会清新，超凡脱俗。这里的人们人文素养很高，有很多杰出的有情怀的名士。曾经，昭明太子手植红豆树，留下千古佳话；孙中山视察江阴后说："让全国的文明从江阴发起。"范公为江阴文庙写重修记，寄语殷切期望；江南学政扎此地，文化繁荣盛况，一度成为江南文运中心。还有那悟空寺救苦救难的万手观音，在铿然的晨钟声中屹立；登上浮屠，俯视人间繁华，不禁令人幡然醒悟。其人更能自强不息，放眼世界，澎湃心潮涌动，融汇中西文化，培育多能人才。

如问谁人敢为一马当先，请看静静的澄江在积蓄力量。郑和下西洋，江阴人民推波助澜，率先鼎力相助。海盗倭寇猖狂，人们敢于率先抵抗。土生土长的徐霞客成为一代游圣，写就中国最早的一部详细记录所经地理环境的游记。刘半农提倡白话文学，成为白话诗和新文化运动的先驱人物，刘天华，我国近现代民族音乐的奠基人和开山鼻祖，缪荃孙，受聘创办北京京师图书馆（今中国国家图书馆），基奠了中国近现代图书馆事业，都是时势的杰出人物，助力国运的兴隆昌盛。个人敢担当的创造力，加上人心齐的团结精神，让这块热情的土地，引领着潮流和沧桑巨变。

暨阳印象，江阴精神，多么令人感叹。古人讲一阴一阳谓之道，大概此地人们最懂得何为"道"吧，正如老子说的，最能展现"道"之力量的应该是水吧，在中国最有活力之母亲河长江之阴，人们依山之静，饮水之动，山水滋养动静交互，刚柔并济，用仁义礼智信，文武双全，演绎一幕幕波澜壮阔的历史画卷。注定这是一个不"安分"的城市，活力是其呈于世人的名片，文脉传承，生生不息，为国家贡献了脊梁和精神，真乃有福之地。请看那美好灿烂的江山啊，高悬铁索，架起虹桥卧在激滟波光上，连接南北变通途。期待宏图大展，高志飞扬，成就无量之明天。

注解

"大江茫茫，谁扼其险"：长江是中国第一大河，由于中国地形西高东低，滚滚东流之水，流经江阴段时，受江阴黄山与靖江孤山阻挡，江水骤然收缩。故江阴素有"江海出入门户""锁航要塞"之称。早在明朝就列为军事要塞，在江边筑炮台，抵御倭寇。

刚风：指彪悍刚烈的民风。

正举：正派、向上。

新潮：指长江之水沿途经过大半个中国，终究是要通过江阴要塞而入海。江阴历经海内风潮之洗礼，亦见证海派之源源。

龙尾：龙脉之尾，指江阴作为龙脉之尾部，系关国运。

凝朱：凝固红色。红色在中国古代具有幸福、美好的文化暗语，还可以引申表示相思、爱情。

鹅鼻：指鹅鼻嘴公园下的江水，回流沸腾，仿佛是烧开的水一样。江阴人民自古饮用此水，养有不屈、反抗、进取之精神，总能惊世骇俗。

千樟：千，指代很多。江阴市树为香樟树。江阴人民因勇于担当而成为南方的中流砥柱。

忠义仁德：大仁大义，相辅相成，均是大勇之表现。

菊怒：怒放的生命，不容玷污。徐鼐《小腆纪传·阎应元传》记载，顺治二年（1645）清军下江南，江阴县前后典史阎应元、陈明遇共同率领军民联合抵抗，坚守城池八十一日，杀清兵七万五千余人。后城破，清兵屠城，尸满街巷池井。有女子不详姓氏，题诗城墙云：雪胔白骨满疆场，万死孤忠未肯降。寄语行人休掩鼻，活人不及死人香！

红雨：指抛头颅洒热血。

崇塔：铸就的精神高塔像兴国寺塔一样矗立在人民心中，成为江阴古城的标志。

国魄：指江阴在抗倭、抗日、抗清等战斗中展现出的精神，已经融进入国魂国魄中。

山水：指枕山负水，人杰地灵，人文繁盛。

人民堪教：王安石有"江阴人民堪教育，春申沟渠可疏通"赞美之句。

万手：指悟空寺万手观音。

行健：天行健，君子以自强不息。指江阴人以世界人的眼界和心胸，果敢担家国时代的责任。裁成：指江阴书院众多，汇聚了江南才杰。特别是南菁书院，引领开创中西兼容之学问风气。

澄江：一语双关，暨阳又称澄江。江阴人刚柔并济，能屈能伸，有时看上去宁静，其实是在蕴蓄能量，厚积薄发。刘氏：指江阴刘氏三杰，刘半农新文化运动、新诗理论建构先驱者。缪公：江阴人缪荃孙先生肇创了京师图书馆，是为中国国家图书馆的前身，被誉为图书馆之父。集广智：江阴人民团结一致，

下部 现代赋作 127

"人心齐，民性刚，敢攀登，创一流"。

莫城：指汉代莫宠将军为抵御海盗而率领人们筑造的高城。

阴阳谓道：《易经·系辞上》"一阴一阳之谓道，继之者善也，成之者性也"。

至道者水：老子云"天下莫柔弱于水。而攻坚强者，莫之能胜。以其无以易之。弱之胜强。柔之胜刚"（第七十八章）。

观澜：《孟子·尽心上》"观于海者难为水，游于圣人之门者难为言。观水有术，必观其澜。日月有明，容光必照焉"。

动静交养：论语云"仁者乐山，智者乐水"。登山临水，一动一静，可养仁智。白居易有《动静交相养赋》"天地有常道，万物有常性。道不可以终静，济之以动；性不可以终动，济之以静"。

"故能"：满城皆活者，动也；一脉不已，传承不绝，稳也，静也；静者，国之基稳如磐石。

灿灿：指江阴长江大桥建成后，助力江阴快速发展，日新月异。

峨峨：指江阴人具有高远的志向，像停靠在江阴港中的远望号一样静静地修养，积蓄力量。心中装着无穷之太空，梦里是无量之前景。

为柒牌集团赋（四部）

洪图轩赋

浩气常持，宏途可寄。品超浮俗，龙盘领立。致卓越匠心，邀大雅登堂；传华夏非遗，融古今入室。率自在真性，守至诚终始。构洪图至善，筑明轩至美！引惠然荷风，清扬而远袭！

至诚尽性，而能情与境一。用心如镜，物格知致。处身感日月光照，诸念何时不宜。涵养度量无虚，则可卓于用世。有守有为，诚为立业之本；水到渠成，缘夫天道之力。群情寄望之重，唯诚者可行万里。

至善日新，以待拓宇月异。结缘锦绣，舒展两袖轻快；统领经纬，塑造文化生意。淬炼精髓，磨砺细致。君子切磋，大雅所归。鉴一隅融融，数明净历历。慢饮半壶流光，共享趣味真知。

至美崇简，斯地礼乐和贵。温润研习艺术，执着耕耘设计。良衣佳具，柔条暗理，随物赋形，独创古典新式。深思妙想，创时空生态；集优汇好，承传统纯粹。

至于人海浮沉，湾泊有岸；何妨小驻，漱志可期。煮茗醉余韵，闻香会知己。襟怀大爱无界，聆听生命真谛，领略东方神韵，感悟天人合一，长享心源福地！

注解

洪图轩：洪图轩创立于 2013 年，是柒牌男装的一个分支，志在打造中华美学生活空间。洪图轩作为新中式轻奢品牌，集新中式服装、珠艺、陶器、中式家具、文房、非遗手作等中式元素为一体，亦全力打造成中国传统民间文化与艺术相融合的互动平台，从衣食茶香，到文房器玩，将典雅的中式生活直观呈现和感性传播。

孟子云：吾善养吾浩然之气。宏途，谐音洪图轩。龙盘和立领：盘扣对襟立领，更在于象征意义，体现出一种充满正能量的精神状态。融古今入室：古之传统技艺，今之创新设计。荷风：荷花象征清新脱俗；又谐音"和"，体现"和"之"和"特质。中华文化之核心精髓都终归于"和"。

天道：诚者，天之道也；诚之者，人之道也。天道之力即为诚。唯有诚己方可天人合一，以借天时地利。物格知致：即儒家名言"格物致知"。

结缘锦绣，统领经纬：用八个字均与丝绸服饰相关的词（或丝字旁，或是丝绸制品），展现丝绸在东方文明发源、发展过程中的作用，以及洪图轩以服饰为引领，整合非遗等传统艺术非遗资源来营造现代美学空间，继承深厚的传统文化，前景无限。

一隅：如洪图轩文案里所介绍，繁忙后只需一隅之地，忘却尘世间的烦恼，重调步伐向前。半壶：半壶体现从容的心态度过美好时光，悠闲而适意，与渴饮相反（渴饮则满杯，急切地消耗茶水，消耗时光，一饮而尽）。

"人海浮沉，湾泊有岸；何妨小驻，漱志可期。"洪图轩所要传递的"新中式"不仅仅是一种潮流，也是一种新的生活方式和生活理念。"人生浮沉"，总需要口岸供停泊之用，放慢脚步，释放压力，脱去浮躁，享受生活。烦恼忧虑厌恶随风飘去，则可整装待发，前路虽漫漫，一切都充满爱意，充满期待。漱志，爽身，抖去灵魂上的浮尘。"爱则无界"弘扬着洪图轩倡导的文化价值观，关爱自己与他人，常怀慈悲之心，福将至。

中华立领赋

品超平凡，源夫运专匠心。发肤托付，随想舒扬展伸。挺括胸膛，探索于无界；卓然天地，洒脱而沉稳。习习风语，微微香沁。美满有度，意契无垠。盛典时刻，中华立领，梦境照应现实，弘道民族风韵！相信自己，驻足时间，赢得世界信任！

静思居安，乃养彬彬文质。率正直之节，若玉竹翠临，俯仰而不愧也。益可辅善德之修为，筑宏业之厚基。感夫藏于中者，深知锦乃为金；里如外者，更在名符于实。澄澈内心，未来可窥。风尚流变，贵在返本，掩映炫光，润色而得宜。

爱音雄浑，则蕴精气不穷。衣助炯炯，坦坦至诚。襟怀乾坤志，肩担天下情。壁立千仞了然，胸罗丘壑远景。帷幄运筹，千里洞明。挥之广大，收之从容。奋勇担当，功成身崇。达而兼济，铸人间暖意融融！

和风悠扬，而享岚清月好。梅菊之仪，松柏之标。厚实底蕴，演绎精妙。别样渊雅之味，颇见天地之豪。温温旭日出，泰然弄大潮。平视夫天际，吐纳沧海辽阔；不忘夫初志，岂逐流俗滔滔？！

注解

中华立领："柒牌"男装的"中华立领"系列服装，传承了中华民族悠久深远的优秀文化，灵活地将传统元素融入时尚的精神，真正结合了传统与时尚，致力于引导男装风尚。中华立领根植于五千年的中国传统文化，以"龙的精气神"为灵感，并创造性地融汇21世纪的时尚元素，塑造出中国男人特有的刚毅气质。柒牌"中华立领"真爱系列大胆引入中华服饰元素——立领，作为中国服装文化精髓。立领是中华民族龙的精神的生动体现，它平滑自然，开合有度，有着更为宽长的肩位，更充分地打开了胸廓，更加适合国人身材。很多社会文化名人纷纷找柒牌定制中华立领，柒牌中华立领已经成为消费者心目中正宗的立领服装。

发肤：身体发肤，受之父母，自当珍惜，所以只有好的服饰才可以托付此身。

浮侈：轻浮奢侈。

锦乃为金：锦为"金"字旁，锦中含金。君子懂得藏锋内敛。

精气何穷，衣贵尚炯：炯，炯炯有神，给人以干练可信之感。立起的领子、挺括的胸襟、笔直的衣身，赋予了男人自信、进取、向上的精神力量。

丘壑远景：丘壑，指代深度。如胸有丘壑，笔下云烟。丘壑为深，远景为远，一近一远，既有宏图又有深耕。

岚清月好：岚，山雾。拨云雾，见青天，仰明月，照心田。

以静、爱、和为主线贯穿全文，阐释"君子之道，暗然而日章"（中庸句）的儒家经典理念。即君子的成长往往一开始默默无闻，随着时间的推移，境界越来越高，德行越来越彰显，就像太阳从地平线慢慢升起来，越来越光亮。

运筹帷幄赋

海涛翻往事，历历皆明净；天风延余庆，淳厚筑华章。更有蓝图新定，百工非常。振扬长策，七彩华裳。一幅云山画卷，神来诗思灵想；满目海天骋望，胸罗时变世尚。

至于心放青云之灿美，手披锦绣兮审详。志在高格，方现件件惊喜；眼无俗样，乃出天工奇装。神逐波而能凝，力行水而器藏。海天襟期，风云际会。照星月为灯，映前景豁朗。

夫方寸可见大观，卧龙可以高骧。一线萦回，来往礼尚；群纶布张，万国密网。助华夏运绸，五洲翘望。倚名山以壮思，望彼岸而握桨。延丝路之蔚蔚，蓄殷殷之帆樯。长家国之情怀，筑品牌于东方。

浩浩兮！铸千万良工，登君子之堂。听五夜潮声，作泠然之响。何惧云垂海立，我有炎黄底气，中国担当。引领寰宇，唯在制美创享！

注解

"海涛"："逝者如斯夫，不舍昼夜。"往事随流水都入海中，沉淀起来。海风卷起波涛，好像翻书一样将往事重现，此是为形象地表达"忆往事，峥嵘岁月稠"之意。历历皆明净：往事历历在目，因为深刻清晰，因为努力所以明净，同时让人容易联想起谐音"粒粒皆辛苦"，而珍惜今之成果。

"天风"：所谓积善积厚之家必有余庆，天风转时运，不改源远而流长。只要基础牢，随着时间会延展连续之华章。

"蓝图"：蓝图，即是新运营中心的建成，集团将拥有一番新的宏伟蓝图。眼中和心中的蓝图都是全新的。非常：《史记·司马相如列传》云"盖世必有非常之人，然后有非常之事；有非常之事，然后有非常之功。非常者，固常之所异也"。长策：长远的规划和策略。

时变世尚：与"时尚时变"同义。

器藏：老子《道德经》："国之重器，不可轻示于人。"善于藏器，韬光养晦，方可运筹帷幄。襟期：犹心期，指染牌人与海天感应，相互期许，养豁达胸怀气魄。风云际会：风云，比喻难得的机会；际会，适时地遇合。比喻有才华、有作为的人在难得的好时机聚合。

"方寸"：方寸意为小的地方，能体现出中国传统服饰文化的宏大气象。方寸亦可比喻为内心。"卧龙"：韬光养晦的中国龙象征东方精神可以腾飞。萦回：回旋环绕。壮思：豪壮情思。唐王勃《游冀州韩家园序》："高情壮思，有抑扬天地之心；雄笔奇才，有鼓怒风云之气。"

铸：铸就，造就。云垂海立：比喻情势变化巨大或事物气势壮大。此指沉着应对国际市场的竞争。

七彩人生赋

采耀于海天，文质乎翩翩。迎紫氛之东来，纳朝霞之绚灿。高楼稳步，德厚可载物我；阔水涵长，心广能容壮观。观澜滟七彩，照人间意象千万，临夫风云可惯看。

源乎一剪开夫锦绣，一屋绽夫蔚然。绿野芬其来路，红日照乎心田。潇洒而明月垂顾，奔弛而七星在肩。更焕唐样以增色，借灵韵以新颜。快意球村商旅，气度楚楚不凡。徽帜鹰扬，立领龙盘。壮中华神气，拥天高景远。

至于淡浓在合度，动静有风范。染仪章优美，制浅深熟娴。赋华以呈形，造工而神现。烟岚运于腕中，诗情弥于丝间。妙存乎人，功假乎天。反弹琵琶，国脉相传。两化未来，七好人间。倚云表以放羽翼，赖智造而趋臻善。渡河汉而望织仙，岂在夫遥远！

唯乎文不伤质，炫不夺眼。敦于养固，法乎地天。大业笃本专一，大成返朴自然。博不溺志，卧听五夜潮涌；创岂自栅，高悬九霄眼瞻。牵万国一线，系亿家眼帘，且看我引领演变！

诗译

向无限的蓝天和大海去开采荣耀，柒牌人始终表里如一、风度翩翩。国际运营总部傲立于欧亚大陆的最东岸，每日清晨迎着朝阳彩霞和祥氛紫气。柒牌人沉稳前进，事业稳步上升。用精益求精的精神来承载客户和社会的信任，以及柒牌自身的成就和荣誉。森森的水天一色助长我们长远的眼光和开阔的心胸。时常远望着波澜壮阔，水面闪烁太阳的光辉，映照七彩时光潋滟，仿佛是在观赏精彩的人间万象。看惯了风起云涌的海洋世界，自然就能内心淡然，波澜不惊。

回想改革开放的初期，"柒牌"创业之始，创始者们仅仅拥有一把剪刀、一台缝纫机和不足300元的资金，开始家庭手工作坊式的经营。在不懈的努力下，一把剪刀裁出了锦绣江山，一间普通的作坊绽放出蔚蓝宏图。一路走来，集团坚持绿色环保的发展道路，始终响应国家的号召。以洒脱的心态，奋力地拼搏，适时调整自身，紧随并引领时代的步伐，把握时代的脉搏，坚持正确的方向。2004年，柒牌借鉴传统服饰之样式，创制了"中华立领"，以古为新，中华神韵活灵活现，仿佛梦回大唐。服饰鲜明爽朗，穿起来气度不凡，商务旅行清爽高效。行动起来，黑色标识如雄鹰一样有力量有理想；静止之时，又如神龙盘踞一般稳健。弘扬了中华精神，拥抱了广阔的前景。

精干的团队设计出色彩鲜明适度的服装，无论动静都风范随行。制造工序严密精准，娴熟优美。赋予华美文采，好像有神助一样：有云气运作于手中，有成竹已在胸中，有诗情画意在眼中。妙意存于内心，功业从天公借来。当别人都竞逐新尚的时候，柒牌反而向过去寻找出路，一脉传承中华精髓。夯实工业基础，同时紧密融合互联网，多多贡献于七彩人间。同时依靠"云"技术放飞梦想，借助智能创造而趋于完善。那么追求并接近"天工"的至高境界，将不再遥远！

华美有文采不损于朴素真质，绚丽又不奢靡炫目，这是柒牌一向追求的目标。兢兢业业地坚固、扎实基础，效法于清新的自然。惟精惟一求索更高的成就，练就更坦然的心态。事业宏达而不沉溺于过往，时时有弄潮之心。永远不自我设限，永远在路上，坚守通往未来的起点。努力让服饰文化成为影响千家万户的载体，弘扬东方精神、融合世界各国的纽带！

注解

"采耀"：指柒牌人向大海蓝天去开采荣耀，象征前景开阔。有文有质，华美文采亦有朴素真质。翮翮：洒脱的样子。紫炁：即紫气东来，吉祥之兆。集团国际运营总部雄踞中国东部沿海，迎接最早的日出海上。"高楼稳步"：楼高象征事业之成就，步稳象征厚积薄发之发展路程。厚德可以载物，当然亦是可以载得自己。眼底之水阔即是最好的风生水起，涵养壮心容壮观。"变幻"：阳光照耀海面，反射多彩斑斓，正如人间之意和象的美轮美奂，历览的多了自然就具备波澜不惊的心态。

"源乎"：1979年，"柒牌"从一把剪刀、一台缝纫机和不足300元的资金，开始家庭手工作坊式的经营。"绿野"：集团坚持绿色环保的发展道路。潇洒：能奋力之拼搏，有洒脱之心态，故能有好的运数，日月代表天运。七星：即北斗七星，北辰，古人多用以指引方向。奔跑而有正确的方向，即是顺应时势。奔弛：奔跑和休整。更焕：柒牌借鉴中华传统服饰之样式，创制了"中华立领"，作为中国服装文化精髓，立领是中华民族龙的精神的生动体现，它平滑自然，开合有度，有着更为宽长的肩位，更充分地打开了胸廓，更加的适合国人身材。徽帜鹰扬：徽帜，指柒牌黑标。鹰，多为黑色，代表力量、理想。龙盘：指代中华立领具有东方神韵，如龙盘之稳健。红、绿、蓝为三基色，演绎七彩世界。柒牌有红日照耀，门前有蔚蓝大海，坚持绿色发展，具备多彩天然之基础。

　　熟娴：精通、熟练。"渡彩云"：织仙即织女，号为天孙，掌管纺织，制作出天地间最华美的服饰。本句指柒牌人立足东方，面朝大海，仰望星空，探索追求无上限，力求接近制造的最高境界"天工"。

　　"博不"：事业宏达而不沉溺于过往，时时有弄潮之心。自栅：栅即是栅栏，意为自我设限。

为三盛集团赋（五部）

宁德璞悦湾赋

盛世宁德，汇聚众水入海；开闽千年，延续人文灿烂。今有国府正脉，璞悦尊显，一览山海壮观。秉至善匠心，营奢适空间。纳光景满目，拥温情无限。更有明湖映名流，清风拂杏坛。且看三盛筑梦新高地，闽东华章正铺展！

圣苑龙潜，源于自然。循脉而居，贵气扑面。智慧格局，制式因于雅量；风采朝暮，大境藏于深远。天地双层，礼序内蕴；天光咫尺，美隐人间。拂细尘以盛情，邀八方之佳客，延万户以荣居，住精致之盛典。

百年雅宅，坐拥世家风范。守子弟之成长，养少年之稳健。登集秀塔园，拥仁山智水；赏凝翠亭榭，壮琴心剑胆。常迎书香扑面，涵濡文韬武略；潮声提耳，胸罗海阔景远。青春作伴，银龙呼啸驰万里；白日照影，金凤舒羽傲云淡。

旭日每每升祥瑞，紫气冉冉漫其间。何处风水无画意，何时诗情不桃源。开启余庆之无垠，长怀性灵之静安。人生避风之内港，精神自由之家湾。赞夫东方出神韵，四季耕耘享福田！

注解

开闽：宁德北接江浙，是闽地最早受到中原文化影响的地方。史书称："全闽登第自令之始。"薛令之（683—756），号"明月先生"，宁德福安长溪廉村人，唐神龙二年（706）中进士，被誉为开闽第一进士，也是廉洁人士的典范，廉村因薛令之而闻名。

杏坛：学校，此指宁德师范学校附小。

凝翠、集秀：塔山公园有凝翠亭、集秀亭、观景亭等。

仁山：仁者乐山，智者乐水，宁德璞悦湾可谓美兼山水，得天独厚。

青春作伴：指美好的时光相伴。

银龙呼啸：银龙呼啸比喻高铁飞快、便利。璞悦湾楼盘邻近宁德高铁站。高铁时代，便利业主们从容出行。

白日照影：指光天化日，行得端坐得正，掷地有声，言必行行必果，立竿见影。

余庆：遗及子孙的德泽。古语"积善之家，必有余庆"。

济南璞悦湾赋

章丘古邑，国府新居。金声玉韵，起亭台楼阁；妙词香风，结瑞邻美户。淡墨三分，藏中式意境；华章一脉，展唯美卷图。杏坛芬芳，欣竹茂草美；几多佳趣，蕴秀灵今古。美哉三盛璞悦，镶嵌济南明珠。

且观闽派匠志，融汇北国人文。天师鲁班之斧，优创东方之新。耕宝地以积翠，植嘉树而荡尘。雍然中华正脉，肃睦传统喻隐。筑一方之广厦，凭一颗极致初心。遂有祥云飘空，芝兰茂荫。环一目于四宇，无一时不得其宜。

今又盛启人间风华，挥洒热土深情。一品细节典雅，历历镏金勒名。放怀雅颂诗意，寻迹经典传承。献呈文士才杰，铺展层峰胜景。端述千年深邃，绵延福地显荣。永续滔滔，北望大河入海；不息薪火，鼎力文运生生。

彬彬兮！千秋孔孟，齐鲁风仪。卓识虚怀，中国巡礼。辉耀才谱昆山，卓荦又赋济水。汩汩清越之泉，濡染百代；馨馨温暖之宅，增光一地。砥砺少年成长，兴旺家族传奇。为乎三盛！以豪宅修养，助万家之运势，现人生之大境！

段落大意

第一段：综述章丘璞悦湾社区如一颗璀璨的明珠镶嵌在济南。杏坛：代指教学场所。璞悦湾临近多所名校。

第二段：主写三盛集团匠心独运，建筑质量一流，绿化格局清新。

第三段：主写三盛文化地产助力地方文脉传承。镏金勒名：镏金是将金和水银合成金汞剂，涂在铜器表面，然后加热使水银蒸发，金就附着在器面不脱。勒名指刻上名字，古代有物勒工名的传统，以示对成品负责到底的态度。

第四段：主写璞悦湾助力个人实现梦想，提升人生境界，助力家族兴盛，代代传承。

济南璞悦府赋

国墅正脉，一揽壮观。极致筑造，章丘经典。礼序升，启蓬莱之新境；恢弘拓，营人间之阆苑。鼎壮家国之隆兴，礼赞人生之美善。齐鲁深耕兮，筑基瑰玮皇家范！

年载铸良工，薄发在积厚。承技艺之宗兮，匠心巨制；依园林之秀兮，雅趣高端。融孔孟德道之势，明道千古；运东方遗产之萃，国宝长传。念念博览细思量，笃笃务实精熔炼！

何以栖居诗意，乐享自然。有逸水迎宾，好风传韵，一草一木而达心间。身澡浣，得清嘉而不止；意润泽，足妙味而盘桓。人文之炳焕哉，自然之灿灿兮，春秋朝暮在福田！

三盛谋格局，其志在永传。芸台厚蕴，助力家族之盛；华府博采，和谐天人之三。宛自天开福寿鼎，璞悦品质极淬炼。凝结望族好精神，府系一号皆美赞！

诗译

正宗的中国别墅，一脉承自中华传统建筑，将美好壮丽的景观都揽入怀中和眼前。极致而为的筑造理念，树立了济南章丘的经典地标。礼仪秩序井然向上，开启了如蓬莱般的仙境，恢弘拓展，营造帝王宫苑般的园林，打造都市人文新中式大宅。园林的整体规划以中国鼎的外形相吻合，象征着家庭、国家的繁盛，点赞生活尽善尽美。深耕山东，筑实基础，瑰玮奇丽很有皇家之风范。

三盛集团近二十年的积累，不忘初心，先后打造百督府等高端项目。秉承南派匠心，薪火相传，遵循园林美学，打造高端雅趣的生活时尚。融合孔孟仁义文脉，承袭千年礼制，让千古精粹彰显于今时。念念不忘细节的琢磨，博览天下胜景，海纳世界，熔炼古今，成就典范。

有镜面水景，涌泉汩汩，溪流潺潺，雍容重现国粹，彰显灵动之趣。一草一木都能感发心间，安乐享受自然，让生活诗意美满。处于其间，身体好像洗过澡一样清爽，逸韵十足，让人流连忘返。人文和自然交相呼应，一年四季，时时刻刻都在幸福的境地。

三盛集团谋求格局，其志不在一时一地，在于永久传承。更有儒家文脉厚积，助力家族的兴盛，府邸文采焕然，天地人于此实现和谐统一。璞悦系列极致地淬炼，好像是上天亲自铸就的福寿之鼎。把望族优良传统、精神凝结于此，无声地助长后代的福报。

注解

阆苑：也称阆风苑、阆风之苑，传说中在昆仑山之巅，是西王母居住的地方。在诗词中常用来泛指神仙居住的地方，有时也代指帝王宫苑。

鼎：园林的整体规划以中国鼎的外形相吻合，用鼎文化来传达显赫尊贵、盛大的精神。

天人之三：三，指天地人，和谐共处，阴阳交泰人福寿，全句内藏"三盛"二字。

璞悦山河赋
（霞浦篇）

福宁古郡，霞邑新居。璞悦山河，精工再筑。以海天胸襟，演绎人间诗意；以山岳气魄，缔造别院卓殊。美哉！家之安兮山之麓，业之乐兮霞之浦。

赏夫名山傍依，好水守护。泉溪叮咚，林木葱郁。近观松涛秀色，养满眼之清；远聆梵音诵声，积终身之福。至若凌山巅，眺诸峰，则可视通江海，古今在目。

既而依循台地风貌，再造自然美观。树影兰风，多识草木鱼鸟；浪花波纹，多彩海洋潋滟。阳光普照芳坪，童梦童享；嘉朋会晤景区，主称客赞。使命因智而造，活力既康而健。

融融兮！天祥地瑞，五彩斑斓。千年霞浦，三盛风范。时空交叠，望龙飞出谷；物我赋能，待凤舞高盘。堪赞：斯城蕴藉梦想，斯地描绘蔚蓝，斯人前景无限！

注解
山麓：山坡和周围平地相接的部分。

物我赋能：指人与自然相互赋予能量。

名山：指龙峰寺所在的葛洪高山，后山巅可东望碧海波涛。

好水：指小区北部有长溪蜿蜒入海。

梵音：指龙峰寺的诵经之声。

潋滟：形容水波流动。

璞悦山河赋

（古田篇）

闽地桃醉，古田土馨。三盛哲匠，众优集臻。依灵峰而静取，近好水而清临。楼标出兮矗立，山岭映兮绿新。无一叶之障目，有百佳之可陈。璞悦坐拥，欣千般之融洽；山河俯仰，感万物之可亲。

至若归家院，登门庭。风和拂面，池净漾明。草鲜凝光，沁开胜景。锦石灵透，曲径幽通。木古焕秀，极目高升。尔其营跑道，苗体健。培童稚，润心田。助少年之奇志，享天地之蔚蓝。身心无拘，锦鲤跃于隆户；怀抱何忧，大鹏飞于九天。

至于暮听山鸟之啼序，晨对清溪而启扉。金铺昭灼，熙熙而便娱购；丽波荡漾，滟滟以拂喜眉。更有杏林群才，长守生命尊贵；有杏坛众彦，擅培学子藻思。海月照来，顿见琳琅满目；朝霞蔚起，欣迎希望无极！

噫嘻！山水之幽，智仁兼养。千年文脉，礼序东方。国匠厚积底蕴，深资勃发康庄。筑崇基于宝地，据杰势于一方。青山何须购买，绿水可以私藏。良址佳致年丰，家风传承无量！

段落解析

第一段　综述璞悦山河特色优势。

第二段　描绘璞悦山河内部景色及设施布置，对于儿童、少年的健康、学识、成长所起到的作用。

第三段　对项目外部优势的描写，如医院、学校、商业、景观等。

第四段　对项目的人文、自然景观进行总结，展望未来美好的前景。

注解

智仁：仁者乐山，智者乐水。

深资：璞悦山河落笔古田寸土寸金的主城核心区，以三盛三十多载国匠修为，精着古田人居标杆。

礼序东方：指三盛，璞悦山河聘请大师团队执笔，以千年中式礼序，规制"一轴三进"院落，匠造"府、园"之上的东方人居之美。园藏自然万象，园林方寸之间尽显国风精粹，彰显传统的中国归家礼制。

大隐：所谓"大隐隐于世"。璞悦山河，既得城市繁华，又得山水清幽。

郑成功赞

　　横海极目，心雄万夫。忠肝照海，孤胆震俗。志略超人，涵大潮之澎湃；胸怀坦荡，纳旭日之先出。奔走黄蓝，父子心异南北；围剿夷敌，君臣志全版图。延炎黄之血脉，传洛泗之道儒。葆高山之巍巍，驱嗜血之外虏。以铁血铸丰碑于宝岛，以豪气勒精神于东土。煌煌兮功德光天庭，浩浩兮丹心著史书。

　　想其降蓬莱，脱俗埃。抚朝阳，何壮哉！诞石芒耀，目炯九垓。时而蛟龙入水，望西坠之大明；哪知暗礁潜藏，听波涛之狂拍。激总角之青春，养气宇以豁开。于是返闽江之畔，长孔孟之才。脱颖群生，翘楚同侪。妻大儒之秀女，入国监而别裁。泽以天雨，苗大木之森茂；厚以地坤，期弘光而有待。

　　然则势穷日月，方显英杰。仙霞失守，雄关悲歌。百战垂成，永历回光；三头奋进，延平勇烈。拔闽南之峦障，汇两广之热血。电闪樯帆，何时微微波漾；风破沧溟，何处稍稍雨歇。千轮竞渡，困八旗之铁骑；万箭齐发，有三江之大捷。海澄不受，拒清庭于千里；瓜州再胜，数辫军之十恶。庶乎围金陵，望复兴。虽退败，敌忐忑。一时仁孝声振，军功名赫。

　　于是舰横海峡，奇袭台南。海风霹雳，勇往直前。降嚣张之红毛，收久别之故园。致敬高山，燃燃木棉。喜泣鬼神，欢惊地天。而后敷教化，树芝兰。序伦理，赋诗篇。锦绣太鲁阁，风光日月潭。一时风迥隔岸，续伊洛之源流；俗改荒野，存海外之桃源。众黎至今享其赐，五洲还仍扬其帆。

颂曰：

汹涌潮头，公所降兮。

海风激荡，获鳞羽兮。

翘秀儒林，行忠孝兮。

臂挽狂澜，军功著兮。

挥洒豪情，昭日月兮。

云帆入洋，英雄望兮。

叱咤镇涛，天为伴兮。

辟境荆蛮，逐荷夷兮。

一岛延平，全中夏兮。

教化一方，功名传兮。

蛟渊鹏霄，永不磨兮。

注解

郑成功：本名森，字大木。福建泉州南安人，汉族，明末清初军事家，抗清名将，民族英雄。因蒙隆武帝赐明朝国姓"朱"，赐名成功，并封忠孝伯，世称"郑赐姓""郑国姓""国姓爷"，又因蒙永历帝封延平王，称"郑延平"。

仙霞：仙霞关古称古泉山、泉岭山、保泉山，为中国古代关隘。古人称"两浙之锁钥，入闽之咽喉"，历来为兵家必争之地，与剑门关、函谷关、雁门关并称"中国四大古关口"。清军入关后，一路南下逼近仙霞关，郑芝龙投降。但是他的儿子郑成功坚持抵抗，与他的父亲分道扬镳。

瓜州：瓜州大捷，是郑成功部队进入长江后的第一场胜仗，南京东部门户洞开，长江中下游为之震动。郑成功《出师讨满夷自瓜州至金陵》诗云："缟素临江誓灭胡，雄师一万气吞吴。试看天堑投鞭渡，不信中原不姓朱！"

台南：指郑成功声东击西奇袭鹿耳门，攻下赤嵌城（今台南安平），打败殖民军，收复宝岛台湾。

五洲：指后人继承郑成功遗志，维护中华统一的决心在五洲回荡不绝。

薛仁贵赞

弦张偃月，箭射苍狼。河东巨擘，天中栋梁。薛门将军济济，仁贵家声名扬。白袍锦里，尽是铁肝义胆；征马鞍上，常飘仁芬德香。奔于西东，叱咤雷电；战于昨今，席卷风尚。任黄沙漫卷兮，抚汹涌海浪；看流星奔驰兮，追岁月沧桑。公岂好战兮，世不太平；心之所系兮，天下康庄。

大哉乾元，本志之清。秉孝道持家，忠厚暖寒洞。谨尊师敬长，敦实壮底功。涵瞳光炯炯，看大千之明；养胸怀坦荡，娶柳氏之英。修身钦内，缓迁坟茔；汾河射雁，目穿苍穹。纵困于胡虏，不改乎初衷。突血肉重围，破钢桶敌情。铁臂护全节，爱国了终生。道之存也，一以贯通。

至于臂堪千斤重，力能挽狂澜。脱帽威退敌，三箭定天山。身之有正气，勇谋之贯也。单枪入阵，胡领跌落；匹马从容，军观士寒。掩护老弱，率从断后；退缩众可，独我向前。亚夫满盘皆奇，子龙一身是胆。沙秋点兵，万象胸罗；木春警况，隔水烽传。可惊可喜，世民不惜辽东；可倚可靠，君臣还仗江山。

至哉！大义斯将军，有情亦丈夫。治盗贼，掖突出；恤鳏寡，体孤独。军乎高声，民赞朴素。白袍堪美髯，画戟跨赤兔。洪来臂膀掩，冒死卫玄武。若无果毅力，何以震凡俗。腾骧万里，不减孤胆半分；垂耀千秋，永继先贤雄图。有仁可贵，不阋于墙内；何须仰岳，共御于外辱！

赞曰：

薛氏贤昆，安都美裔。

绛州将才，龙门巨子。

年少白袍，忠孝仁义。

志携风雷，敢斗霹雳。

将军鹰扬，铁勒鼠栗。

脱帽爱民，青史铭绩。

策息干戈，酣畅淋漓。

阴阳八卦，娴熟六艺。

周易兵书，阐释新意。

共抵外略，不争域内。

石矗山海，载道口碑。

飘洋传颂，悠悠万世！

潮汕赋

奋起于海角，负涵于地天。观淼水西回，漾台湾之风信；敞芳城东面，排骇浪于湛蓝。而有商祚之精英，勃兴寰宇；文明之气象，映照山川。

溯夫潮汕灵觉，象山洋越。表镇南瓯，中枢东粤。八邑永垂，九州雄列。焕然革命，只炮惊醒沉酣；美哉维新，四方激扬轰烈。终唤起武昌热血，辛亥风云，扫封建之阴霾，拥中华之纪叶。

至若望海宇之渺渺，环云岭之重重。感御敌之重镇，嗟决胜之要冲。皆在乎放开眼界，团聚民情。资人育物，荟贾萃英。乃能舞波涛之一线，逐日月之双明。

洋洋兮！乃作歌曰：瞩目无穷非远遥，天涯咫尺尘襟邈。腾凤起蛟澎心潮，天风海涛共啸傲！

李杜效拟《文选》赋

李杜千秋，文选效拟。文脉筑基，传家重意。肆勤于简牍，敦敦于课艺。探文海之骊珠，华藻纵横；撷芸楼之芳馥，辞章美济。书焚而留恨别，致君而献三礼。而能挹不竭之浩瀚，照累代而流芬也！

至于陇西发轫，沉浸奇书。诗赋博览，神志脱俗。游仙而追景纯，行路而病相如。七发七启，风云入怀抱；三沐三熏，墨香沁发肤。笔下有神，淹通万卷之后；艺苑鸿裁，不忘丹心之初。散瑞霭以盈四野，本天然而雄万夫。

肩随者谁，卓荦杜陵之蹈。汇江河于瀚海，汲洙泗之波涛。秉建安之风骨，屹立铮铮；诵正始之音，清辩滔滔。而能忧庙堂，怀民瘼，笃华实，立高标。更期薪传家世，手泽而传衣；庭趋鲤跃，情深而境造。洋洋盈乎耳端，灿灿映于眉梢。一理贯之青云渺，孤舟远逝独吟啸！

虽则集千年之蕴蓄，仍需炼九转之神奇。贵得手而应心，掷地之声频起。精熟而节奏天成，出入而神取貌遗。明月归中原之路，秋风荡巴蜀之思。揣摹形声，悉文心之妙微；词林殖学，瞻仙圣之高悬。则可词源泻如三峡水，笔海无穷天地日！

溯夫渺渺六朝，浩浩亿文。景光正可烛野，芳气果然成森。可备今人观瞻，足供当代哦吟。何不遨游图书之府，徘徊翰墨之林。则可同李杜之起步，共欧苏之底蕴。又不可目甘丽藻，耳任缤纷。而需转华表于深沉，发神思于澄心，而畅文脉之永继也。

岁至己亥，丽月春暖。人间泛翠，云影拖蓝。文心披藻，文选翻澜。恭逢盛会，寰宇共参。感文学之隆，叹词章之焕。继笔墨于千古，构胜景于蔚然。京口赓词人之韵，江左煽才识之范。有江山回应，学门得路。数典难忘，且献效拟之赋！

大耿味道赋

世人生活，衣食住行。时时积蓄能量，餐饮不可略省。始有彭祖，调和滋味，釜鼎烹艺，肇创鲜美，徐人弘其道而长传承。邳州耿峰，秉性爽朗，少慕先圣，勤于研习，远赴扬州求学，再受教于厨界巨擘胡德荣先生，礼拜河豚世家李炳成先生为师。静悟烹饪之妙，渐入娴熟之境。既而总厨名店，秦淮深耕；优创食材，源源输送金陵；兼任中国淮扬菜文化博物馆，主持研发菜品。淮扬菜因其弘扬，更显荣于海内外。生涯获奖无数，丁酉之夏，融合众美，创办大耿味道。荟八方之精华，萃四季之鲜明。

嘉宴之盛，首在食源。优甄细择，大耿创研。采嫩叶而入囊，无失时节；撷秀果以充盘，于斯大观。山珍兼收，每采蒌蒿之野；海味悉备，细炖芦芽之短。俯身捧原材珍重，昂首敬大道自然。盈盈兮用之日新，源源兮取之不断。

风味之饶，更在用心。烘炉锤炼，火色青纯。牛迎刃而骨解，鱼入鼎而肉津。得神而手应，意动而勺随。沥心血之赤诚，奉美意于嘉宾。素粲兼备，全营养之搭配；肥甘竞献，调五行之均匀。乐见箸夹爽齿，助主客酣畅；匙舀濡唇，伴友朋相亲。

佳境之造，朴实芬芳。生态典雅，君子之堂。祥集美事，席开金榜。尘埃消融，情致豁朗。秋净月盘，细烹红芋之饭；春满霞杯，每熬竹笋之汤。愿我贵客，含华茹实，润活色之生香；得味外味，乐时光之共享。

注解

　　蒌蒿：蒌蒿，多年生草本植物。蒌蒿的全草入药，有止血、消炎、镇咳、化痰之功效，嫩茎及叶作菜蔬或腌制酱菜。芦苇的芽，即芦笋，亦可食用。均代指有机新鲜蔬菜。化用苏轼《惠崇春江晚景（其一）》："竹外桃花三两枝，春江水暖鸭先知。蒌蒿满地芦芽短，正是河豚欲上时。"让人联想到大耿味道之名菜河豚。

徐州文旅赋

云湖楚韵，淮海汉章。水漫武事，山藏寿方。雄都源远，爱惜文运在兹；厚土境新，何幸烽烟已往。积蕴怀抱壑丘，将以何为；濡涵传承厚重，运筹奔忙。君不见游思频催，处处山河起迎迓；旅情岂敷，潺潺文脉赋通畅。

何以富民多文，在夫衔华培实。贵乎创思奇想，把握机宜。借夫惠风徐徐，编织云龙锦绣；丽日灿灿，普照万众心底。街巷流芳，介绍虞姬曾住；燕莺解语，提醒盼盼旧识。记描东坡，逸鹤放飞杯筒；歌效高祖，大风长拂衣食。更倚夫凤凰山麓瞻高塔，不老河畔享福祺。

古来行路之难，今有文旅之助。赏夫光景之清新，旅以娱情志；撷夫芳华之神采，文乃润心腹。乃能无奇不揽，思景亦思人；有梦皆偿，贵耳亦贵目。噫嘻！唯愿如归宾客至，往来骋怀尽游兴，赢得远方长翘首，诗酒无忧在江湖！

注解

文运：指徐州星分魁、娄，魁星主文运，娄星掌武库。自古关乎天下之战和与国之文运。如元代岳熙载《天文精义赋·分野》："魁娄降尽，分野鲁徐。海岱岳众山之阳，滨于淮泗；今兖沂海密之郧，利国皆属。"鲁国属古徐州范围。大禹治水后天下分九州，如《尚书·禹贡》："海岱及淮惟徐州。"最早徐州大体相当于今天淮海经济区范围。

壑丘：壑，山沟；丘，土山。代指繁富的自然、人文景观。

游思频催：指外地人们渴望来徐旅游。

迎迓：一城青山半城湖，徐州山水盛情友好，人文面貌焕然，做好了迎接八方游客的准备。

敷：展开。

潺潺：文化即国家、民族之血脉，潺潺比喻缓缓而有节奏地流淌、传承。

衔华培实：秉承文化财富，培育承载文化的实体。

盼盼：指燕子楼、关盼盼典故。

记描：指将《放鹤亭记》描摹印制在茶杯、笔筒上，作为旅游纪念品。

衣食：指将《大风歌》印在服装、瓷盘等，衣食住行之用具上，提升人们生活文化品位。

高塔：淮塔，在凤凰山麓。

段落阐释

首段，写徐州雄厚的历史文化底蕴。以楚风汉韵、彭祖养生之道为代表，历来文运昌盛。文旅集团担负重任，积极运筹规划开采文化金矿，丰富旅游内涵，实效已逐渐彰显出。

二段，具体通过无形和有形的载体，提高游客的物质和精神的双重满足感。使其文化可以更好传播，影响更深远。

三段，文旅集团的成立对于游客的是很有益的。在徐州各大景区都会有文旅的影响，让游客宾至如归，回味无穷，在旅途没有在江湖飘零的感觉。

为薛为河前辈新著赋

  闽东自中晚唐来，文运渐盛，诗赋才杰犹驰名于历代。今有宁德甘棠薛氏本家为河宗长，平日醉意于诗词楹联创作，选辞树骨，振采有鲜，值新书将付梓，余欣然赋文以贺。

  诵夫字腾金声，观夫行间玉映。
  可见彬彬文质，感发处处性情。
  谐交往之因缘，诗酒酬唱；
  囊生活之细致，壮采霞蒸。
  襟怀雅淡，本德业之为重；
  挥洒云霞，非多饰以炫能。
  耕耘清芬艺圃，营造深远意境。
  原由文字际会，更有逸致响应。
  后学无多以助，谨以小赋相呈。

己亥之夏

奚仲故里记

　　夫负重者无车不可，行远者非轮不能。载物又能致远，仰赖车祖之功也。薛国因而肇始，华夏由是而兴，奚仲乃获寰宇尊崇。世人无不感运转之便利，而念先圣之伟绩也。于时周览千山之阳，薛水之滨，观大汶口、龙山、商周文化遗址，溯源古之奚邑、薛国，考究文脉发轫之初，轨辙犹存焉。新世纪人类之发展，时空开阔，住行工具虽经文质更迭、引擎升级，莫不得奚公之道而后驰骋从容。世界未来，康庄无限，何以畅通远达，必也继斯道、思源流也。观夫长河波漾，蟠龙霞映。奚公故里乡民长得奚仲创新遗风浸润。想张良公卜居六百余载，而今其后人及诸姓族人坚守热土，建设农村新状貌，任氏奚氏薛氏诸宗亲年年寻根祭祖，咸致力弘扬奚公之德道，憧憬明朝之大美。为记古今之事，铭传承之志，乃立石。

常州新奥赋

御气而行,赋能无量。新奥制造,阳湖担当。燃一腔炽热,助一方温暖;点众志激扬,照四季荣光。深耕于江南,不辜于时代,砥砺而向前,初心永铭何敢忘!

忆夫大业之肇始,扎营于中凉。营造千户瓶组,感化民情提防。群贤拾柴,擎星星之火;武进破土,垦茫茫之荒。多少闭门之羹,多少委屈之伤。历经风雨洗礼,从来天佑自强。

赞夫齐心成大,合力正航。加以技术维新,提升境界无止;执念精诚,推心嘉客至上。星罗棋布,领衔城区之首;光腾雾列,惠通乡村之创!

既而共舞巨鳄,振帆远航。豁朗国际视野,锤炼文化锋芒。谦谦问道华西,振振采藻山东。联通巴蜀,源源双气之送;储配河洛,欣欣宏图之旺。

噫嘻!回首既往,飘摇涛浪。万千艰巨,何曾彷徨!借问未来之来,路在何方?但看旭日长升,迎面东风如许;云霞蒸蔚,洗心天空永旷。永守大成期许,永朝大道康庄!

注解

阳湖担当:指阳湖精神,即"事事当争第一流,耻为天下第二手"。

中凉：1997年，徐成大团队以5万元启动资金在中凉新村河塘里征地2分，30个瓶罐，30平方米房子，租借一个农户家作为营业部，于当年10月开始建造千户规模的瓶组气化站。

民情：开工之初，受到了当地百姓的拉电关闸，集体阻挠，结果一个星期也没有开工。于是大家分头行动，挨家挨户做工作，化解了人们的误会。

群贤：徐成大、荆青、史青以及他们的团队。

星星之火：经过艰苦努力，徐成大们终于在河塘里播下了火种，1998年4月22日，中凉新村第一户燃气用户通气了。点燃了武进燃气的星星之火，创造了奇迹。

闭门之羹：在武进撤市设区之后的那一两年时间，据徐成大回忆说："真是命悬一线，要死不得活，到处求爹爹告奶奶，叫天天不应，叫地地不灵，到处遭白眼，无人看得起。"

维新：指技术升级更新。

城区之首：2004年2月13日，武进成为苏南地区第一个用上天然气的区。武进人民的生活又上了一个台阶。

雾列：形容繁多。《滕王阁序》有"雄州雾列，俊采星驰"之句。雾与燃气也有形象上的相似。

乡村之创：2005年1月，横山桥镇五一村通天然气，成为全国第一个通上天然气的行政村，跨入蓝色火焰的清洁能源时代。

巨鳄：代指新奥集团。新奥集团是国内清洁能源领域领军者，是在国际上具有一定影响力的民企，在东西方都是一个奇迹。2003年，武进燃气决定联姻新奥，合资经营。

问道华西：2006年公司党员和中层以上管理干部参观华西村。

采藻山东：指运营部通过到山东新奥一周的学习，把聊城运营管理模式移植到自己的工作中，增强了员工责任心，鼓舞了大家的工作热情。本段仅枚举两个例子，代表武进新奥人不自大，谦虚好学，勇于借他山之石以攻玉，获得了良好的效果。

联通巴蜀：2007年，国家"川气东送"工程启动。徐成大认为这是一个好机遇。于是他连夜与省市发改委、天然气公司领导沟通，据理力争，最终说服省天然气公司同意增加投入一个多亿，在武进区增设一个门站。为武进争取到"西气东输"和"川气东送"双气源保障。

储配河洛：随着人们用气量的增加，徐成大感觉责任更加重大，为了化解气源供应危机，公司先后投入 1200 万元扩建西气东输洛阳门站，保障全区民用户紧急状态下应急供应 5~7 天。

未来之来："未来之来，路在何方"借用《新奥人》一书中标题。

重建季子挂剑台记

徐州老城南，今第八中学校内，原矗一台，名曰"季子挂剑台"。据史志载，春秋吴国延陵季子携宝剑出使至徐国，徐君顾盼其剑，季子暗许之，为使上国而未献也。待返，君已死，乃挂剑于徐君墓树去，徐人感而唱"延陵季子兮不忘故，脱千金之剑兮带丘墓"之歌，又营高台以纪古时季札徐君之高谊。千百年来，台屡屡倾颓，屡屡重建，实徐土斯文之不坠，徐人期大义之永垂也。

二十世纪九十年代，台因徐州建设而拆除。八中师生日日过经遗址，常发往事之想，今筹划复胜迹于原址。因学校未成年人众多，为保安全，而约其规模。台仿石鼓而筑，彰鼓舞人心、激扬风尚之寓意。又增高其后围墙，以直线传统中式改之，方圆映衬，启人规矩绳墨之思。

观夫清水环绕，绿竹猗猗，蕴盈盈之善意，漾款款之挚情也。既而临近乎崇台，怀公子之精诚，不挂剑于诸侯地而独契徐国，岂非地灵以待人杰乎？堪叹不言而信，在乎心心之相印，息息之相通也。至信自贯于始终，超越于时空，当为后人世代而传承也。

仰夫素练光凝，霜锋潋滟，映照乎芳池，澄澈乎涟漪。或风和日明，天高景阔；或徐徐风生，满池水起。学子每每驻足于台下，或遥望于窗前，抚今追昔，潜移默化，立心比诚，砥砺于平常，凭眺于八方，致言行而必果也。则斯台、斯园、斯人可日新而生光辉也。

注解

绿竹猗猗：化用《国风·卫风·淇奥》"瞻彼淇奥，绿竹猗猗。有匪君子，如切如磋，如琢如磨"。猗猗，长而美貌。

盈盈：清澈，晶莹，也可形容满满的样子。

善意：上善若水，水有善意。

不言而信：化用《庄子·田子方》"夫子不言而信，不比而周"。

素练光凝，霜锋潋滟：素练，指挂剑用的巾带；霜锋，喻指剑光。

邢台一号院赋

五朝古都，一方俊土。北国雄郡，一号卓殊。以沧海胸襟，铺展别院风物；以太行气魄，契合众望所需。传承岁月光荣，满载生活信仰，著述城市宏图。孜孜八载耕耘，皓顺砥砺创新筑！

虽拥坐标凸显，更在精工人为。灵动夫空间，夯实于根基。惬兰墅之清幽，树广厦之屹立，建洋房之别致。净爽兮明朗，错落兮瑰奇。优化天地轮廓，澄旷人间梦思。崛起中心场域，编织都市胜景，俯仰满园是生机。

至若悠游公园社区，憩息城市客厅。小径通幽处，徜徉自然情。户外繁华朗目，世间成竹在胸。更有学府窗前，入耳书声琅琅；杏林不远，守护身心从容。更可驱车长河左岸，往返香茶暖融。回顾屋舍左右，桂苑群聚是菁英！

溯夫长征之巨制，华北之辉煌。仰赖邢台厚积，精粹既往。而今皓顺坚守，喷薄朝阳。同山河之呼吸，共城市之理想。乃能豁其国际视野，托举未来希望。故而携手可期，再谱天际线，再阔山海长，酝酿大美永无量！

注解

风物：风景和事物。语出晋陶潜《游斜川》诗序："天气澄和，风物闲美。"

繁华朗目：在邢台一号院旁，坐落着热闹的天一生活广场、充满都市气息的北国商城等商业旗舰。繁华的商圈聚集人流，促进了区域发展与地位升级。

长河：指七里河国家水利风景区。七里河是流经邢台市南部的一条季节性河流，是邢台人周末带家人出行散步、垂钓观光的理想之地。从邢台一号院驱车出发十分钟之内可达河畔。人们可以在清幽美丽的河岸，感受城市与自然的和谐相融。

左岸：邢台七里河全长95千米，源于邢台县西部太行山的马跑泉，自西向东流淌。人们顺着水流方向走，北边即是左手方向，中国自古以左为贵。傍水而居即有福气，而一号院位于长河北部，自然更有贵气。

长征：长征厂，全名长征汽车制造厂。工厂筹划设计于20世纪60年代，80年代一度辉煌，巅峰时期拥有多座厂区，一万多工人，引进捷克技术生产的太脱拉自卸重型卡车名扬国内外，在国际重卡世界拉力赛上得过第三名的好成绩。对于邢台这个小城来说，拥有这样一个汽车制造厂，多少人曾为之骄傲。以至于全国各地纷纷派员驻扎邢台，心急火燎等着提货。2018年2月6日，"长征厂地块"最终被皓顺收入囊中。这一天长征厂地块正式命名为——邢台一号院。

为南京薛氏宗亲联谊会成立赋

金陵地古，欣看丛木起秀；

石头城暖，恰适人间清明。

紫金山前，荟萃奚仲后裔；

阅江楼下，芳沁一家真情。

六合志新，溧水三凤舒羽；

神州喜春，北辰斗柄朝东。

风采焕然，玄武照海天之阔；

宗谊永固，夫子慰诗礼之盛。

极目吴楚，天下何物可障眼；

指点江山，秦淮澄澈照心灯。

长流一江联南北，建业惠西东。

族亲留三春每在，景和期夏荫大成。

待卷袖振臂，显绍先人功德；

齐心协力，展望薛氏隆兴。

为大学同学毕业十年聚会赋

十载共婵娟，念念隔云端。

梦里夺锦标，胸中罗蔚蓝。

壮思飞四海，气宇无量限。

湖山果识我，拥我入怀间。

临轩绿成荫，向水情绵延。

粽香溢端午，杯酒似当年。

人力诸学亲，鸿图各展演。

行行各珍重，心愿筑福田！

戊戌端午佳节

汉风华章赋

一

九州山河，五色徐土。热血英雄，彪炳千古。大运兴汉，降秦灭楚。丰沛发祥，唯天所赋。雍容垂拱，煌煌神武！

二

天瑞云灿，地欣向荣。汉德深厚，俯仰亲躬。轻徭薄赋，物产丰盈。食货有志，幅员广盛。八方朗朗，兆民融融。

三

风行雷厉，威扬海滨。扫平群逆，江山益新。枌榆日暖，桑梓春深。华筵开张，击筑开襟。倚汉如天，共沐君恩。

四

济济多士，隆隆炎汉。应时顺民，律令彰焕。儒修吏循，国泰民安。文详武备，河清海晏。精诚所至，天地幽赞。润色升平，景运绵绵。一时才杰，日耀星烂。万域来朝，八方观瞻！

注解

五色徐土：据《尚书·禹贡》记载，九州唯徐州盛产五色土。五色土是（东西南北中）不同色土的融合，象征国家疆土，自古关乎社稷、国运。五色土还代表着金、木、水、火、土五行，象征天下万物。

扮榆：汉高祖故乡丰县的里社名，后泛指故乡、故里。

彭祖赋

　　大和有道，眉寿无量；悠悠万古，硕仙遐长。何以怡颜，笺铿以善为本；岂独斟雉，尧帝以德相尚。贤列中枢，业因勤而功著；位封彭地，姓缘国以发祥。鱼羊烩萃，鲜融滋爽；新故吐纳，气葆铿锵。自然顺于性命，润泽洽乎阴阳。浩浩乎久远，其行不可企及；渺渺乎深奥，其术或能慕仿。

　　夫穴洞居巢，民罕寿考。揖别血毛，祝融燎烤。自兹少病，口暖腹饱。以降裔孙，肇创炒熬。九熘炖而日燥，千汩滔而汤鏖。水新釜洁，调和六味占美；薪干火纯，制作三鲜绝妙。芳羹含馨，玉池生肥；佳肴前陈，聚物美娇。丰富庖厨始烹饪，养得世间几老饕。此皆彭祖之功劳也！

　　至于吹响吸呼，鸟兽屈申；晓畅上府，愈益下田。而或蛰藏俯息，千虑已绝；龙蟠仰憩，万扰断缘。口鼻同入，咽唾饮甘。劲随意动，意随形翻。内气充盈，代谢舒缓。刘安谨奉，演绎导引；华佗膜拜，禽操起源。故而郑卫之音，不足以伐性；靡曼之姿，不足以损肝。因其内安于己，外稳如山，岂乃刻意为高也？

　　夫天地相生，夫妇相偕。保性和神，雌雄交接。彭祖秉术，房中有节。缘情立色，终始怡乐。非强为之，非恣欢谑。八音四分，深闭以补漏泄；六势九状，通经以达脉络。若禹治水，畅而非塞。疏利荣卫，新陈代谢。守位立身，自肃心洁。从一贯之安徐，均自然之与夺。

嗟夫！天命者无限，人命者几数。荣悴者有常，专一者永寿。世仰颛顼玄孙，民思得道彭祖。其怀圣德，百代思服。澹然实虚，八百完福。食为体足，气为神主。好合悠然，五行适处。亿兆参拜，来兹徐土。众美从之，我亦迹履。何以敬之，伏唯诗赋！

　　赞曰：
　　饮食男女，大欲存兮。
　　搜诀四野，彭祖艺兮。
　　淫逸奢烂，彭祖术兮。
　　万民所仰，孔庄敬兮。
　　蛮化揖别，赖斯人兮。

徐州赋

一、奎娄守护：雄山阔海间的壮丽担当

盘古说　我劈开鸿蒙天地

轻清上升　重浊下降

左肩化为昆仑苍莽　右膀衍为海岱宏壮

女娲说　我寻遍天庭地府

只有五色土堪炼五色彩石　补漏天窗

蚩尤说　我战骨不屈

誓要燃烧成人间的斗志昂扬

黄帝说　我四方征伐

追求的不过是仁义理想

东方大地隆起了喜马拉雅山

谁承担大地东南倾的无上重量

坐镇欧亚大陆桥头堡　有你壮丽担当

听昆仑山的浩荡雄风

席卷青藏高原的雪浪

咆哮出烁今震古的大合唱

澎湃了你的胸膛

你是枕在山海经上的思索者

彩翼化为尧舜禹的旌旗飘扬

你是怀揣楚辞汉赋的先行者

梧桐栖息涅槃的凤凰

你是诗经礼仪的雅颂者

吕梁洪畔的磬石唱响仁义的嘹亮

你是家国神器的奉献者

河蚌吐纳的珍珠绽放诗意的曙光

破晓的霞光照亮九里山谷

新石器打磨土地妖娆清靓

太平洋的巨浪　磅礴你的理想

你灿然拥抱黎明和芬芳

古老的青铜文明由你领航

大河浇灌盛开簇新的希望

汴泗交流　浩浩汤汤

江淮大运　汩汩泱泱

滚滚的洪流啊

融汇的是人流文化流通达四海

滔滔的波浪啊

激荡的是物流财富流润泽众苍

南来北往

你的臂膀扼住要塞

春去秋来

你的碧波荡漾八方

多少春秋已陵谷变迁

你的气魄依然铿锵

多少传说被洪水掩埋

你的胸襟依然豁朗

你有载物厚德　你有摩天理想

你是补天良材　你是德道明朗

你在九兄弟中光彩夺魁

文曲星为你痴痴守望

河图洛书，经你渡口

无极太极，演荡四方

数亿道锋利的思想经你射放

数千年汩汩的文脉赖你偾张

数万条河道的走向独你领航

数百代龙脉的穴道在你握掌

你曾是地球最大的十字路口

你曾吞吐世界最多的来与往

你的偶然了然历史的必然

你的通畅顺畅国运的盛昌

你的沉浮即是民族的起伏

你的幽亮昭示天下的兴亡

今天我以龙山为蹬，以云朵为衣裳

吐纳千万彩虹，对视漫天星光

在放鹤亭前，观景台顶

折起螺旋千转，支起漏斗一方

超然空间之外，站在时间之上

涵濡着你的乳房　流淌你的血浆

用你育长我的翅膀

穿越万古渺茫　朝向宇宙的未来

和你一起飞翔，飞翔

二、龙虎盘踞：刀光剑影里的仁义理想

当神农的目光在百草和天空转换

你在淮海间　默默酝酿徐徐风情

当五帝为江山一统杀伐不断

你禀性安徐　静静颐养铿铿心声

当彭祖的大手接力祝融的火把

一缕飘香沁美炎黄的心脾

羊入鱼腹　鲜美自此启程

烹饪祖师啊天纵多能

铲勺上演绎舌尖上的峥嵘

生活滋润散进千户万棚

房中术诀别了动物欲望

闺内事艺术了男女性情

百姓因而趣味盎然

四海因而诗意朦胧

庄道士深深地作揖鞠躬

孔圣人谦谦地窃比老彭

淮南子恭恭地传说导引

华医师孜孜地鸟伸熊经

封疆岂因一杯鸡汤

彭铿和善早已扬名

不然何以八百寿康

不然何以三朝兴盛

当苍龙狂喷海内纵横

当神州陆沉四野飘零

你分担了华夏最多的沉重

于是奚仲削木成车策马奔腾

大禹扶轼指挥　月落日升

扬一扬鞭　已然江淮万程

大哲的巨擘　指向山海之间

滔滔洪水经你荡起潮声

苍茫中原终于隆起生命色彩

熙熙大地　一时欣欣向荣

九州的精华，熔铸在你的胸中

绣口吐出的大鼎，分明是九条巨龙

此时　你就是大禹　大禹就是你

揽起这天下大势，时代尤需你引领

睿哲的奚仲

为历史安上了稳健的轻松

改良的铜犁

掀起了下邳的沃野万顷

鼎力退洪的伯益

子孙都浮云利名

谦逊低调的若木

肇创徐国甘于分封

果敢的费昌

振臂唤起海浪汹涌

助汤沉日顺天而行

徐君啊徐君

熔化刀剑铸为犁锄

抚安牛马乐以勤耕

当周穆王得到了骅骝和绿耳

瑶池畔的王母绮窗常开翘首相迎

波光潋滟，迷离了性情

一曲醉歌，凌乱了民生

四方马蹄暗暗骚动

三十六诸侯凝视偃王的眼睛

本无霸心一心为民的王啊

竟招来无端的祸横

历史的隧道射来最阴冷的箭

厉王孙的利齿搅动着战争

不忍民斗啊亦不忍敌亡

放下尘世独自隐山随心飘零

叹如今太湖畔，瓯江边

会稽山下，东海蓬瀛

十步之内的哪一株芳草

不曾熏香于你的仁义徐风

葱郁拱墓的松柏青青

昭然德义的长生

林林总总的庙宇堂祠

正义永恒的象征

哪堪春秋凌乱礼乐溃崩

兹父叹望徐山的上空

仿佛凝视上帝的眼睛

微星闪烁露下如泪倾

岂能让大秦"虎狼"当道

绝不容惑乱的刀剑肆意纵横

岂能让"讲究"从历史销声

绝不许"有种"成为笑柄？

五霸七雄鏖战四野

千秋悲欢汇聚大彭

累月连年尽是烟烽

关河壁垒刀光剑影

清清泓水倒影襄公的仪容

纵然一败也要千古流名

这零落一地的贵族情怀啊

何时能够焕然新生？

老子的青牛驮来有为无为

孔子的嗟叹道出逝者来者

庄子的蝴蝶丰富哲思的梦境

孟子的浩然畅想侠道的仁政

天下呼唤正道

哪堪捭阖纵横

谁能拯救时代

老庄孔墨孟？

泗水岸畔响起争鸣

那节奏既和且平

叹何人依我磬声

但见黄淮百花齐放

朵朵都开向前世

人性最初的光明

越是大战的土地

越翘首渴望和平

不老河畔，长寿又若何

满心的酸楚，哪堪兵家必争

沧海啊横流

那就用你的热血将这江山染红

天宇啊崩塌

那就用你的呐喊携来霹雳凌空

将郑庄公和楚文王的阴险

与殷红的罂粟一起凋零

撷来彭和偃仁孔诗孟礼的洪流

冲向黄土文明新的高峰

三、烽火燎原：九里古战场的太平守望

杀伐不绝的战国春秋

风云跌宕阴谋诡异

多少插在你城头的旗帜

都被深埋在历史的风尘里

当关中豺狼冲出函谷关虎入羊群天下归一

祖龙东巡泰山祭祀普天之下蠢蠢大地

何以暴敛横征

何以燕口夺泥

当孟姜女哭倒了长城

东南徐徐升起焰焰王气

深挖的壕沟

何以断掉"龙种"

高筑的云台

岂能镇住民意

泗水寻周鼎

不过是在打捞一个固执

巨龙腾空咬断绳索

时代还需向你借力

自从轩辕从鼎湖飞逝

诸侯都在打捞一个鼎盛的期冀

关河张望草木翘首的

却是鼎新的奇迹

奈何旧鼎去新鼎来

依然是鼎立的乱世

上苍呼唤你的一击

江山不再凌乱马蹄

于是圯桥上扔下草鞋

让大秦岭为之颤栗

黄石公的兵书

誓要横扫千里

时空的镜头聚焦在

大泽乡的鱼肚皮

王侯将相，宁有种乎？

涉故台上扬起反抗的第一旗帜

三户亡秦的铮铮誓言

笑傲楚地

泗水亭前的铮铮铁骨

终被唤起

破釜沉舟的勇猛

让天下皆偃旗于西楚豪气

约法三章的胸襟

复活徐偃王的仁政大义

月光下的萧何追来了韩信

也抢来了历史

守住了律令户籍

天下经典皆入胸臆

红颜啊总是壮丽

戚夫人　把一条巨龙潜在井里

飞龙一跃上天

古睢水畔披上了华丽

天汉便是银河

遥遥昭示着天意

成败萧何天空

只剩一声叹息墓碑木草芳草萋萋

问谁不泣王陵慈母的大义

在须眉斗强的森林里

绽放一片阴柔的壮丽

炯炯的重瞳举起大鼎

却不能用仁义护持

终砸向脚下的大地

砸碎了黎心民志

一声嘶鸣从戏马台上传出

大道迷失　人间路歧

霸气傲然震天铄地星象颤抖已然悄悄偏移

鸿门宴的荒谬

反衬樊哙粗中有细

子房山的楚歌终破拔山的蛮力

扛鼎的大男孩哭花了脸

执手佳人相对种下四行泪滴

浇灌永世的爱情

年年盛开在虞美人的葳蕤里

英雄去处只有孤寂

美人巷飘零着永恒的靓丽

剩下乌江呜咽凄凄

战鼓役旗

天下安危浓缩成一盘象棋

千百年来

无数次对弈始终冲不出局里

楚河汉界江山万里

问谁人能挡周亚夫父子的勇智

底定天朝炎汉的国运

清净长安宫闱的家事

听那大风歌唱

看那白云飞起

楚汉大地

演绎着半部中华历史

秦梁洪下的大鼎上

镌刻大汉永恒的印记

歌风台上的壮辞里

已然放飞时代的梦思

是邗沟泊来的荆楚辞章

是黄土冲下的华夏厚积

是济水摇来的齐鲁道义

是东方泛来的海外仙气

荡漾在吕梁洪里五色缤纷

高扬在大汉旌旗五彩靓丽

从泗水亭出发一夜天风

普天甘霖润物无声细

重绿这旧山河的天风

百姓翘首，千里望云霓

兼葭苍苍、橘树重重的江河上下

正喷薄出漫天绯红的朝气

戚夫人翘袖折腰之舞

翩跹为大汉第一美姿

歌风台上的安邦之调

飘扬成盛世第一歌词

灵均的青虬驮来楚韵离骚

梁孝王刘武广筑的菟园

汇集古今第一词采团队

大汉雄风自兹兴起衰废

当刘向辑罢"兮兮"章辞

旭日东升浪漫绯红的霞光

横空普照出亿万道诗意

文艺的殿堂

喷薄一轮崭新的壮丽

目录学的鼻祖

整理时代的文章在此栖息

精确的刘歆圆周率

探寻着天人的应示

累代精华的沉淀累积

深刻在九畴的《洪范》中

精微在百家的《七略》里

狮子山兵马俑的脸庞

啸傲出天汉雄气

龟山汉墓的甬道里

深藏古老科技的神秘

金缕玉衣银缕玉衣

编制了最美丽的玉艺

汉画里满是无言的盛景

线条游走成磅礴的史诗

山海的胸怀一改秦朝的暴戾

刀光剑影在汉人的手中柔化细腻

惊艳世人的徐州五绝

勾勒壮观的美学奇迹

文明的硕果，琳琅满目

草原上的鹰犬正觊觎睥睨白登山之围

燕然山之战

惊醒了大风歌

硬碰硬的节奏，凌乱了马蹄

多少红袖之泪被用来清洗剑戟

你的公主也能解忧

阳关一曲琵琶胡语

天涯流落穹庐为室

哪怕河西走廊飘零的嫁衣

哪怕伊犁河流映照的孤寂

你的儿女抹干泪痕

悄悄挽起羝羝的云鬓

高耸起的西楚志气

阴柔也能托住历史

看那冯姓侍女传书走檄

巾帼凤凰飞出丰沛故里

弟史的龟兹舞千古飘逸

将中原与西域风情一同婉起

跃动起东方的歌舞圣姿飘扬过海神采辉煌熠熠

大汉精神四射光芒

驼铃响起丝绸若绮霞布满白虎天际

中土文明八达影响

帆樯升起舟楫荡起巨浪青龙东南巡弋

当外戚暗袖挡住正义之光

竖阉的阴腔淹没庙堂之礼

你的太平梦想一撒

便是黄巾满地

煮一斗霸王酒

就能泰然四方豪杰马蹄声疾

颂一曲沛公歌

就能睥睨关河内外英雄林立

三让亭上的长揖

是偃王照耀的光辉

辕门上的方天画戟

便是战与和的最好诠释

东临碣石的那个旷世豪雄

风暴一卷就是半个世纪

只用半腔你的热血

日月游走其中星汉荡漾其里

燃却了胸中的愤懑

岂能毁灭刘项的情志

还有耿直的脊梁

悄然揽起乱世的仁义

白门楼上绞死了无厌的贪庚

土山关帝庙永悬三约的骨气

小沛城里溢满桃园的芳息

淮水的仁爱荡漾长江的空际

纵然刀剑横加彭城

纵然沂泗水灌下邳

依然大河如带龙山若砺

麻醉散可能疗愈这心伤骨痛

华祖的药壶长悬普照大地

只能你能容纳这悬壶济世

出了彭城山河便身首离异

只有樊阿胆敢忤逆曹阿

敛起佗圣的尸骨仰天痛诉卑鄙

乌骓啊乌骓

你何时能够踏破寰尘

大风啊大风

你何时能够卷起漫天霹雳

北国底定仰赖沛郡的曹丕

震泽风平偃伏彭城的浩气

圯桥为琅琊王驮来了天意

司马睿移守健康永嘉南徙

魏武鞭挞夷狄种下的祸根

轮回为五胡乱华的惨厉

山海呼啸江河呼唤你

还四海一个干净之地

北府兵站起千万个刘牢之

激扬草木结兵淝水之畔风声鹤唳

华夏的礼乐保存在你的袖口里

绣口沉吟出唐宋的精神核质

江山需你的雄浑演绎

君不见刘寄奴气吞万里

金戈铁马的江河

安澜在南山岩的羽扇里

戏马台上的重阳天高

辽阔了将士们乡愁的心底

一杯茱萸养生酒滋润了谢氏的灵感文运

拓跋焘的战骑

纵能零落橘树饮马长江

岂有一秒从容淮泗

空惆怅彭城向往折返惮忌

纷纷扰扰的南北暗幕

不改你的脊梁笔直

大周山洛口的洪流

渴望大海急切东入淮泗

磅礴的玄武大帝

正酝酿隋唐盛世的朝曦

江河激荡起了蔽空帆樯

时代的舟楫犹赖你通济

四、汴泗交流：石佛大岩下的河兴河殇

当泗水沉没的车轮

挡住了的陈人最后一丝雄心

大士岩上的佛陀

慈悲地俯视南朝的风尘

汴水流泗水流

九曲之水倒影吴山的点点愁韵

一条巨龙蜿蜒裂地

腾空而起的是盛世国运

拥纛南下金陵折服你的五百壮士

横槊北上幽云歌唱你的大风雄浑

挥师西进长安仰赖你的三千虎贲

扬帆东去东瀛传颂你的燕楼情深

隋堤三月的溶溶绿柳

飘扬着汉风楚帜的神韵

埇桥渡口荡漾的柔波

搏动闪耀着时代精神

大千百态皆在你的眺望之下

唐宋兴衰在你的波光里氤氲

云龙山下演绎无数激荡纷纭

武力方能安宁的渡口

镇守的岂止是漕运更是国运

阴险的李正己扼住

新汴河上的白云

世道愕然中断　国道已然阴森

李愿的铁腕守护了渡口

傲然的石幢　深勒风尘

不用附庸风雅　不用幕僚成群

仰望你的星空　将军也能绣口成吟

十年守城的张建封

扼住李希烈的反叛

江山的一时安定

反复衬托你的功勋

时代潮汐　时涨时落

你炽热的地心　遥应月心

戍卒的旗帜一旦插在你的城头

即使名不见经传

也立刻被奉为领头之人

君不见　西砀山峰在颤抖

刘三斩蛇处又飞出一柄剑

既赤且热　白蛇已被亭长斩头

三军只能独占鳌首　光耀凛凛

千年消磨不尽的英雄志气

沛泽之畔再次呼唤李耳的后人

只是在戏马和歌风台上放歌一吼

唤起长江上下　草木振奋

南唐烈祖用九里山下的烽烟

再为大唐续一轮香火

只是从武原山上学来的仁爱

终敌不过赵家军统的贪秽凶狠

英雄的城市惯性不改

一时的蛰伏是在酝酿更大的风云

默默是白土镇酝酿的隐忍

静静是利国镇深藏的后盾

亘亘的山脉铮铮的松柏

只需振臂便可成群

什么时候家国有难

什么时候立地成仁

烈山矿里燃起的熊熊圣火

就是整座城市炽热的坚韧

只待出鞘一试新磨的锋利

要斩长鲸万断快意愤懑

流矢中眼岂能让王汉忠的热血黯淡

马背春秋有宋第一儒将韬略深沉

骁勇的金人岂敢直呼你的姓名

诡诈的敌帅愕然感叹你的忠贞

邳州城下的风霆迅

激扬岳武穆的悲辛

戏马台上的茱萸杯

遗落文天祥的泪痕

这是你英雄惜英雄的壮烈

这是你地灵待人杰的契分

历史的天空烽烟缭绕

时间沉淀你文脉缤纷

刀剑早熟了河山的淡定

霸王楼上的星光

夜夜斟满诗情画韵

刘审礼的背上

诠释乱世的孝道

关盼盼的碗底

陈列孤雁的忠贞

李太白的绣口

圯桥上吐出一片彩云

李义山的壮笔

高祖庙前起落古今

白居易的诗句

荡漾朱陈村的桃源情结

韩昌黎的题壁

传承下邳城的友谊情深

日出江花红胜火的江南你似

照日深红暖见鱼的泗滨你是

东坡的九首浣溪沙

可能将你的九曲温婉写尽

百步洪的排山倒海

穿越莎士比亚的笔韵

黄楼赋的恢弘磅礴

诠释人间最美的赋文

熙宁十年的大水

砥砺了你若海般的胸襟

云龙东坡石床上

陶醉了人性　　返朴了了人心

白鹤翩翩身影

携带整座彭城　　超凡出尘

黄茅茫茫羊群

相伴歌声落谷　　秋风深沉

多情的秦少游

从汨罗江打捞起正宗的词魂

斐然的陈师道

用生命诠释知识的自尊

艮岳遗石上

斑斓着大宋的遗韵

一面是河运的兴盛

一面是时代的酸辛

当你的豪情一时沉寂

苍翠的奎山思绪纷纷

聆听达达的马蹄卷起的朔风凛凛

古老的铜色　　能否承受莽绿的侵淫

你俯瞰大地

黄河滔滔　已埋古城层层伤痕

你仰望银河

奚仲默默扬鞭驾马　　车轮滚滚

五、京杭龙脉：夕阳斜影里的熙熙攘攘

当西湖畔的微风熏醉了人间

北国的风暴正在东方大地蔓延

倚天之弯刀高举在大草原

发起人类最早的闪电战

以珠穆朗玛的锋利

元世祖削平了千嶂层峦

岗岭四合的云龙龟甲

哪敌得过坚利的大炮火箭

你悲愤地望着天空

牛马同槽饮　剑犁交熔化

你反复诠释着历史的悖论

君不见　炮火的废墟上

又绽放花朵　殷殷然

这时　洛水扬起的风帆

逶迤将历史的步伐延缓

可汗的雄心早在运河里涨满

河道取直　你挽起节点

国运赖你通衢　再度千年

利国白家桥驮着万古长空

照影运铁河波光潋滟

往来输送的岂止是钢铁

你贡献的分明是天肝剑胆

截堵了浩浩河流

浮桥横亘两岸

万人会通云集

弘济了浮生大千

燕桥驮走的吕梁磬石
激响了大都礼乐的灿烂
运河的咽塞波光荡漾
照应漫天的星光斑斓
雪白的杨花拍打着马头
萨都剌们的文采
一起散落在古彭的千山雨烟
斜日里的古都只经再次回眸
世间便将你的形胜唱千万遍
黄家闸卡住历史的湍急
南北的喉舌吞吐舒缓
眉山万冀碑上的丹青
记录着畅通的生命线
潘季驯的思想漫过黄河
智慧的灵光在奎河里闪
哺育宣尼、朱熹的泗水
哺养出了康熙的状元
是你蕴育治水的大论
让八股朽说羞愧汗颜
洙泗之学在龙舟里适逢
君臣际会四海怎能不安澜
那荆山桥岸的御赐石碑
将龙庭的垂青记录在岸
乾隆四住行宫
难道是痴迷恶水穷山
康乾盛世坐享泇河通畅的樯帆
几度南巡
最关乎天下的通便

翠微锁在摇曳的轻岚

仿佛凭虚晨晖冉冉

第一江山倒影在弘历诗里

司吾清晓萦绕在紫金城间

从临安到大都

到金陵到北关

又一个千年

华夏龙脉沿着你的走向蜿蜒

上溯四千年

黄河俯冲激荡着国运的变迁

上下五千载

你才是东方图强的拐点

沛郡的遗孙朱重八

凭借你赋予的壮志豪情

赤脚礼佛引大海潮音

作狮子怒吼一飞冲天

九里山和齐眉山的震动中

你紧握时轴牵动乾坤翻转

秦淮河畔王气黯然

长城脚下虎踞龙蟠

下邳的后代打造天国的梦想

唤起南海壮阔的波澜

激荡千江万河淹没腐朽的封建

资本主义苗头萌芽洪氏新篇

当巨轮携来世界潮流

谁还在依赖江河风帆

海上蒲公英携来新的种子

随着浪潮惊涛拍岸

冲破了河图洛书

和竖排的之乎者也

长出了别样的绚烂

阴阳五行能否

在海上的霞火中涅槃

白虎八卦能否

顺势空间超越时间

历史的惯性

不因河道改变

韩庄的波涛依旧传来

津河浦口的海派源源

吴山的乌骓呼啸而来

还念着项王的风范

上下纵横吐出巨烟

戏马台下傲立原点

电波嘀嘀

传送着信笺

早期的邮差

穿梭于骆马湖畔

利国的铁矿

铸造　变法的利剑

悬在　山海之间

誓斩邪恶为万断

六、五洋乱潮：家国危难中的民族脊梁

谁在炮火前不写檄文

谁在毒品里种下咒语

是暴雨匝地的国破

是海云压顶的城催

八股文泡制的大清美梦

将整个华夏熏得烂醉

曾经泗水丝绸之路的渡口

哪堪东海油轮之横的逆袭

津浦铁路大罢工

你是东方最嘹亮的怒吼

中华的命脉紧紧挽在手里

争来的人格让国体熠熠生辉

大同街里激荡着祖国的梦想

统一街旁痛斥着山河的破碎

亮出樊哙夏侯婴的臂膀

就能唤醒九州的鼎沸

哪堪扶桑赤焰升起

总是以太阳的名义

把欲望燃烧成暗黑

挟持着流毒的武士精神

狠狠灼伤中原的脊背

虎狼满关东的气焰

销没了卢沟晓月的光辉

折下了的华北靓丽

只剩战车碾过的蔫萎

黄浦江倒影的鹊桥黯然低垂

灵岩山俯瞰着太湖呜咽伤悲

长江　已然不能

承载秦淮河畔的血泪

五省通衢哪还奢望

敌人的慈悲

大河怒吼泰岳震愤铁蹄奔涌

妄图扼死帝乡龙椎

韩复榘领军八万不战而退

趵突泉涌斟满了泪水

炮声震醒了春秋的孔子

兵车惊觉了陋巷的颜回

纵然杀身也要成仁

篱笆的尊严只能躬身保卫

此刻你是张自忠气壮的淮河

此刻你是王铭章血洒的滕水

此刻　悲壮是你的名片

此刻　龃龉是你的功绩

峄城上东山小鲁的气势

奈何池峰城不要银元的坚贞

失去了黄河的天险

南四湖将大运河抱得紧紧

碧波倾尽也要淹没嚣张的倭贼

临沂之战

砍断了津浦鬼子的左臂

大决战的前夜

抢占围歼矶谷师团的契机

张华堂的战马

庞子彬的铁军

映在孙连仲的眸里

闪耀第五战区的光辉

是你放声中原的咽喉

让戍楼的拂晓号角声悲

是你拔掉豺狼的爪牙

撑的猛虎满眶痛泪

你的左手是津浦

你的右手是陇海

你这东方的凡尔登里

两万多强虏烟灭灰飞

你的额上是漫天的星光

你的背后是中国的深邃

你是三岛笑不出的惊愕

你是东夷哭不出的泪滴

看那台儿庄的弹痕累累

是你用血肉涂成的精神翡翠

四月的榴花通红胜火

那是英雄血凝注的高尚纯粹

这是黑暗中

沉默冶炼的自尊

这是炮火中

血肉筑起的雄伟

赫赫是你对战争的睥睨

昭昭是你对和平的捍卫

你是黄河道上的壶口瀑

你是瞿塘峡口的滟滪堆

你是苦难的亚洲青铜

树起太阳底下的第一丰碑

今天西山的落日

还在破败中留恋自己的光辉

年年集体参拜

靖国神社的厉鬼

何时需要何时就用

血战台儿庄的勇气

将隔岸的兄弟唤回

一起把钓鱼岛来保卫

七、山水栖居：彭祖古井内的诗意良方

烽烟燎烧的热土

消磨尽几多爱恨情仇

铁甲乌骓踏破的山河

乱山颓台断垣荒不胜收

联排的烟囱曾昂扬民族的脊梁

轰鸣的火虬曾盘活腾飞的九州

喂饱了家国却患上了尘肺病

一声喘息剩下老气横秋

数千年遗落的烟尘

誓要扫除殆尽

二两黄土浮沉在呼吸间

城市的肺叶何以忍受

又何以育养彭祖的八百长寿

又何以启发天师的道学悠悠

这时钟鼓楼上眺望起未来的眼睛

云山的上空挥了挥巨手

进军荒山的号令携来风雷

云龙山坡千年松柏精神抖擞

激荡起故黄河亿万水滴

滋润云龙九曲绿意绸缪

小红山下的三位巾帼

擦去红妆默默挽起了衣袖

为荒凉披上了华丽的衣裳

托起无边蔚蓝白云悠悠

刘开田签订的军令状

让古老的吕梁精神一抖

愚公的意志梳理着顽石

孤傲的山脉垂下了高贵的头

千锄万水风雷一般

浇灌着苍山之根

生命的籽种喷洒在断崖

翠屏罗布漫野锦稠

石头上种出了森林城市

激发再次进军荒山的筹谋

何时绿满本无止境

紫薇花香　盈漫幽幽

那是御避山通红似火的五角枫

那是裸岩上吐耀嫩绿的两山口

漫山的生灵攒吸来江南霞雨

云湖新涨的微波滋润满城诗意浓厚

云龙北坡焕然老城新颜

珠山搬迁将守旧移走

拆除的蒸馏塔爆破的排气楼

城南城北一望锦绣

潘美男的三井流淌出个泉城

庞庄矿的塌陷翔集百里天鸥

大龙湾的水库荡漾一个新区

荆山桥的碧波衍生金色商都

你的美妙流转在张晓风的笔头

你的丽景惊艳泰国公主的明眸

你让袁志山的袖底生风

你把谷建芬的金曲谱就

你是吴中清嘉云锦画的再版

你是康熙大帝南巡图的保留

你是人间的锦色葳蕤

你是大美的仁智兼收

卧牛山吕梁山大洞山

七十二山脉变幻舞动你的骨骼

丁万河房亭河荆马河

上百条河流激荡着你的血脉

珠山宕口升起了空中花园

盎然跃动着来自春天最深处的问候

苏公塔下锁着无数的痴心

世间的景与情都愿于此恒久

流星的青睐吻出太湖

西子的明眸化作西湖

苏公的情怀衍出云湖

一船的烟雨北雄南秀

那南浦承载了

多少悲喜之泪

溅在绯红色的夕阳里

若花瓣飘飞铺满的湖中路

九月的桂花馥郁了黄楼下的夜景

五月的棹歌唤醒了显红岛的深幽

千里一色的秋冬雪月

翠栏倚遍人间红绿透

工人疗养院的盎然春色

映亮江南劳模的眼眸

四面八方的摩肩接踵

在学道彭祖里颐养寿福

古窑湾橹声泊来清朝的向往

这里似柔情的江东

这里是雄性的徐州

天和地和人和的秘诀

已然从云龙山洞走出

彭祖把臂刘项李煜

已然大步流星迈向五洋环球

八、文脉所系：奎山奎塔上的斯文悠扬

波荡朝阳的海岸

是谁率先把晨曦的山谷镀亮

奎山初生的新月

可是你擎起的思想高度

你以奎塔为笔以蔚蓝为图

天风一落遍满地绮绣

拂过魁星楼守护的热土

闪耀着文采光彩夺目

徐州啊徐州

敲打着青铜诉说着新语

九兄弟中

只有你最经纶满腹

八兄弟只是望一望你

也能增加精神的密度

你是古老艺术的摇篮

大墩子的彩陶仰韶的泥塑

你是南秀北雄的首次邂逅

刘林的铜钵花厅的玉镯

编钟里洋溢着礼仪风尚

磬石上流淌着悠扬乐曲

峄山桐削成琴柱万古绝响

家国庙堂的钧天洪音

主由你来演奏

荆山下铸就的九鼎

已飞扬成万古苍龙

夏翟的彩羽飘扬为大地的旗帜

纤缟编织的秩序琳琅满目

你是徐偃王不忍斗其民

宁丧其身的仁道广敷

你是李晟爱人如伤的胸怀

有情有义铸成万民肌骨

你是季札季布一出口

就凝固矗立的千金重诺

桂中行们传承东坡遗爱

黄楼精神至今栩栩

论神勇谁敢直视西楚

数智慧谁堪萧计张谋

儒释道佛皆有你阐述

较哲思谁比黄淮泗洙

龚胜严彭祖释疑大义春秋

刘向父子收拢万古长流

张道陵演绎老聃有为无为

刘英撷来佛陀大彻大悟

龟山汉陵的墓道中轴

惊诧了世界的耳目

汉代三绝的精致

游走诗情画意的高度

世说新语数遍魏晋风流

蓬门骈语肇创对联民俗

戏马台吟啸出第一重阳诗会

刘知己及时把史家铁笔正斧

楚汉文化的高峰

照耀东方文明的复苏

泗水畔的浩浩车马出行

奔腾为汴河上的清明图

四渎的交汇

荡来左右南北的潮流

文采的流离

偏是你最爱接收

先忧后乐的情怀

漂泊范公旷世的将军白发

生于斯而逝于此

江山万里怎暖过你的一杯浊酒

白乐天的幽情　苏东坡的旷达

韩昌黎的志向　李商隐的抱负

你以最低的姿态　敞开赤诚

若纳百川之大海　荟文为富

一江春水岸

你孕育的最早流行歌词

千秋二拍里

你包容坚贞不屈的凌濛初

李冠的酒歌中

唱出了雄性的徐州

灶君会的杂烩里

闳壮了中华的腰腹

张竹坡的传神之评

拂去了金典上的尘土

张伯英的北碑之墨

点开了萧一山的清朝影幕

汉画石里游走的牛

在李可染的巨笔下昂首阔步

刘商的竹枝遗响

嘹亮成冼星海的歌唱

好人园彰显情义的良俗

回龙窝回响老城的遗韵

音乐厅唱响时代的韵律

你是彭城画派开放的襟怀

你是凌绝顶的崇高期许

你把五大洲的习俗融入

你将五千年的人文汇聚

你有舞台万仞

任凭百姓文心雕龙

你有艺馆千层

儿童能画作农民善泼墨

满城斯文不断延续

光彩洋溢何止满关中

朝鲜半岛席卷猎猎国风

西伯利亚的冷徐人何惧

且看我汉魂再惊世界殊

听那娓娓风声

是松石亲密交流美学

看那鼓鼓山脉

是万般象形的文脉飞空曼舞

九、神交星河：云龙秀湖畔的大道康庄

为何大和前夜　　非要燃起大战

为何文明交织　　必要刀剑淬火

曾经血流殷殷　　曾经草木零落

那战车碾过的春泥上

炮弹曾写下罪恶

是你奋起千万双大手

一次次托起天地人和

你是千百次死亡

拱成的和平大门

你是山海经里穿越的长生树

枝叶摩挲出生命的斑驳

矗立不屈的风骨

筑起东方的龙穴

沸腾碧绿的热血

盘活国中的脉络

如果东海决堤

你一定将苦水担荷

如果喜马拉雅山倾斜

你一定承担星石的陨落

九镜湖畔的第一佛塔

镇住了四方骚动的心魔

倾尽连年苦苦的修行

只为浇灌和平之花朵

君不见　霸王楼遗址

破土而出　青灰色的高塔

登彼峻宇，千寻拔地

塔随云起，云逐塔飞

感亭亭物表，望浩渺天际

那是你擎向蓝天的巨擘

在烟火澄清的黄昏祥云朵朵

大战之义的担当

家国曾赋予你重托

大和之道的婉转

高铁犁开沉积的肥沃

你是大和的滥觞

启迪智慧的逝水

奔腾为哲思的波澜壮阔

成群的白鸽

沿着弓矢留下的弧线

在曾经的废墟上缓缓飞过

俯瞰满地的生机勃勃

如今落满弹片的树林里

生满了橄榄的绿叶

珠山上高悬天师的如炬目光

照亮云龙湖畔弥漫的祥和

透过历史的瞳孔

我看到云龙山顶的双鹤

正挥着轻缓平舒的翅膀

将大汉兵俑的干戈掩遮

俯瞰苍茫大地　凝望璀璨的星河

抟扶摇而向上

沿着朝阳铺好的金道

以徐福出海的姿势

纵身奔向无极的辽阔

明星咖啡赋传（十部）

前　言

佛曰：人生有八苦，生、老、病、死、怨憎会、爱别离、求不得、五取蕴。世人不如意之事十有八九。可以说"苦"是人生之主流，而"乐"总是短暂的。世界上经典的饮品都是苦的，比如茶、酒、巧克力、咖啡等，而甜美如果汁则不为人们所珍视，人们只是为图一时之快感而消费，其中之味随着时间流逝而散去，正如人之欢快。根据格式塔心理学理论解释，当物之"物理场"与我之"心理场"高度契合时，即异质同构，就会产生共鸣，相互影响。心底苦之滋味与口中涩之体验交织一起，产生了百般独特的妙韵。而咖啡有别于其他饮品之处，是苦之外还能以浓郁之芬香，点染人的激情，令人醉而更醒，能量充足，灵感迸发。回首七十年峥嵘岁月，明星咖啡有其独特的苦涩之味，然亦有其特殊的香甜之滋，有慧根之"芳底"酝酿沉淀出的苦后之乐。

作为明星咖啡馆创始人之一的俄罗斯人乔治艾斯尼有其"苦"，曾身为俄国皇室贵族，1917 年颠沛流离至中国东北，三年后辗转到上海法租界，又于 1949 年漂泊至中国台湾，数十年寄身他乡，不得归国，晚年还遭遇同乡挚友的背离。他应该是明星最"苦"的人了。然而，他遇到了简锦锥，一个台湾土生土长的热心小伙子，在潦倒之时给予他帮助和慰藉。还有他"一磅咖啡只能煮四十五杯"之制作坚持和质量良心，这正是儒家所倡导的"颠沛造次必于是"的贵族精神。忘年之交的知音温暖和贵族精神的坚守是他终身可以细细品味的甜美。

作为创始人之一的简锦锥承受之"苦"也难为常人所能忍受。小学、中学时期被迫接受日本人推行的奴化教育，敢怒不敢言；与六个"流落在外的俄罗斯人"苦心创办、经营咖啡馆，待众位股东离散后，仍只身支撑咖啡馆之存续；因咖啡馆常客参加左派读书会被捕，而遭受警察局的监控和询问；热心帮助同行进货，受到税务部门的审查、盘问；外孙被诊断为"自闭症"，几乎无治愈可能……然而简锦锥有一腔热情和慈悲之心，广结善缘，不分种族帮助朋友，温暖了他人，也照亮了自己，用自己的德行诠释何为"明星"，收获了"甜美"，所谓兰因慧果，正是如此。

周梦蝶，中国台湾现代最悲苦的大诗人，正如流落江南街头演奏《二泉映月》的艺术家华彦钧，然其能用"哲思来凝铸悲苦"（叶嘉莹语），更在人生之苦与孤独中，悟出了"东方无我之意度"（马英九语），我揣度无论庄周或蝴蝶，梦里梦外都是禅思极乐境界的甜美。

作家白先勇，白崇禧的公子，也有难解的乡愁之苦。一份罗宋汤，一块西点，一杯咖啡……在武昌街七号品忆少年时代的大陆时光。隔岸恍如隔世……

20世纪60—70年代，众多作家们在未成名前，在明星咖啡馆苦熬、坚守，是明星的咖啡滋润了他们的味蕾，甜美了他们的记忆，是甜美的西点润泽、芬芳了他们的心房，是明星创始人的宽容和体谅，为他们提供孵化的窝，与他们心灵照应，彼此给予鼓励和希望。

还有重新开业后，源源不断为寻访名人印迹和台北回忆、体验明星文化而来的海内外作家和文学爱好者们，笔者就是其中一位。每位来访者的潜意识里都有或多或少的难于名状的苦处，一杯咖啡里，我们浮想明星的故事，品味明星的底蕴，总会为某一思触，而嘴角泛起甜之涟漪，让文艺征途的意志更加坚定。

先苦后甜固然难得，而最可贵是，甜到极致再体验苦楚，经历一波三折，大起大落，才感悟到的人生境界——爱在当下。明星之女简静惠，无忧无虑，从小接受美式教育，备受家人及明星亲朋的呵护。十八岁远赴美国柏克莱大学攻读英美文学，再到加州大学洛杉矶分校攻读计算机与艺术，取得MBA学位。读书，工作，结婚，依随着人生的理想道路前进，嫁给才杰李永硕，生下柏雄和柏毅，人生至此几乎毫无瑕疵，但是自闭症像窃贼一样潜入她完美的人生，于是狂风暴雨来临。《诗经》有言"母氏劬劳"，母爱的伟大让她迅速转变角色。为了给柏毅治疗病症、矫正人生，简静惠奔波大半个美国，付出多于常人百倍千倍的努力陪伴柏毅成长，后经名师点拨，深入发掘柏毅绘画天才，将柏毅培养为著名画家。一万多个日夜的苦熬，太不容易，经常是明知不会有结果，还要加倍努力，重复付出。然而奇迹就这样一次次地发生了。绘画、骑马、游泳、唱歌、折纸、弹吉他、滑雪……这些常人都难很好掌握的技能，柏毅全部精通，这份甜美，只有简静惠女士能体会到。

世俗喜趋甜而避绕苦。殊不知，苦何尝不是肯定了人生？正如重笔深深划在心之板上，溢出甜美如阵阵清风拂过。明星咖啡赋予世人的大概就是：苦涩的甜美和别趣、坚定的力量和热情。今天，科技发展日新月异，人们的生活越加丰富多彩，在世俗洪流裹挟中，不正需要这样一杯苦涩来肯定自己、清醒自己，来深沉和洗练人生的境界吗？

"锥"精神赋

唯家有贤，锦锥喻焉。观其所自，察其所安。家室栋梁，早熟无关穷富；亲朋后盾，磨砺不拒艰难。用无不济，固守而若拙；触之必通，勇往而弥坚。

叹夫稚虽启于懵懂，志本炼于烘炉。质之所能熔铸，智之所能熟虑。故而当其门庭之拮据，捉襟而见肘，适逢大郎之从军，少年乃挺出。草人树而战机迷，日帜挥而落弹雨。借铜币于天公，效诸葛之智谋。

若乃舍之则藏，耀然有光。忆夫六人掌舵，默默如暗；群筹离散，灿灿含芒。主易而赎买，朋困而担当。常蓄其锐，每露其颖；展露头角，卓尔精芒。乃能穷天辟地，联线越洋。投之所向，继绝存亡。美哉！煌煌兮西点，熠熠兮软糖。

当仰士之贵乎在是，所怀不露；锋之藏于深抱，美诚内蕴。待夫用武之得地，关键而坚韧。故能展其寸长，酬荣遇恩。大器有所大成，大业久安长存！

翻译

家里有贤士，就好比是囊中脱颖而出的锥子。观察他做事行动的经过，平常安乐于什么事物。作为家室的栋梁，早熟不因家里是穷是富；作为亲人朋友的坚强后盾，经受风雨不怕困难。做事没有不成功的，因为始终固守原则，勇往直前皆通达，经过磨练更加坚韧。

感叹少年时虽然懵懂，但志向坚定，本质纯粹，关键时刻能够急中生智。所以当家庭经济拮据捉襟见肘时，简锦锥挺身而出，担当家庭责任。像诸葛亮草船借箭一样，简锦锥扎竖起草人，挥舞旗帜，让美国战机误以为是日军行走，疯狂扫射，就这样，简锦锥向"天公"借来了"铜币"，解决了全家生活难题。

如果用他，就会努力干，不用就不张扬不显露自己，无论用还是不用身上都有闪光的地方。想当初，六人合力经营明星咖啡，简锦锥就很低调、默默地做事情。当合伙人开始分道扬镳，咖啡馆艰难存亡之际，"锥子"精神就灿灿发光。待易主后，简锦锥攒钱将咖啡馆赎回，聘请异国长辈朋友艾斯尼作为顾问，让老人家得以继续留在台湾。为何总能担当重任，是因为一直在积蓄力量，在需要的时候展现卓越的能力。所以在厨师都跳槽，厨房空空时，想尽办法打长途电话到香港，寻求帮助，终于让明星西点供应没有中断。那些靠记忆和手抄配方而制作出来的西点煌煌生辉，俄罗斯软糖熠熠生光，给明星留住了主户，赢得了新客。

可贵之处，在藏而不露，露而必成，真是令人敬仰啊。明星咖啡馆就是英雄用武之地，让才杰发挥特长，施展抱负，成为人生赢家，收获了无数的荣耀和情谊。大器的人就是拥有这样的"锥子"精神，大业才能长久存续繁荣。

注解

观其所自：化用《论语·为政篇》"子曰：'视其所以，观其所由，察其所安，人焉廋哉？人焉廋哉？'"

用无不济：做事没有不成功的。

诸葛智谋：在小说《三国演义》中，诸葛亮用草人借得曹操军队十万支箭，智慧令人钦佩，故事广为流传。

舍之则藏：化用《论语·述而篇》"子谓颜渊曰：'用之则行，舍之则藏，惟我与尔有是夫！'"。

精芒：闪耀的光芒。

固守而若拙，勇往而弥坚
——《"锥"精神赋》小记

战国时代，有个叫毛遂的门客，自比囊中之锥，平时不露锋芒，危难之际，挺身自荐，脱颖而出，被传为佳话。作为台北明星咖啡馆创始人之一的简锦锥不愧其名字，平日低调踏实，关键时刻总是展现锥子般的精神，克服了一个个难题，一次次度过了难关。

简锦锥13岁那年，是中国台湾光复前夕，美日战争吃紧，家中最年长的哥哥已将大部分的钱带到上海做生意，其他的哥哥们也都被迫当兵，家里经济拮据。简锦锥就主动挑起了家庭的重担，苦思冥想创收之道，终于想到了办法。当时战争需要枪炮子弹，日军亟需金属，凡是铜铁器具当天就可用来换取民生物资。简锦锥有次亲见美日空战，结束后，他前往飞机坠毁地搜索子弹壳，很有收获。他想到的办法就是，在田野竖起了十几个稻草堆，将高丽菜放在稻草顶端，插上日本国旗，用绳子拉动，引起美军连续扫射，获得了数量可观的弹壳，埋藏后，每隔一段时间取出一些到打铁行换钱补贴家用。很难想象，一个十二三岁的少年，能如此机灵，如若没有担当意识，没有为母解难的决心，怎能"钻研"出如此生财之道？真不能小看"锥子"的精神。

从"套取"美国大兵子弹的经过可以看出，简锦锥的动手能力就很强。而为飞虎队员安装冲水式马桶，则更能体现其摸索实践的能力。他独自一人千方百计寻找水泥、砂石和工人，单凭建造蓝图和艾斯尼的鼓励，就带领工人成功建起了化粪池，赢得了飞虎队员们的信赖，也因此而获得了更多的生意机会。

当然，最能体现其"锥子"能耐的，还是凭记忆制作出了俄罗斯软糖。俄罗斯软糖是沙皇的御用点心，即使是"俄人"人也未必有机会品尝——在明星西点里是最令人销魂的。自明星创办以来，软糖都由曾为沙皇厨师的列比利夫制作，直到1954年，列比利夫离开中国台湾移居巴西。别无他法，简锦锥只有硬着头皮尝试摸索着做。脑海里浮现了列比利夫制作软糖的场景，那是作为唯一一位股东仅有的一次旁观。一步一步拼凑记忆后，按部就班，终于做出了令股东们惊喜的味道。

还有明星的"血肉"——面包和蛋糕，都在简锦锥执著努力下新鲜出炉。回想那时明星第一次产权易主，厨师不辞而别，团队军心涣散。千斤重的担子落在了肩上，即使喘不过气来，简锦锥也得顶住。因为他不甘心明星的光芒就此熄灭。脑海里灵光一闪，他想到了当时很有国际化情调的香港，于是立刻联系在香港工作的朋友，朋友帮找到了一本家庭制作西点的书，简锦锥就这样一边听一边记，然后把资料做成小抄，头顶着月光前往明星。凌晨两点多钟背诵面包的配方。待学员来店后，开始现学现卖，指挥大伙工作，还不时前往厕所偷看"小抄"。"功夫不负有心人"，面包和蛋糕都做出了，而且味道出奇得好。

正是有这样的老板，明星创造了历史上的多项纪录。比如制作出全岛首个黑蛋糕、可颂面包，以及第一个多层蛋糕，这些成就让人惊叹不已。笔者想，简锦锥之所以每次都能坚持到底，是因他有一颗责任心在支撑着，那就是不忍员工们失业，不想家人担忧，不愿朋友失望。正如他自己所说："没有退路不见得是坏事，只要继续往前走，反而能走出另一条康庄大道。"这样的信念让简锦锥常常绝处逢生，开辟了一条条康庄大道。

明星第二代简静惠也继承了简锦锥的"锥子"精神。"披着'明星小公主'的外衣，身体里不仅确实流着父亲的血液，还遗传了他的坚毅、意志力"，简静惠在《爱在当下》一书中如是说。她被父亲的言传身教所感化，坚持内在的顽强，在人生最艰难的课程中，激发了潜藏的能力。为了教会儿子李柏毅一个字，一个动作，她用上几十甚至几百张"拍立得"；为了寻找合适的学校，她开车跑遍大半个美国；为了让芭芭拉老师接纳柏毅，她"纠缠"了对方两年，终于感化名师，因此发掘了儿子非凡的绘画才能……

明星第三代李柏毅也"不甘示弱"，一旦学会一项技能，就一往直前，做到极致，甚至令长辈们也自愧不如。比如，柏毅学会写字后，就开始写日记。日记对于一般人来说是很难坚持的。而柏毅几十年如一日，从未间断，房间里累积了三四十本日记簿。还有一次，在北京游览长城时，柏毅被长城的壮阔气势震撼到了，完全沉迷，执意要走七天七夜的岔路。最后走了三个多小时，母亲简静惠体力不支，以晚上看表演来转移柏毅的注意力，总算让柏毅回头了。最能体现柏毅"锥子"精神的是他在绘画上的专注与坚持。"如果说他的日记是朴实无华的茧，他的画，就像破蛹而出的蝴蝶"，这是柏毅母亲简静惠的比喻。"破蛹而出"是个艰难的过程，比如司马相如、扬雄、左思等古代文学家，创作一篇辞赋，往往需要苦思冥想，经历数月甚至数年的锤炼。而柏毅不同，绘画就是他的本能，是他生命色彩由衷的展演，他用绘画来表达对这个世界的友善。在他不会走路，不会说话、写字的时候，柏毅就开始了人生绘画之旅，绘画正如喝水吃饭一样平常，用"出口成章"形容最贴切不过了。这是"锥子"精神的发扬光大，刚好发生在自闭症的柏毅身上而已。

无论何时，"爱的力量"让明星后代们传承了这股"锥子"精神，延续了明星的传奇。简锦锥可以安息了。

善能化煞赋

袅袅兮炉烟，森森兮膜面。熙熙兮膜拜，攘攘兮人间。当城隍之庙冲，迎凛凛之幽暗。胸怀善意，无忧于凶煞；蕴藉真情，无顾于俗见。唯吉人天相，慈云绕兮降祥瑞；良友济济，大爱兼兮明星灿。

感夫拳拳襟阔，坦坦地朗。敢护避祸之兵士，容安落难之仓皇。仁以为柱，义以为梁。聚众贤之齐心，合异域之力量。筑俄罗斯人之室家，营文艺之明堂。每能凉人之过，尊馨香时光；体人之境，豁神心怡旷。

乃有崇业峨峨，人文光裕。故而虽经群筹离散，德有邻而道不孤。善行嘉音之洽，爱暖和风之舒。朋情以郁陶，杯续甘露津津，桌留翰墨芳馨，添香频频助兴，得待人接物之道，履夫荡荡之坦途！

嗟夫！天本无私，唯善是宝。诚明立道，何处不好！四时景运长绵，万福无用祈祷。长率本性，可倾一盆祸水；自然得路，不辞两手勤劳。纯净内凝，从善如流，而统众美于斯馆，祈福星之广照也！

翻译

城隍庙的炉烟袅袅，城隍爷面目黝黑森森。熙熙攘攘的人群前来膜拜庙神。咖啡馆虽然正当庙冲，迎头就是令人敬重、害怕，威风凛凛的城隍爷，但是明星创始人们胸怀坦荡，秉持善意，饱含真情，所以不担心会被"煞"到，也没顾虑世俗之见。好人温善总是能获降祥瑞，获得好报，大爱让良友济济，"众人拾柴"明星灿。

诚恳深切的胸襟开阔，所居所处光明豁朗。果敢收留避难的士兵和受迫害的外省人。仁义作为人生栋宇的支柱和栋梁。结交了众多贤达人士，其中包括外国人，大家一起齐心合力，创办了明星西点屋和咖啡馆，为"流浪在外的俄罗斯人"营造了家室，为文艺作家们筑就栖息地。常能体谅别人的过失，珍惜情深意重的岁月，从别人处境着想，心神豁然开朗。

于是事业越做越好，文化氛围越来越浓厚。虽然因为大环境的变化，而导致股东逐渐离散，但因为坚守德道，而获众人支持，因此不在于客户流失。善行和语让这里气氛融洽，大爱让这里环境舒适。友爱之情的熏陶，一杯杯咖啡、水的接续，即使人不在仍为客户保留桌位，待人接物，坦坦荡荡。

上天从来是无私的，人间唯善、爱是最宝贵的。真诚立身处世，到哪儿都会好运。四时佳境长久，不用祈祷福气自然就到。坚守本性，洒脱率真，就可倾倒掉人祸之水；勤勉地修行，内心纯净，从善如流。让众多美好的人与事都集中在此间，不独自享用，而祈祷荣光照耀所有光顾的人们。

注解

拳拳：真挚诚恳。

坦坦：宽平的样子。《易经·履卦》："履道坦坦，幽人贞吉。"

峨峨：高大茂盛。

光裕：光大充裕。

有邻：化用《论语·里仁》"德不孤，必有邻"。

嘉音：美好的名声。

祸水：害人的东西。

慈云绕兮降祥瑞，大爱兼兮明星灿
——《善能化煞赋》小记

俗话说："木秀于林，风必摧之""太岁头上动土"。城隍庙供奉着一方守护神，而明星咖啡馆所在的武昌街七号三层小楼竟然高过庙宇，人们认为这是对神灵的不敬；再加上人们祭拜时会先到庙前广场拜天公，咖啡馆位置恰好是人们祭拜的方向，所以更被认为是对天地不敬。在简锦锥来到以前，这家店面一直租不出去。还好信奉东正教的艾斯尼不但不介意，还因"SEVEN"在《圣经》里头是一个圆满的数字而激动万分。当时简锦锥年纪尚轻，事情就由艾斯尼和他的同乡们做主定下了。1949年10月30日，武昌街一段七号门口挂起了一块英文招牌——"ASTORIA"。

这间饱受争议的房子成了一群异乡人飘零之际，用以聊慰思乡之愁的温暖园地。可能是城隍爷也被这里的温情感染，所以大家都没有被"煞"到。后来国际形势发生变化，俄人因担心局势对自己不利而纷纷离开，但始终有简锦锥的默默付出而延续下来。他接手后，以大爱大善营造并保持场所的温馨氛围，生意一直都很红火。正如城隍庙门口的对联所示"心存善念何需天天焚香祷告，心怀不轨提防我半夜手镣脚铐"，简锦锥坚信，只要心存善念，不做亏心事，何必担心身处庙冲之地呢？

"帮助别人就是帮助自己。"简锦锥常说。如是说，也如是做。对待异国朋友，他披肝沥胆。明星股东解散后，为了不让艾斯尼因失去工作而面临被驱逐的境地，他重新租回场地继续经营，聘请艾斯尼担任顾问；购买房产，像对待父亲一样奉养艾斯尼，使其安心颐养；冒着风险，前往苏联，只为将艾斯尼照片安放在其北国家乡的教堂里。而对于拉力果夫——因利背离同乡艾斯尼、决然离开明星的股东，甚至他那刻薄的妻子，简锦锥夫妇也长年悉心照料，让他们得以颐养晚年；还颇费周折为他们寻找当年赴西德参军的独生子吉尼。对待骑楼下摆摊的周梦蝶先生和拮据的作家们，还有许许多多不知名的顾客，简锦锥夫妇也都给予最大的善意。

简锦锥说，"最初明星之于俄罗斯人，就是在中国台湾的一个家；后来，独立经营明星，能够让作家将明星视为创作的窝，也算是不负使命。""长率本性，可倾一盆祸水；自然得路，不辞两手勤劳"，勤劳付出精心营造的异族之家、安心之窝，从始至终，都有家的味道，这里没有怨恨，也就没有煞气，既而"慈云绕兮祥瑞降，大爱兼兮明星灿"，这应该是明星最独特的文化魅力。

爱在当下赋

爱无杂念，心不旁思。爱在当下，心灿此时。赖母氏之劬劳，培少年之出奇。尽情瞬间，矜惜人生至贵；何虑周到，懒顾前后权宜。道明而意愿遂，本立而言行一。但见爱叶接天，福田无穷之碧；慈花映日，素志不染于泥。

溯夫而立初始，四美具臻。孰想天降星人，茹泪难申。日煦迟迟，云霾氤氲。因缘前辈点拨，忽然洞开豁朗；后觉顿悟，拥有即是最珍。欣幸浩旷之天真，能与万物而成春。思发之洁也，不期报之回。昨日与今日，何必苦辨分。赏悦当下事，上帝以为邻！

不知身外有熙熙天下，攘攘世俗。更不管他得失加减，因果乘除。只管料染淋漓，抒其绘图之致；写照分明，极其夸色之舒。乃有斑马麋鹿，琳宫梵宇。笔无滞格，熔金象物。光怪兮陆离，新境奇探；光影兮通灵，慧日光灿。

嗟夫！天之浩浩，性之蔼蔼。乾坤之德曰生，人间之道曰爱。堪赞赤子笔下，展露峥嵘殊方；明星灯前，照耀澄湛七彩。不关思虑，坚定持守一言；本于先天，爱育已传三代。弹我一赋，奏大爱长篇；悬我一愿，期传奇永待！

翻译

真爱无杂念，内心不三心二意。每时每刻灵魂都在爱，心之花都灿烂绽放。有赖母亲不辞劳苦，培育出奇特的少年。每个瞬间都尽情书展情怀，因为知道生命宝贵。懒得去事事考虑周到，瞻前顾后，权宜左右。明道的意愿得到满足，本立后言行实现一致。我们看到大爱传承，如枝叶开散，生生不息，又如荷花出淤泥而不染，照应无边的福田郁郁葱葱。

回想而立那年，精心经营的人生可谓完美至极。不想上帝将来自星星的李柏毅送到简静惠女士身边。当时，伤心痛苦，却无处申诉。风和日丽的天空，突然乌云密布。幸好后来得到了前辈天宝·葛兰汀的点拨，顿时乌云洞开，豁然开朗。从此明白"拥有的就是最珍贵的"，既然上帝赐予天真无邪、能与一切都友好的星人，那为何不去珍惜呢？付出不一定期望回报。昨天与今天，又何必苦苦分辨不同。欣赏体味当下的时日，上帝也会降临眷顾。

不知道身外有熙熙攘攘的人间世俗，功利争斗，更不管个人得失荣辱，付出回报的精心计算。只专注挥洒颜料酣畅淋漓。于是斑马和麋鹿成为最好的朋友，壮丽建筑都装入胸中。下笔不停滞，熔铸意象，金玉满堂。光怪陆离，光影丰饶。

感叹上天大恩浩荡，创造人性温善。天地间最大的德行就是好生，人间最崇高的道义就是大爱。赞赏明星第二代继承前辈风范，第三代赤子情怀展露峥嵘头角，笔墨挥洒创造七彩精品。不去过多思考，只是将一言坚守到底，那就是"Any time（无论何时）"，去践行善意和大爱，这是从明星第一代就传承下来的宝贵财富。今天，就用我的诗赋为大爱歌唱，为大爱祈愿，永久流传。

注解

母氏劬劳：指父母抚养儿女的劳累。

权宜：为一时之利，而随意变通原则。古语："计日用之权宜，忘经世之远略。"

爱叶接天：化用南宋杨万里《晓出净慈寺送林子方》"接天莲叶无穷碧，映日荷花别样红"。杨诗中，莲叶无边无际仿佛与天宇相接，气象宏大，既写出莲叶无际，又渲染了天地壮阔，用在本文，是比喻只有大爱才能达到如此宏大气象，只有大爱才能让天地间无限开阔。

日煦：日丽。

爱在当下，心灿此时
——《爱在当下赋》小记

记得第一次见简静惠，她给人的印象是端庄大方、热情阳光，在读完《明星咖啡馆》一书后，才知道她是多么不容易。无法想象，她是怎么接受上天给的最艰难的功课——柏毅；也很惊讶，历经一万多个日夜的含辛茹苦，她如何还能保持如此乐观、优雅的神态？直到读完其母子合著的《爱在当下》一书，心中的疑惑才慢慢解开。

经历最初的抓狂、迷惘、恐惧，坚持不放弃的她，终于有幸得到自闭症界天才前辈的点拨，明白了"让柏毅发挥擅长的地方，就是对他最大的帮助"，从此她"爱在当下，珍惜拥有"。尽情地让柏毅去画，母子都收获了最大的快乐。

"尽情瞬间，矜惜人生至贵；何虑周到，懒顾前后权宜"。"二难并，四美具"的时候稀缺如牛郎织女"金风玉露一相逢"，人生就是过去现在和将来，人间缺憾是平常，珍重此时此地最重要。过去之好，可以怀念，但不能沉湎；未来之丽，可以展望，亦不可沉醉。如果非要做个分配的话，要用90%的精力珍惜现在。如王国维说"人间总被思量误"，人间有多少良辰美景是被瞻前顾后、患得患失给耽误的。

还有，人生最难熬的是选择"拼命地跑，但还是留在原地"。如此处境，几乎没有人不会放弃，能够坚持下去全凭"爱在当下"。简静惠教导李柏毅，百遍不行就来千遍。相信人不同于动物，是有灵性的，即使是很微弱的信号，也能启迪、感化人的灵魂。只有不计得失，不图回报，"爱在当下"，心花灿烂每一时刻，才能有奇迹发生。这就是简静惠坚持的信念，李柏毅回报了她太多的惊喜：勇夺游泳冠军、成为骑马高手、学会两门语言、折盒既好又快、熟练吉他、弹唱百余首中英文歌曲……龟兔赛跑、笨鸟先飞等励志的"鸡汤"故事，远远比不上简静惠、李柏毅母子带给世人的震撼，而这一切都源于"爱"。

"不关思虑，坚定持守一言；本于先天，爱育已传三代"，不考虑得失利弊，无论何时，得一言便坚守终身。这来自先天的纯美大爱，明星人已传了三代。还记否，日军占领台湾时期，简锦锥冒险收留多位逃兵；"二二八"事件爆发后，简锦锥与哥哥保护八十多位外省人不受伤害……爱在简家三代人的血液里流淌，无论是对亲戚朋友还是陌生人……

"昨日与今日，何必苦辨分"，今天为什么非得比昨日更好，让年龄、欲望、名利都冻住不也很好吗？我们所谓的正常人需要跟自闭症人群学习的太多。

明星咖啡赋

浅浅溶液，深深典藏。大家之相伴，明星之辉煌。一壶咖啡，峥嵘台岛文艺；四座梦想，烘焙青春时光。助我凝神醒志，相他妙笔生香。羃着满室芳郁，鉴证诸君缘良。君不见兰因慧果，先其苦而后甜美，得其淳而长芬芳。

至于武昌一角，西点一盘。波澜搅动，浮世转旋。思想风暴，激情点燃。知音促膝，契情谊之与共；佳客对饮，推心腹之无间。良辰不虚度，杯盏岂空闲。他山之玉石砥砺，当下之岁月斑斓。醉而更醒，依然衷怀清爽；美而益增，果就奇想源源。

溯其研磨品质，坚守良心。尊崇格调，高贵精神。映北国之雪冰，纯粹不染；照海岛之雪浪，暖意长存。饮之为常，最见从容举止；食之为爽，每融和洽气氛。若乃倾沥液，漱芳润。沁深腑，袅余韵。乃知多礼为贵，迎来亦送往；多文为富，正己亦惠人。

赞夫爱之味道，染乎堂室。吉人酝酿，善念传递。流云回绕山峦，旧雨感动新知。热忱生命焕然，轻抿宇宙灵契。一方乾坤，烘萃邀君之啜；一个世界，静坐会友之滋。尘事当街，任他大千攘攘；佳境临窗，且品大美细细！

翻译

浅浅的杯底，蕴藏了深深的希望。有了大众和文艺家们的相伴与支持，明星咖啡馆才有今天的辉煌。难忘一壶壶用心蒸煮的咖啡，浇灌台湾岛的文学艺术之树慢慢开花并结果。这里高朋总是满座，梦想令人激情四射，烘焙青春时光，充实饱满，没有水分。明星咖啡让客人凝神聚志，精力集中，光阴不得虚度，还助成了很多精彩的文章。就这样，满屋的浓香，见证了众多美好的缘分，真是令人赞叹。兰因慧果，总是先苦后甜，只有深知这个道理才能得长久的芬芳。

回想在这武昌街的一角，点上一杯咖啡，一盘蛋糕。搅动着溶液的波澜，惯看浮世的旋转。任思想风暴在此引发，让激情尽情点燃。知己们促膝长谈，让情谊更加契合，贵客对饮，推心置腹亲密无间。不让良辰虚度，杯中岂能空空如也。借助他山之石，可以攻玉，激起智慧的火花，照耀岁月五彩斑斓。即使是醉了也不用怕，因为咖啡醉让人更清醒，让感受美的能力翻倍，酝酿奇思妙想源源不断。

从一开始，明星咖啡创始人之一的艾斯尼就坚持选用最佳咖啡豆子，再将咖啡豆研磨冲泡。而且他坚持"一磅咖啡只能煮四十五杯咖啡"，这是良心的坚守，更是满满的心意。尊崇格调和品味，因为经营者具有贵族的精神。这精神源于他在北方西伯利亚长期的培养，丝毫不染杂质。这精神照耀海岛的雪浪，雪白互映，让人暖意盈胸。饮食是最能体现人的修养的，特别是饮用咖啡时，穿着、举止都需得当，才能让气氛和洽融融。进而倾斜杯子，汲取芳华滋润。清爽五脏六腑，留下不尽的余韵。乃知饮食的礼节和文化是多么的宝贵，咖啡馆在迎来送往中展现的风采让人感受到什么是多文为富，这一切让场所高雅端庄，提升了顾客的文化修养。

最令我赞赏的是，有仁德人在酝酿良好的氛围，善念在这里传递。这里充满爱的味道，感染了满堂四座的人们。咖啡飘着香气，正如祥云长绕山川，不随时改的品格遇到了新的知音。轻轻抿一口感受宇宙间事物的相通，咖啡因激发品者热爱生活，生命焕然一新。一方天地真诚邀请知音人品啜，滋润亲友之间的情谊。窗外城隍庙热闹非凡，大街上来往熙熙攘攘的人群，都不影响我们细细品味咖啡中的大美之味。

注解

屝着：掺着，伴着。

兰因慧果：从美好的缘分开始，拥有美好的结局。

他山之玉石：化用古语"他山之石，可以攻玉"，喻指文艺家们在交流中相互影响。

沥液：细微的水流，引申为精华。陆机《文赋》："倾群言之沥液，漱六艺之芳润"。

多文为富：《礼记·儒行》"不祈多积，多文以为富"。文，指知识、文化，引申为学问、修养。

吉人：善良的人。出自《尚书·泰誓》"吉人为善，惟日不足；凶人为不善，亦惟日不足"。

浅浅溶液，深深典藏
——《明星咖啡赋》小记

在《明星咖啡馆》一书中，作者提到最少的竟然是咖啡。"咖啡"一词源自希腊语"Kaweh"，意思是"力量与热情"。这可能是因为明星将咖啡文化都融入在日常点点滴滴的"力量和热情"里。

简锦锥八岁时随兄长赴上海，在霞飞路上见到ASTORIA，这是《明星咖啡馆》书中最早关于咖啡的记载。上海这家咖啡馆由布尔林洛维赤（Petter Noveehor）开设。没想到，缘分从此便开始了。1949年，简锦锥结识了"沙俄"皇族后裔艾斯尼，并联合其他五位"流浪在外的俄罗斯人"在武昌街开设了明星西点咖啡厅。从那时就奠定了咖啡的品质基础。当时明星主要用的是"SW"及"Hill Brother"两种咖啡豆，另外还搭配一种俄国咖啡——对外宣称是"马尼拉咖啡"。从一开始，艾斯尼的贵族精神就令人佩服，他坚持选用最好的咖啡豆子，再将咖啡研磨冲泡。艾斯尼的坚持令简锦锥终身难忘，特别是那句"一磅咖啡只能煮四十五杯咖啡"品质和良心的告诫掷地有声，如晨钟暮鼓，长久回荡在明星咖啡馆，让员工们不敢怠慢。虽然七十年过去了，咖啡的种类也比以往丰富，研磨和冲泡的方式也多样，但明星人不敢忘记创始人所提出的"金科玉律"。

"从羊儿吃到咖啡果而翩翩起舞的那一天起，咖啡的芬香就征服了人类的灵魂，从此，最精彩的故事便随着咖啡源源不断地产生，流芳百世。"美国作家马克·彭德格拉斯特在《左手咖啡，右手世界》中高度评价咖啡的作用。回首明星七十年峥嵘岁月，这里确是发生了太多令人难忘的精彩故事，有人们流落他乡遇知己的故事，有文艺群贤聚会的故事，有重量级文学刊物创办的故事，有无数青年追星的故事……酸甜苦辣的往事都融入一杯咖啡里。正如知名学者、江苏师范大学田崇雪教授所说："明星七十年，'沧桑'担得起，'大气'担得起。咖啡屋虽小，牵系世界历史之弦，大半个近代史、中俄史、东亚史，都缩影于兹。这里是文化高地，心灵圣地，念兹在兹，魂之皈依。"

七十年光阴，明星咖啡馆承载了太多时光的重量和记忆。而今，"在咖啡飘香的同时，明星咖啡屋里的故事，依旧继续发光发热……"

明星软糖赋

肇创于北国，凝结于冰域。取雪白之净象，芬皇室之庖厨。禀轻便之娟娟，藏丰肉与脆骨。柔世间之回肠，暖贵客之满腹。粉白俊雅兮，来增海岛之宴福；沁榕宴以芳泽兮，快生涯而洽欢愉！

溯夫辗转辽沈，流离华东。霞飞漂洋过海，根落绝处逢生。结奇缘于良士，适殊方之融融。群筹而筑家室，蕴美而启明星。饱风味于江湖，慰白俄之乡情。

寄居海邦，餐津津之况趣；漫忆故园，溶沙沙之雪声。

堪叹色非丽而情能契，品滑软而心朵颐。进冰厨而美增，贮玉碗而称奇。且于兹涛涌浪卷之地，北风南啸之时。嘉长久之隽味，培厚深之高谊。扣舌深而咀含，推志惬于新知。酿芳腴而沃正身，流齿颊而济所思！

赞夫高格不降，冷骨何嫌。源自良庖，酝酿佳馔。天寒梦绕，味擅西伯之胜；心热芳餐，能栖东海之安。依然雪舞清腴，快哉心醉沉酣。软齿牙而爽口，香四散而飘远。温异域之桂席，备老饕之一啖。珍之宝之，岂止于生活之筵，更扬精神之长传也！

翻译

俄罗斯软糖因创造于西伯利亚而得名，结晶于北方冰雪天地。如冰雪一般白净，仅仅在俄国沙皇的厨房里才有。娟娟而轻柔的特质，藏着丰富的甜肉和核桃脆骨。百回肠胃肺腑间，让身心柔软放松。粉白俊雅的外表，增加台岛的福相，使得餐桌溢满芳泽，主客和美而欢乐。

想创始人们从西伯利亚流离到中国东北，又辗转到上海，明星咖啡馆从霞飞路跨过大海，到中国台北武昌街落地生根。六人与简锦锥结缘，让软糖传奇延续到海外宝岛。群贤众筹筑就了新的家园——明星咖啡馆。虽然是异国江湖，风味仍然满满不变，慰藉了不少俄罗斯同乡。大家寄居在海邦，津津品尝软糖与咖啡的趣味，回忆故园，好像听到了沙沙的雪声，一解乡愁之苦。

真是赞叹那软糖的颜色虽然不是很绚丽，却能契合人们味蕾需求，让人大快朵颐。软糖进入冰厨后更加美味，将之放入明净的盘子中，更显得奇妙。安心于涛涌浪卷的海岛上，当北风南来之时，一定要多吃几颗软糖。长久地被如此美味所滋润，在台的俄罗斯人与岛上的亲朋相拥相依，软糖的芬芳流于齿颊之间，清爽全身，安济乡思。

无论是从南到北、从西到东，最令人钦佩的是，俄罗斯软糖清高的品格始终没有降低。这源于匠心独运的厨师，酝酿创造如此佳品。在故乡，天寒地冻，软糖是西伯利亚宝贵的甜点，一般人品尝不到。当美食辗转到中国台湾，因缘良人佳士，在东海宝岛之上安家落户了，依然像雪一样飘洒清脾，令人身心俱爽。人们都很珍惜爱护"她"，不只因"她"是美食，更是希望这贵族精神的象征能长久传承下去。

注解

榕宴：岛内榕树遍布，在此以榕树代表中国台湾。

隽味：美味。引申为深长的意味。

扣：按，摸，触。

况趣：持久的趣味。

朵颐：朵，动。颐，下巴。朵颐指动着腮颊，嚼食的样子。

结奇缘于良士，适殊方之融融

——《明星软糖赋》小记

用手指轻轻剥开白泡泡，吃起来超弹牙，这当年专属俄国沙皇享受的美食——俄罗斯软糖，甜而不腻。纯手工制作的软糖，在冰冻过后别有一番风味。在明星，俄罗斯软糖是镇馆之宝。追溯来源，俄罗斯软糖能够落户明星，长久留在宝岛台湾，是经过几番流离辗转和波折的。因当年俄人结缘简锦锥，宝岛乃至大陆的老饕们才有机会品尝到来自西伯利亚的美味。

咖啡店刚开业时，软糖是由担任过沙皇厨师、逃难到中国的列比利夫先生所制作。这是全台绝无仅有的俄罗斯软糖，是用明胶粉与玉米粉和多种糖如麦芽、蜂蜜与砂糖等合成，内置核桃点缀，虽然原料简单，但是必须掌握搭配比例和火候，不然很难达到预期效果。据说，许多西点店多次试验，均不能做出一样味道的软糖。可见秘方之"秘"！据简锦锥回忆，列比利夫总是在位于台北市萤桥国小附近的住处将软糖做好，再送到明星的门市，制作时从不让人观看。但有一次，列比利夫却破例让简锦锥观看俄罗斯软糖的制作过程。正是这次旁观，秘方才得以保留下来。待列比利夫离开后，简锦锥努力拼凑记忆、按部就班地做出了成品，令美食不至于绝迹江湖。

记得 2017 年中秋节，笔者与老诗人管管前辈第一次造访明星咖啡馆时，简静惠赠予我们不少西点，其中就包括俄罗斯软糖。取一块放入口中，触感柔软丰腴，水乳在舌尖交融，味蕾尽情绽放，确信那是记忆中没有的味道。

曾经这是一款不流传于俄罗斯民间的甜点，只有贵族才知道其中的奥秘，现在俄罗斯本土已经寻不到当年同样的美味软糖。"寄居海邦，餐津津之况趣；漫忆故园，溶沙沙之雪声"，这在嘴里弹跳并迅速融化的软糖，具有适当的甜度和韧度，饱含着异国风情，不只是一种美食，更是一种精神寄托。

明星巧克力蛋糕赋

跨海越洋，寻觅良方。天厨传送，慧业重张。乳花沁溢，春绵迷人眼；回环重晕，秋锦拂心上。续明星之制造，繁西点之琳琅。创魔鬼之精制，富琉球之时尚。温似南风，馥郁兮香浮；润如好雨，脂流兮美藏。

翻忆当时，群贤离散。庖辞而屋空，谣传而众涣。无人可倚，乃发云海奇思；有道可依，莫非人生果断。奈何英美路遥，浮想紫荆花灿。于是烦旧友，电波传。披星月，录纸笺。围炉三更，漤脑百遍。指挥若定，忐忑心间。孰若才华天纵，惊喜高格焕然！

既而抟彩淳厚，新意频出。列皓皓而如脂，陈皎皎而似玉。瑞士卷舒甜滋，戚风膨松芳透。最美巧克力，横空震世俗。聚而尝之，艳羡人间味隽；称其嘉矣，争看明星风流。堪赞色充庭兮最重，滋月田而盈余。

观夫荆璞镂兮纷错，琼肌琢兮娇娆。供玉馔之恬适，慰资深之老饕。糕在唇而日不虚度，杯在手而友不虚邀。可揖别苦海浮沉，可邀入甜乡美好。领得个中滋味，珍惜此时奇妙。原夫坚志壮怀，人生多彩；热情盈胸，风味偏饶！

翻译

跨海越洋连线寻求帮助，终于觅得良方。好像是天上的厨师送来的秘方，让西点业务重新开张，奶油乳花饱满溢出，如春绵迷人双眼，回环的光晕，如秋天的锦色风华拂于心上。赓续明星制造，维护了西点品牌，创造了精致的魔鬼面包，丰富了宝岛饮食风尚。像南风一样温暖，香气馥郁飘浮空中，又像好雨恰当时节，芳脂流淌，令人流涎三尺。

回忆当时，最初的合伙人走的走散的散，产权易主，简锦锥买下后，准备重展旗帜，却发现厨师们都跑了，原来是有人传言明星散伙了，明星要倒了。这时无人可以依靠，只有靠自己果断担当，发挥奇思妙想了。终于想到国际化程度很高的香港，应该有关于面包蛋糕配方的书。于是长途电话，披星戴月，录于纸上。凌晨来到厨房，百遍复习"配方"。待新帮手陆续来店后，忐忑不安，仍然指挥若定。终于三种蛋糕全部试验成功，引得众人惊喜。

又能不断进取，创新频出。皓皓如脂，皎皎似玉的面包、蛋糕就这样排列整齐。瑞士蛋糕、戚风蛋糕、巧克力蛋糕就这样横空出世，惊艳世俗。顾客甚至其他西点店员工纷纷聚集到店里品尝，争相体验明星新产品。品种丰富的面包，琳琅满目，让店面多彩，让顾客肠胃充实，还让人常常念念不忘。

进店就会被缤纷错落有致的美玉金石、妖娆多姿的丰肌花纹所震撼。安慰吃货们的灵魂，恬适宴席间的滋味。正所谓：明星糕点在唇间，日子不会虚度，一杯明星咖啡在手上，对朋友来说就是最好的盛情邀请。因为有此两样，就可以暂时脱离尘世烦恼，进入美好的时空境界。领会其中的真滋味，珍惜此时此刻的美妙时光。这都因缘创始者坚定的意志和宽阔的胸怀，热情始终盈于胸中，创造一番独特的风味。

注解

魔鬼：魔鬼蛋糕，即巧克力蛋糕。

脂流：巧克力主要成分是可可脂。

紫荆：代指香港。

抟：揉弄成一定形状。

戚风：即戚风蛋糕，是一款甜点，属海绵蛋糕类型。

荆璞：楚国荆山的玉璞，后制成和氏璧，用以比喻资质美好。

玉馔：美好的饮食陈设。

老饕：贪吃的人。宋苏轼《老饕赋》："盖聚物之夭美，以养吾之老饕。"

领得个中滋味，珍惜此时奇妙

——《明星巧克力蛋糕赋》小记

巧克力主要原料可可豆产于南、北纬18°以内的狭长地带。巧克力最早被叫作"xocolatl"，意为"苦水"，其饮品与咖啡有相通之处，对人都有提神、增兴奋的作用。试想茶草出于亚域，咖啡本源非土，可可豆产自美洲，皆是人间饮料的极品，各领千秋，之所以都被奉为经典，大概是因为个中"苦"味正是人间之普遍滋味。巧克力之独特处，在于其主要成分——可可脂的熔点与人体的温度接近，所以能更快与人体融合，使得物我无间。正如前些年笔者写过的一篇《巧克力赋》中所说："嗟可脂之平滑，比体温之熔点。使物我之无间，恰若恋之淡澄。灌咽喉以津润，始美物与一体。"

据资料显示，20世纪巧克力早已风靡世界，巧克力蛋糕起源于墨西哥，后流行于西方国家。直到60年代，经过简锦锥摸索尝试，不懈努力，明星咖啡馆终于做出了台湾乃至中国较早的巧克力蛋糕。这并非偶然，而是吉人天相的结果。

巧克力蛋糕历来被人们视为"幸福食品"，而这幸福有别于甜俗的庸福，这是先苦后甜、更长久的幸福。所以"色充庭兮最重，滋月田而盈余"，相比其他蛋糕的纯甜，巧克力蛋糕更厚重。每次来到明星西点店，都感觉其黑色的魔鬼蛋糕更耀眼。

巧克力蛋糕又被称为魔鬼蛋糕。笔者猜想是不是取"只有'魔鬼'才能驱逐'魔鬼'之意"？暗示人生只有刻苦发力才能克服不顺？巧克力蛋糕好似加糖的咖啡，苦中有甜，甜里有苦，如匆匆浮生百年一样，苦与甜始终交替、交融。来到明星，想想简锦锥独自坚守支撑明星延续的那些岁月，想想作家们怀揣梦想埋头笔耕的时光，想想简静惠陪伴教导自闭症儿子的一万多个日夜，就会真正品出明星咖啡和巧克力蛋糕的味道，便能领会人生"含辛茹苦""先苦后甜"的境界和力量。

"糕在唇而日不虚度，杯在手而友不虚邀"，有苦有甜的日子值得度过，而亲朋之间的交往也是一样，能同甘也应能共苦。不做"好好先生"和"乡愿"，美其美必不可少，时不时苦一苦对方使其清醒，也能加深友情。有些人可以与其同甘，却不能共苦，比如明星创始人之一的拉力果夫；有些人能共苦，却不能同甘，比如很多封建王朝开国君臣等。因为在"共苦"的时候，人们能力有限，能忍受一些客观条件，因此会习惯包容。既能分享美好幸福喜悦，又能共同承担辛苦，这样的情谊实在是太少太少，因此弥足珍贵。而这种境地竟然就在一杯加糖的咖啡和巧克力蛋糕里，这也应该暗合了这种难得的心理需求吧。

"领得个中滋味"，便会"珍惜此时美妙"，遂想起了诗人席慕容的《尘缘》："不能像 / 佛陀般静坐于莲花之上 / 我是凡人 / 我的生命就是这滚滚凡尘 / 这人世的一切我都希求 / 快乐啊 / 忧伤啊 / 是我的担子我都想承受……"凡是命运赋予的，无论苦甜，都要承担，无论何时！

文艺之家赋

《礼》曰多文为富，不祈财货之积。吾观明星之灿，岁历七十之稀。敢称大隐，无虑城隍之冲；常聚雅兴，久萃才藻之集。攒藏旧日时光，印刻时代记忆！蓦然回首，追想文苑风流，堪赞几多佳士。

当是山月垂顾，相伴众管齐下；海日照来，相映七彩淋漓。但看健笔飞舞，势如破竹。指腕疾驰，勤如酿蜜。衔枚比勇，方寸耕耘。沙沙春蚕，有心自知。幸有云窗之倚，骑楼之庇，香案之依，静座之思。长佐芬芳之沁，而无强颜之催。

至若心竞香溢，斗转星移。最喜霞绮妍丽，花放枝枝。云蒸展舒，果结累累。当赖吉人惠助，群英守志。而能联翩新词，开现代文学；揖别旧贯，创台岛世纪。笔落落兮五岳摇，诗壮观兮沧海立。蔚然风尚，酣畅人间丘壑；惊天风雷，催绽漫野芳菲。

吾爱其屋，依然无拘无邪；念兹在兹，始终有守有为。长铭遗训，传承域内旧制；永葆青春，恢弘界外新艺。感夫络绎远客，缱绻情致。尽情心性，体津津之至味；经纬锦绣，著缓缓之篇什！既而啜一口咖啡，明满目清思；品一口软糖，增一腔慈慧。则能阅浮华之云云，悟生命之真谛也！

翻译

中国古代经典《礼记》中说："君子不祈愿财货物质的囤积，而以学问之多为富贵。"在我看来，明星咖啡历经七十周年，而今依然璀璨夺目，就是因为相比物质收获，更看重精神、文化的丰富。大隐于闹市之中，并不担心城隍庙会相冲。秉承善意，与文人雅士结交善缘，聚集了多彩的翰墨文章。典藏了旧日的时光，印刻了时代的记忆。七十年回首，真是赞叹佳士众多，文坛风流。

应该是日月星辰的垂顾，赐予众贤以灵感，众管齐下，滔滔不绝，七彩缤纷。健笔舞动，快要飞起来，作者好似衔着铜钱行军打仗的战士一样勇敢，一路酣畅淋漓，势如破竹。指间腕下耕耘不辍，如蜜蜂一样勤劳。又如春蚕食叶沙沙作响，酝酿丝绸锦绣，内心坚定，因为他们都知道自己在做什么。幸运的是，大家写作有大理石桌子当作桌案，累了可以依靠在明星的窗户边小憩，安静的座椅助长文思，安稳的骑楼遮风避雨，长久的咖啡浓郁芬芳沁人心脾，从来没有受到店主或服务生催促。

就这样大家彼此心照不宣，默默努力，任他斗转星移，时光流逝，终于一匹匹锦绣织成，一朵朵繁花绽放，一片片彩云舒展，一颗颗果实自然垂枝。这都是因为群英们能够长期坚守志向，也有赖善良贤士的相助。他们联手肇启台湾现代文学，创造了宝岛文艺新世界，与旧的时代挥手揖别。兴酣之时，落笔可以令五岳摇动，诗成壮观，直接可与沧海并立。引领了风尚潮流，将人间意境发挥极致，漫野一片芳菲，真是惊天地泣鬼神。

我很是喜爱明星咖啡屋，几次登门拜访，都感受其间文艺氛围依然浓厚，这是因为，明星后继者时刻不忘长辈们的教诲，传承旧制，守护根基，同时也有所创新，而能长葆青春活力，特别是第三代李柏毅以淳厚底蕴，拓展了界外文艺，受世人瞩目。亲身感受络绎不绝的各地客人，他们饱含情致，尽情尽兴地品味明星的味道，创作出卓荦不凡的作品。总是想再品一杯咖啡，让满目清爽，思路更清晰。再尝一方软糖，增加胸中温心慧念。让浮华如云烟而过，体悟生命的真正意义。

注解

云窗：云雾缭绕的窗户，借指深山中僧道或隐者的居室。

笔摇五岳：化用唐代诗人李白《江上吟》"兴酣落笔摇五岳，诗成笑傲凌沧海"。

丘壑：比喻深远的意境。宋黄庭坚《题子瞻枯木诗》："胸中元自有丘壑，故作老木蟠风霜。"

念兹在兹：语出《尚书·大禹谟》"帝念哉！念兹在兹，释兹在兹"，指对某人或某事牢记在心，念念不忘。

攒藏旧日时光，印刻时代记忆
——《文艺之家赋》小记

阅览咖啡发展史，就会发现咖啡总是与文艺有着千丝万缕的联系。在西方国家，咖啡文艺最繁盛的地方是法国巴黎，据《左手咖啡，右手世界》一书介绍，1689年，意大利移民弗朗索瓦·普罗科普在法兰西喜剧院正对面开了一家名叫"普罗科普"的咖啡馆，咖啡从此在法国生根发芽。不久，法国的演员、小说家、剧作家和音乐家便经常不约而同地来到这里喝咖啡，聊文学。而到了18、19世纪，到达顶峰，这家咖啡馆吸引了包括伏尔泰、卢梭、狄德罗、巴尔扎克以及本杰明·富兰克林等众多名流前往。

为何咖啡与文艺结合得如此密切？巴尔扎克如是说："喝了咖啡以后，浑身的细胞都被激活，思如泉涌，就像一支庞大军队中的士兵纷纷冲向自己的神圣战场，随后激战爆发，各种回忆不断闪现，就像战场上的彩旗高挂；各种比喻等修辞就像部署整齐的装甲兵一样华丽地飞驰。"文艺创作需要激情和想象，而咖啡的主要成分咖啡因有强烈的苦味能刺激中枢神经系统等，对于激发创作灵感很有作用。同为世界三大饮品之一的茶和可可，则与文学的关系相对不那么紧密。因为，茶自然清新，有的多是提神效果，而可可柔软丝滑主要有赋能、温暖人身作用。还有一种始终与文艺伴随的饮品——酒，如"李白斗酒诗百篇""曲水流觞兰亭序""张旭三杯草圣传"等，然很少有听说某家酒馆因诗人书家集中创作而闻名。而因文学负有盛名的咖啡馆则难以计数，比如巴塞罗那"四只猫"咖啡馆、圣彼得堡的文学咖啡馆、阿尔勒的夜间咖啡馆、爱丁堡大象咖啡馆，等等。台北明星咖啡馆是中国台湾乃至世界华语地区较有故事的咖啡馆，而这一切都因缘明星咖啡创始人简锦锥的文艺情怀。

对知识的渴求，对文化的热爱，是简锦锥自少小时就有的意识。据《明星咖啡馆》一书介绍，在日军占领台湾的最后几年，战情吃紧，日常生活配给越来越少，简锦锥的许多同学连日旷课去种地，日本老师就要少年简锦锥到这些同学家去督促他们按时上课，有位家长却说："命都可能顾不了了，还读什么书呢？"简锦锥却认为，大自然资源从未断过，山河湖海里的鱼虾野菜到处都有，只要愿意一定找得到，但是读书的机会却不同，失去也许就永远没有了。即使学校迁移到庙里上课（防轰炸），他也备加珍惜，争分夺秒地学习。这就可以理解为何简锦锥能够终生礼遇文艺人士。

"没钱的时候，就点一杯咖啡坐到底，饿了就到店外用餐，东西就放在桌子上，而简先生对我这样的状况，从来不干涉，也不赶人。这在现在是不可能的，更不用说，他还特别交代店里员工阿昆、阿成不要打扰我。"——乡土文学巨擘黄春明在《明星咖啡馆》推荐序中写道。作家季季也认为明星最珍贵的特质是"从来没有人赶过她"，她说："对一个在台北没有书桌、收音机和音响的乡下女孩来说，在明星写稿的感觉真是奢侈而又幸福。一个人守着一张桌子，自由自在想象，无拘无束描摹，在纸上呢喃的无非是青春的感伤，对人世爱恨的质疑，或者年轻浪漫的梦想。每次写完一篇小说走下三楼，心里总是又快乐，又满足，而且依依不舍。"而简锦锥对于举目无亲的孤独国国王——周梦蝶老先生则给予了更多的帮扶和照顾，他交代店员优惠供给西点、协调书籍存放、说服茶庄老板提供住宿等，无不体现简老板的热心和度量。

不仅仅是一张桌子，一把椅子，一杯咖啡，简锦锥提供给文艺家们的更是一段轻松无压力的温馨时光。那些年，作家们伏案默默耕耘的画面，让人易想起宋代欧阳修诗中所描述的礼部贡院进士考试的情景："紫殿焚香暖吹轻，广庭清晓席群英。无哗战士衔枚勇，下笔春蚕食叶声。……"室内飘着明星咖啡香，窗外烧着城隍炉香，时光静静地流淌，从各地赶来的贤士英杰们埋头苦战，简锦锥就像欧阳修一样默默远观守候着……主客们都可能没有想到，台湾文学史正虚席静静等待着他们的落户。

在简锦锥的呵护下，中国台湾现代文坛取得了怎样的成果？这个作家写作的"窝"到底孵化出多少成果呢？白先勇在《明星咖啡馆》一文中说："台湾六十年代的现代诗、现代小说，矗着明星咖啡的浓香，就那样，一朵朵地静静地萌芽、开花。"而舞蹈家、小说家林怀民则说："明星是上世纪六七十年代台湾文学的摇篮，有如巴黎河左岸的 CAFE，这本书像镜子，映照了历史、文学与政治。"两位先生的文学语言描述稍有夸张，但也经得起推敲。中国台湾现代文学早期发展以诗歌和小说为主流，以杂志和文学社为前沿阵地。一般认为，1956 年是中国台湾现代主义开始的一年，这年纪弦宣布成立"现代派"，夏济安创办《文学杂志》。现代主义标明了一种不同于以往任何时期的文学精神气质，或"现代的感受性"，是象征主义、未来主义、意象主义、表现主义、意识流、超现实主义等诸种流派的总称。然而直到 60 年代后，现代主义才成长、壮大，成为中国台湾文坛的主流。这一时期，作家们正群体入驻明星伴着咖啡浓香，埋头创作。"《创世纪》常在明星校稿，《文学季刊》常在明星开会。"白先勇记得最清楚。这个时期的文学活动大多是同仁式的，一群文友，一本杂志，大家就这样乐此不疲地做了下去。其中白先勇和台大同学们创办的《现代文学》，得到中国台湾地区和美国华语文学界前辈们的关注和指导，兼容并包，成为中国台湾现代文学开疆拓土的最前沿阵地。

"茶在沉思／咖啡在默想／文学在高谈／艺术在阔论／时间在笔下奔驰／空间

在稿纸上展开……"，20世纪80年代，诗人罗门这样描述当时的情景。

不止于文学，艺术之花也在这里尽情绽放。2006年林怀民获国际表演艺术协会颁发的"卓越艺术家奖"，回到中国台湾之后，在明星举办感恩茶会。"没有明星，即使后来有云门舞集，也不会是现在的模样。"林怀民说。从一开始，明星咖啡就弥漫着艺术风情，其中一个原因就是明星创始人之一、俄人艺术家帕索斯基的油画为明星增色不少，还有影视等领域的文艺家们也经常出入明星。据简锦锥回忆，20世纪60—70年代明星二楼咖啡厅常被借作电视剧或电影场景，当时当红的林凤娇、陈秋霞等影星到店里拍过戏；钟镇涛和沈雁主演爱情喜剧片《俏如彩蝶飞飞飞》中，钟镇涛学习日文的咖啡厅就是明星。明星重新开张后，有更多的影视剧在此取景，影视明星出入就更频繁了。如带女儿来用餐的小S和赖声川、桂纶镁、陈绮贞、田馥甄、吴念真、五月天、于美人、孙越、陶大伟等，陈怡蓉、黄腾浩主演的《光阴的故事》，蓝正龙、安心亚主演的电视剧《妹妹》，大爱电视台推出的《指间的温暖》等，都是利用六七点或夜间打烊后，在店内取景拍摄的。

明星们愿意入驻明星，是被简锦锥用爱心营造的氛围所感动。正如杨进添赞扬说："我们应该怀念那段时间创业的辛苦，明星咖啡馆是台湾动荡年代，文学艺术家聚会的地方，也涌现出许多文学作品，是台湾文学永远、最重要的地标，给整个社会营造出慰藉人心的人文气氛。"

而现在，有了明星第三代、著名界外画家李柏毅的坐镇，和无数岛内外文艺家的慕名造访，源源不断的艺术生命力正在注入明星咖啡馆。

笔者曾几次造访明星咖啡馆，亦受到明星第二代简静惠女士和第三代李柏毅的礼遇，深感这份精神已经传承下来。每当提到明星，笔者总是想起《礼记·儒行》中圣人所言："儒有不宝金玉，而忠信以为宝；不祈土地，立义以为土地；不祈多积，多文以为富。"回想简锦锥每每交代不要打扰点一杯咖啡在别店用餐的作家，店员总是无趣地碎碎两句说："算了！反正不是我赔钱。"可以看出，相比金钱和物质的囤积，简锦锥更痴爱文化、学识、辞章、艺术。所以简锦锥不去祈愿发大财、多积累，而宁愿亏一些，也要多给艺文者提供便利。

按照《礼记》中的标准，他是可以被称作儒士的。

在这里，人们可以"尽情心性，体津津之至味；经纬锦绣，著缓缓之篇什"，明星咖啡馆无愧于"文艺之家"的称号！

周梦蝶书摊赋

安兹闹市，倚彼书香。骑楼之下，独国之王。唯风怀之澄澈，入大境之徜徉。逍遥而化蝶，心游太古之春；恍惚而梦周，体认罗浮之旷。敞开卷里乾坤，照应明星；静度壶中岁月，遁入仙乡。渺渺兮！尘寰扰扰浑然忘！

观夫书存一地，味厚怀清。疏疏密密，整整零零。志乐缥缃，想文围之日永；神怡翰墨，思人眷之月升。素挹清芬，绝奇货之据；独深遐想，结读者之共。更以天下公器，继绝于鲁壁；人间孤志，传钵于北僧。

至若插架连墙，饕风饮露。滞销则饥肠，困倦而闭目。九十春秋，一梦倏忽。时而邀来彩蝶，顿乃幻入华胥。亦有梦鸟祥瑞，此际委形脱骨。逍遥焉，三万浮云兮，与我何有；蹁跹焉，一心秋水兮，与世何求。

唯其心之所守，故能携书而大隐。长披卷而忘尘虑，开深境而见古人。芸香馥郁，聚族结邻。不祈为富，营艺圃之风清；对接善缘，暖咖啡之友邻。可能雪中取火，铸火为雪？微斯人与明星者欤？！

翻译

周梦蝶先生在闹市安静地读书、卖书，与书香相伴相依。在骑楼之下，做孤独国之王。因为内心清澈，所以能够在很高的境界里徜徉。漫游而心化成蝶，逍遥于最美好的春天，还与庄周交谈，一起谈论至高境界。时而回到了凡尘，摊开书本，与明星咖啡相互照应；时而在自己的小世界里，暂时离世独立，遁入理想的境域，把尘世烦恼都忘掉。

世人路过武昌街，看到简易的书摊，却能感受到非常的文化风味和卖书人的清高。摆出的书籍有时多、有时少。有整捆的，也有零散的孤本。先生志向乐于读书、写诗、写字，身边总是围着很多文艺青年，往往不知不觉日落月升。从书中汲取营养，深深思考，虽然仍然很瘦弱，但是绝不以书为奇货而占据去赚取高额差价，总是期望好书与读者共享。因为他始终认为，书乃天下公器，不能占为己有。在当时禁令流行的时期，保存了不少有价值的禁书，传播了宝贵的精神。

有时在骑楼的墙上搭起架子，摆上书，然后就坐在风里，书籍滞销就不按时吃饭，困了就闭目养神。活了九十多岁，在明星咖啡门口摆了二十多年的书摊，现在想想真是人世匆匆如梦。周先生却早已如庄周一样，在无限的时空中遨游。一身轻松，自由自在，是因为他看淡了名利，对尘事已无所求。

周梦蝶先生有所坚守，所以能携书大隐于世。长久地读书而忘记俗虑，开拓了诗歌和人生的新境界。在满满的书香里，聚集人气，结缘善邻。从不期望富贵，只是营造清新的家园，而时常飘来咖啡的香气也温暖了这个家园。如果将孤独国比喻是雪，那么明星就是火，火与雪就这样你中有我我中有你。明星的创始人和周先生一样都是有坚守的人。他们就这样默契共存，保持高谊。

注解

化蝶：引用庄子做梦化为蝴蝶的故事。典出《庄子·齐物论》，后常比喻为睡梦。

罗浮：罗浮是道教名山，后被引喻为神仙之境。

鲁壁：相传孔子九代孙为躲避秦始皇焚书坑儒，将孔子诗书藏在故宅夹壁中，得以保存。后人修此垛以作纪念，取名鲁壁。

北僧：化用典故《南史·萧思话传（附萧琛）》中"始琛为宣城太守，有北僧南渡，唯赍一葫芦，中有《汉书》序传。僧云：'三辅旧老相传，以为班固真本。'琛固求得之"。

华胥：理想的国度，也指梦境。

雪中取火：化用周梦蝶《菩提树下》中诗句"谁能于雪中取火，且铸火为雪？"。古典文学专家、加拿大皇家学会院士叶嘉莹认为，周梦蝶的诗，达到了一种自"雪中取火，且铸火为雪"的境界。如果说，周先生是雪，那么明星就是火，火与雪就这样交融一起相互照应。

一心秋水兮，与世何求
——《周梦蝶书摊赋》小记

明星咖啡馆之所以能成为台北永久文艺地标，与大诗人周梦蝶摆摊卖书有很大关系。重庆南路一带因临近火车站和众多政府机关，成为多数出版社落脚处，书店随之聚集。周先生之所以到骑楼下摆摊应该有以下原因：首先是出版行业聚集此地段，文化氛围浓厚；二是骑楼冲着城隍庙，一般人不愿在斯处摆摊，相对清净；三是店面老板宽容大度，能够安心摆摊读书。这三点要素应该是缺一不可的。特别是简锦锥夫妇性格随和、与人为善，让周老先生不会感到拘束。周梦蝶一直记得，在明星摆摊的第一个晚上，简太太黄碧霞就端了一盘蛋炒饭给他，希望结交善缘。他终生难忘这一饭之恩，假使赠予者以傲慢态度施舍"嗟来之食"，那么周先生早就拒之千里之外，迁徙摊点了。毕竟自从军队退役摆摊以来，"逐水草而居"已成习惯。而在这里，一驻却是二十年。可以想象，明星老板是能够设身处地为他人着想的。中国传统读书人的颜面、尊严重于一切，简锦锥夫妇尊重摊主的人格，钦佩他的风骨，说话做事掌握分寸。总是在对方最需要的时候伸出援手，恰到好处，比如提出帮助寄存书籍、协调晚上休息场所、嘱咐店员对先生优惠供给西点等等，周梦蝶始终心存感念。

据简锦锥讲述，周梦蝶稳定驻地后，慕名而来拜访的人越来越多。有学生、军人、作家，每隔一两天就有人请他喝咖啡谈论文学，甚至后来固定为每周三晚上七点到九点半聚会。大家围着他，他多不说话，直到最后才写在纸上。俊秀的瘦金体书法，总是引得大家争抢。据《鸟道》一书中介绍，有时周梦蝶也会在座上抄写古典诗词。简锦锥有次问他为何不爱说话，原来周梦蝶不愿多言谈，总怕说错话。所以他给人的印象是：翰墨挥洒比口舌耕耘还要多。

书摊的生意如此维持了二十一年，周三的聚会也持续了十多年。终于有一天，不幸发生了，周梦蝶昏倒，被送进去荣总医院。这次胃病复发格外严重，经历开刀手术住院，从此结束了摆摊卖书生涯。

据媒体报道和作家们回忆，周梦蝶卖书，有几个特点：一是收书尽量给人高价，卖书时对于价格不苟求。二是不卖通俗杂志和武侠小说，只卖诗集诗刊和不畅销的纯文学杂志，如《现代文学》等，甚至还卖来自大陆的禁书，如鲁迅、巴金等大陆作家的作品。在那个严查出版品的时代，这位"地下文学院院长"为台湾保留了大量的宝贵典籍。这让我想起了南朝时一个典故，一位北僧南渡，将《〈汉书〉序传》真本交给太守萧琛，典籍得以传播。在中国，好像僧人、道士、传教士等方外人士总能为保留文明的火种做出贡献。周梦蝶是1962年开始在街头礼佛习禅的，是名副其实的"诗坛苦行僧"，宝岛台湾相对于中原也算是南方了，真可谓当代版的"北僧南渡"。

周梦蝶有次接受《外滩画报》记者叶国威采访时说："书是天下公器。"他不但不会将好书据为己有，看到一本好书，见朋友都推荐，常常多买几本送人。再加上他深悟"成住坏空"，所以从不刻意收藏东西，满架的图书，有几本自己的诗集，有朋友晚辈签送的书，其他的不是佛经就是古典诗文集，有的是他买来随缘送人的书。正如谢灵运在名篇《山居赋》中所说"夫道可重，故物为轻"，内心安详庄重的人，怎么会想着把外物据为己有呢？想想周老先生，我们甚是汗颜。

"让风雪归我，孤寂归我"，这位"孤独国国王""今之颜回"，早已成为台北艺文风景、文坛传奇。明星咖啡馆见证、照应了这"雪中取火，铸火为雪"的传奇过程。2014年5月29日，在明星两代人合著的《爱在当下》新书发布会上，简静惠女士深切地表达了对已故诗人周梦蝶的思念，她说："虽然先生没有办法来，但是他的精神永远与我们同在。"是啊，"三万浮云兮，与我何有；一心秋水兮，与世何求"，先生两袖清风、一身道骨的境界，我们难以企及，先生的精神永远与我们同在！

黄春明育儿桌赋

文本难成，家不易顾。黄公心裁，襁褓儿负。千秋韵事，知己相逢于同时；一代疏狂，高谊契合于心腹。自是臂助一膀，业展相扶；也曾话到三更，言真尽吐。辞章世代，何幸父子齐同；情意长年，美哉主客互补！

想夫伏案衔枚勇，上阵父子兵。难得内贤之谅，力助外子之成。恐卿思子意马，怕我念君心鹰。骨架栋梁，佳士深耘乡土；筋联指掌，举家安驻明星。云路非遥，只需按辔境进；妻儿不远，且待握笔华呈。

赞其羞逐风尘竞爽，最爱泥土芬芳。深扎根底，抒发美丽乡愁；悲悯大众，拥抱传统倾向。展演现实面貌，瞻依灵魂故乡。常有妙思之绽放，长伴咖啡之清香。乃有此明照彼明璀璨，魁星映文星煌煌！

至于事业停歇，桌椅惠贻。非物之贵，贵人之贻。既而兰馆重开，竹贤毕至。品翰墨之余妍，忆往事之流美。想昔日逸兴遄飞，合贵洛阳之纸；看斯时华藻家传，斯文蔚然之起。堪叹！人间又逢十年庆，裳裳者华左右宜。

翻译

好的文章很难写成，家庭也是很难兼顾。黄春明先生，别出心裁，将还在襁褓中的儿子带到咖啡馆。知己相逢于同一时代，真是可以传播千秋的美事啊。心气高傲的大作家，却能与简锦锥契合情义。自然是馆长相助一臂之力，恰到好处。他们无话不说，言谈都是真心实意。黄家父子齐上阵，文章世业得到了传承，咖啡馆里的主客互补、照应，培养了长年的情谊。

想想当年黄春明奋笔疾书，儿子就在旁边喝奶、睡觉。真是很难得他有这样贤惠的妻子。为了避免先生思念幼儿而分散精神，而带着孩子陪伴先生写作，助成了先生的事业。令人感动，亲情骨肉相连，举"家"安驻到了咖啡馆。作为家里的顶梁柱，黄春明认定了文章事业，深深耕耘在乡土文学领域。至亲的人都在身边，美好的前景不再遥远，只需按部就班，努力写作，等待花开果熟。

赞叹黄先生不随风逐流，最爱乡间田野的味道。深深扎根乡土，抒发最美的乡愁，悲悯劳苦大众，拥抱民间传统。依恋故乡灵魂，将现实展演得活灵活现。每每有奇思妙想，都伴着咖啡的清香而怒放。春明之"明"与明星之"明"相互照耀更璀璨，乡土文学之魁星与台北之文星相互辉映更灿烂。

明星咖啡因热客长期占据而要歇业的时候，简老板就赠给黄春明先生一套桌椅。物品本身不贵重，因知己贵人相赠显得弥足珍贵。待到20世纪初，明星咖啡馆重新开张，群贤毕至，高朋满座。大家回忆往事，品味馨香，想想当年文艺家们思绪纷飞，文章一出，人们争相传阅，好像当年的左思创作《三都赋》那样，令当地的纸张都价格高涨。现在，黄春明先生的儿子们也都以文章、文化事业闻名于世，适逢明星咖啡馆又一个十周年庆典，让人感叹，文学美丽的华章总是能世代相宜。

注解

襁褓：背负婴儿用的宽带和包裹婴儿的被子，后亦指婴儿包。

衔枚：古代军队秘密行动时，让兵士口中横衔着枚（像筷子的东西），防止说话，以免敌人发觉。

贵人之贻：取意于《诗经·国风·静女》"自牧归荑，洵美且异。匪女之为美，美人之贻"。

洛阳之纸：比喻著作广泛流传，风行一时。源于晋代左思《三都赋》写成后，豪贵人家竞相抄写，抄写的人很多，洛阳的纸都因此涨价了。

裳裳者华：取意于《诗经·小雅·裳裳者华》"左之左之，君子宜之。右之右之，君子有之"。

何幸父子齐同，美哉主客互补

——《黄春明育儿桌赋》小记

简锦锥说，他最熟悉的作家就是黄春明。黄春明义薄云天，古道热肠，为人爽朗，年轻时特别有个性，总是显得与周围格格不入，但是来到明星咖啡馆，却能与简锦锥意气相投，成为无话不谈的好朋友。甚至，他把刚出生不久的孩子也带到咖啡馆喂奶、换尿布，儿子小国珍因此被称为"明星之子"。黄春明就这样经常在明星一边照顾儿子黄国珍一边写作，因无后顾之忧、思家之念，写作效率非常高，完成了《儿子的大玩偶》《看海的日子》等有分量的作品。

简锦锥和黄春明这对明星主客之所以关系这么好，除了意气相投外，还因两人互助相扶。有一次，黄春明发现艾斯尼倒在厕所里，急忙去喊简锦锥，然后帮助一起将艾斯尼送上救护车。黄春明把明星当成自己的家了，和领班、服务生都熟识，有时甚至自己接开水喝。作为"家人"，他们的回报和付出是并行的。他们在咖啡馆相互照应，直到1989年，明星歇业。关门前一天，许多作家都来了，黄春明坐到最晚，与馆长天南地北聊天，临别前，怅然若失地向简锦锥倾诉：没有明星的桌椅，自己写不出稿子。锦锥心领神会，在后来搬桌椅那天，送给春明一张圆桌，四张椅子，和一组咖啡杯。春明十分感动，终生难忘……

可以说，是明星宽松融洽的环境，成就了黄春明的文学事业。本来对于作家来说"文本难成，家不易顾"，从古到今人们事业与家庭都是难两全，因事业而顾不得妻儿的数不胜数。古有赶考的举子"千里求功名，十年返家乡"，错过孩子成长，就连诗圣杜甫也总是"遥怜小儿女"，徒然畅想"何时倚虚幌，双照泪痕干"，忧虑何时能与妻、子团聚；直到现在经济高度发达的现代，人们仍然难以顾全事业、家庭。"红袖添香好读书""反覆叮咛课子笺"，一直都是宝贵的奢侈。

然而，对常人难以实现的事，黄春明在明星轻松地实现了。困倦时，佳妻添奉一杯咖啡之香；思子时，可以陪伴儿郎玩耍……心里知道他们就在不远处，一想到此，便安心创作了。即使明星歇业，黄春明仍然可以安心，因为他获赠一套平常伏案创作用的明星桌椅和咖啡杯。一样的情景，转移到家中，妻儿仍在身旁。正是"非物之贵，贵人之贴"，多么难得的知己之情啊。

自古人们常恨：知己不能同时。李太白仰慕张子房，终不能同随而游；苏东坡和遍陶潜诗，却不得同登南山。知己因稀少而宝贵，黄春明和简锦锥这对知己幸运相逢于同一时代，主客互补，他们的交往也早已被传为美谈。

为李柏毅画赋

勾绘三界之外，不拘五行之中。当钦至人之粹，默运先天之灵。更有朗月之照颜，丽日之置顶。乃能韵别古今，意创精诚，欣见墨花栩栩，以无用而有大用也。

赞其一腔生香活色，满纸错彩镂金。形与形兮相凝，色与色兮相亲。明媚上下，冲融表里，奇光熠熠，异彩氤氲。或缤纷虹卧，或璀璨霞铺，或辉分玉宇，或色丽云锦。长置身于图像之府，每泼秾艳之常新。

观夫疏密细粗，寸心珍重；翠碧萧森，至意微渊。自然之流动，参差而展演。泄天地之灵秘，祛世俗之滓染。编织龙蛇络绎，网罗天丝连绵。桂植于善地，花灿于爱田。星儿画唯出己，艺不让于常人，本源于锦绣满心间。

至于才华润业，意象经营。万物芸芸，心境未雕未琢；心则似水，腕下有赋有兴。因心作则，如镜照影。智舍敞其光华，性府豁以光明。即时所触，信手而鲜妍毕呈。无亏于昭质，森罗万象而呈能。

叹夫物欲横流，气窘物蔽。浮世逐混，谁铸大美。既恍恍而无羁，又光舒而品逸。摆脱于框架，展演以立体。貌不离神，皎然天之星；藻采遄飞，固然艺之奇。慧炬长暖大千，彩虹映衬宇宙，涵万境于毅象之无边也！

翻译

勾勒描绘出平常之外的境界，不拘泥于一般的表现手法。真是佩服内心纯净的李柏毅先生，他默默运筹上天赋予的性灵。幸有朗月照颜，白日置顶，更让他专心画画。于是意象运用发自真实的内心，神韵有别于他人，让人欣然看到彩墨栩栩如生，在他的作品中照见了自己，净化了心灵，这正是艺术无用而有大用的原因。

很赞赏他一腔活泼泼的色彩，喷薄出满纸的缤纷。形色表现得十分热烈，凝结在一起，彼此形成整体。春光明媚，表里充溢弥漫，熠熠生辉。有些部分好像彩虹卧于天空，有些如朝霞铺展，有些如光辉玉宇，有些如绮丽锦绣。李柏毅沉浸于图像的府苑之中，总是能将色彩泼洒得酣畅淋漓。

欣赏那疏密粗细的线条，每一寸都发自内心，很让人珍重。颜色浓郁如咖啡之香，极致的意象微妙渊博。自然流动的空间，参差多态。祛除了世俗的污染，仿佛泄露了上天的机密。编制出络绎景象，网络连绵的丝绸锦绣。慧根植于为善之地，开花结果于大爱的福田。来自星星的人只是尽情表达自己，艺术魄力不减于平常人。

他的才华润色美家，经营未曾雕琢的心境，展现的都是自然的万物。上善若水不用力，腕下有直接体物写志，也有兴发感动。画作的明净好像镜子一样，让观者照见自己。性灵的精舍、神府敞开豁朗，光明透彻。永远无亏于昭昭本质，总是充满了正能量。

感慨物欲横流的世界，将事物的本质都屏蔽，让人喘不过来气。在时代的大潮里，谁能够坚持独立，铸就大美。既洒脱而不受拘束，又能光彩舒放，品格高逸。摆脱预设的框架，展演多层立体的艺术。形貌总不离神，采藻飞舞，这是艺术之奇观。让人喜悦的彩虹色，如火炬一般长燃，如明星一样永灿，温暖世道人心，那么真算是功德无量了。

注解

三界之外：三界是佛学之用语，指众生所居之欲界、色界、无色界。在文中喻指既不受条条框框的限制，也没有经验主义、技巧主义的束缚，只是注重艺术家内心世界的表达的一种艺术，即界外艺术。

错彩镂金：形容雕绘精巧华丽。

冲融：充溢弥漫貌。

傥傥：洒脱而不受拘束的样子。

勾绘三界之外，不拘五行之中
——《为李柏毅画赋》小记

罗杰·卡迪纳尔在1972年所著《界外艺术》（*Outsider Art*）一书中提出"界外艺术"的概念，指有别于主流的艺术作品。界外艺术家通常没通过系统训练，只是毫无目的、纯粹地表达自己。而"来自星星的人"，沉浸在自己的世界里，无功利、无心机，创作的也多是"界外艺术"。

明星第三代李柏毅在一岁多被诊断患有自闭症，母亲简静惠丝毫不气馁，为了儿子的成长，遍访美国名师，终于感化自闭症儿童教育专家芭芭拉老师，因此柏毅被发现有与生俱来的绘画天分，而后在加州州立大学参加鉴定，当场创作，鉴定结果为"天才画家"。据简静惠介绍，往后的十年，她每周都带着李柏毅参加素描、写生、油画、花艺等课程，接受不同艺术风格的熏陶；陪他观看无数画展、购买无数画册，而每次回去后，柏毅总是能将这些名家画册逐字读完。柏毅虽然不能表达，却有接收的能力。加上经常旅行，日积月累，储存于脑海中的素材愈来愈多，经过自己的小宇宙融会发酵，终于酝酿喷薄出非凡的作品。

柏毅用色大胆，浓郁强烈，如咖啡的芬芳。这让笔者想起法国著名画家、野兽派创始人亨利·马蒂斯——这个派别，画风强烈，用色鲜艳，放弃传统的远近比例和明暗法，具有强大的震撼力。马蒂斯通过主观的色彩而不是光和影来描绘物象，把色彩用作感情的表达，而不是对自然的抄袭。柏毅的画也是这样，自由奔放，"无法无天"，完全是本能的抒写，令人赞叹。

正如台北当代艺术馆执行总监对李柏毅画作的评价："呈现一种植根于个体生活和自然初心的艺术视野""有别于世俗或世故的价值观点""为世界注入美感及和平意象""为普世人类的痛苦带来纾解和快乐的力量"……这大概就是柏

毅画的价值所在。只有放空自己，内心足够虚静的人，才能真正入得了柏毅画的世界。

《台北明星咖啡赋传》后记

近年来因参加海峡两岸交流活动，笔者频繁来到台北。几乎每次到台北都要到明星咖啡馆喝咖啡品甜点，虽然来去匆匆，却能深深感受明星人对文艺发自心底的敬重和热爱。

"与一杯咖啡相遇，需要历经漫长的岁月，等待无数个历史偶然变成历史必然，我们手中握着的，俨然已经不只是一杯咖啡"，正如美国作家马克·彭德格拉斯特所说，笔者与明星咖啡的相遇等待了很多偶然。从最早开始说起，2014—2016 年，笔者参加河南开封清明上河园端午诗会、巩义杜甫国际诗歌节等活动，有幸结识当代著名诗人郑愁予老师。郑老师现代诗享誉国际，他古典文学修养亦很是深厚，近年来诗作更显古香古色。郑老师对笔者所作诗赋颇为垂爱，我们从相识到熟悉，成为忘年之交。有一次聊天，郑老师向笔者推荐徐州同乡、著名作家、台湾政治大学尉天聪教授，他说尉教授正在写"台湾文学史"。本来笔者就对中国台湾文学十分感兴趣，于是立刻从网上购买大陆版的《回首我们这个时代》，仔细研读，知晓了中国台湾文坛众多知名人物的往事，还多次读到明星咖啡馆，从此心向往之。

2017 年端午节，受多家单位邀请，郑愁予老师来徐州讲学，笔者受委托前往中国台湾中部东海大学全程陪同郑老师和余师母，这是笔者首次横渡台湾海峡。这次行程安排紧凑，未能造访明星咖啡馆（后来很后悔，如果当时前往很有可能会见到简锦锥先生）。虽然未登门，却已近在咫尺了。终于在当年中秋，笔者约请诗人管管先生，从新店一起来到明星喝咖啡；先生平易近人，甘愿给后生当一回"解说员"，介绍明星历史和往事，令人受宠若惊。坐下不久，明星二代掌门人简静惠（后来得知她是专门从美国返台帮助父亲经营咖啡馆）走到桌前，热情地招呼我们。原来是服务生认出了管管老师并汇报给简静惠。见到简静惠，笔者很激动（简锦锥先生因病休养没有在馆中，于翌年2月去世，终缘悭一面）。临别，简静惠赠送了我们《明星咖啡馆》一书和丰饶的西点美食。沾了管管老师的光，有机会可以系统读到明星的故事，自然激动不已。于是笔者迫不及待，回到东海大学的当晚即挑灯披卷，深深沉浸在陈年往事中：仙风道骨的周老先生在书摊前专注读书、一群文友相互切磋默默耕耘、六个俄罗斯人与一个台北小伙商议经营事项……一幕幕场景浮现在眼前，一个晚上翻过了台北武昌街六十八年的时光。

回大陆后，笔者将俄罗斯软糖、核桃糕等西点以及明星的故事与家人分享，两岁半的儿子对这些美食爱不释手。全家都称赞明星西点的美味和明星的人情味，希望有机会能亲自前往海峡对岸体验。2018年清明期间，笔者再受徐州诗歌图书馆等单位委托前往台北参加诗人洛夫先生告别仪式。于4月8日，应约来到明星咖啡馆，向简静惠赠送我们为明星咖啡馆创办七十周年而设计制作的《明星咖啡七十周年赋》竹简，第一次见到了知名画家、明星第三代李柏毅。李柏毅看起来与常人并无明显不同。他很有礼貌地打招呼，并向我赠送了他与母亲合著的《爱在当下》一书以及精美的《毅象无边》个展画册。还用中文在两本书上写了"人生就是爱"的赠语。在此前一年我有读过《明星咖啡馆》，知道简静惠有个患有自闭症的儿子，没想到能见到李柏毅本人。待回大陆读完《爱在当下》后，才知道这对母子经历了多少艰辛和努力，才创造如此多的奇迹，延续了明星的传奇。这次会面的三日后，参加完洛夫先生告别仪式，明星林经理开车接笔者来到咖啡馆录制明星咖啡七十周年庆典纪录片，而导演竟是金马奖获得者林正盛先生。就在4月10日，创世纪"三巨头"之一的张默、《现代文学》创始人之一陈若曦、《创世纪》诗刊现任主编辛牧等世界华语文学巨匠方参与录制完毕，笔者有幸参与纪录片的录制，真是感谢简静惠馆长不拘一格盛情邀请。只是自己从小不善临场说话，所以个人感觉说得并不流畅，愧对信任，希望没有影响到纪录片的整体效果。

回徐后，因整理著作，张罗出版事宜，一整年都没有再赴台湾。2019年初，笔者两部诗赋集《汉源辞赋》《裳裳者华》先后出版，其中《裳裳者华》收录了为明星创作的赋文。两部著作先后快递寄送到台北武昌街，简静惠收到《汉源辞赋》后，很是高兴，并将之放置玻璃柜中，与余光中、尉天聪等大师著作一起向顾客展示。简静惠问是否可以帮助重新整理编辑《明星咖啡馆》并寻找出版社在大陆出版，回想明星几代人对文艺人士的礼遇和厚待，哪有不答应的道理！若能为明星贡献微薄之力是莫大荣幸。于是欣然应允，同时也很忐忑。个人习惯诗赋写作，很少创作白话散文，真是担心会不会把事情搞砸。

从2月开始，搜罗书籍和资料，着手构思写作。开始拟以《明星咖啡七十周年赋》中的句子为标题，整理编写明星咖啡史。随着阅读的深入，资料的丰富，编写几篇过后，感觉一篇赋文的含量并不能较为完整地囊括明星的历史和文化。于是调整提纲，将全书分为温情篇、饮食篇、文艺篇、经营篇四个部分，每部分由数篇赋文组成，每篇赋文附有翻译、注释及后记详解（每篇的后记融会往事，引用多方媒体、作家关于明星的记录与评价），力求清新易懂，期以搭配丰富的台北老照片以及明星第三代、知名画家李柏毅先生画作。

为何用辞赋来书写明星咖啡史？历览古代文学史，辞赋促进了中国文学的觉醒，骈文因此而兴起，表、书、制等所有的应用文体莫不从中汲取营养，此外，辞赋还是小说、戏剧的鼻祖，极大地影响了诗词曲的发展和风格演变，辞赋不愧其"古典文学之桂冠"的称号。古文辞赋因简洁凝练，厚重典雅，铿锵有韵，声情并茂，通过散点透视，给读者留下更多诗意、想象的空间。还有很重要的原因是，近年来有幸结识的两岸文学大家古典文学根底都很深厚，比如余光中、郑愁予、张晓风等前辈。特别是余光中老师，两次相约到他高雄家中做客，一同饮酒论诗赋，余老师对拙作亦颇有错爱，对中华辞赋在当今社会的发展也持有信心。他说，赋不同于一般文体，在古代常作为纯文学用，看起来无用，却无所不用。前辈们的鼓励，让笔者坚信：古文辞赋的生命力还很强大，与现代文能够相互补充。况且之前已有很多作家或撰文或出书，讲述与明星的故事，关于明星的现代文章已不计其数，容易产生审美疲劳。这也是笔者一点小小的矜持，尽量不重复他人。

"明星"名称是从其俄文店名"ASTORIA"而来，"ASTORIA"是俄语"宇宙"之意。巧合的是，汉朝赋圣司马相如，也曾说："赋家之心，苞括宇宙，总览人物。"今天笔者有幸能为明星而赋，能为台湾文艺而赋，斗胆"苞括"下"宇宙"，"总览"下人物，也算是冥冥中的安排，难得的缘分吧。"往事回思如细雨，旧书重读似春潮"，笔者之古文今赋，如果能让旧雨新知，交融一起，耳目一新地向世人展现一个独特的明星咖啡，那也算不辱使了命吧。但愿是这样！

大家评价

作者辞赋壮美，很有根底。

——余光中（著名诗人、散文家、评论家、翻译家）

薛刚辞赋行云流水，古文当如此作。

开拓了辞赋现代书写新境界。

——郑愁予（著名诗人）

薛刚诗赋是现代文学和古典文学交融的成果，是不同凡响的创举，必定会激起一轮新的倡导辞赋、诗歌的大潮。

——汪国真（著名诗人）

镂金错彩，赋有大美。

——蒙曼（"中国诗词大会"评委）题赠

作者寻求"御风而行"的心灵时空，追求人文之升华与哲思之闪耀，作品对现代文特别是散文写作具有一定的启发意义。

——江苏省作家协会主席范小青关于作者《汉源辞赋》评论摘录

从立意风骨到文辞研炼，皆极见作者之道德思想与文字驾驭功力。引经据典，信手拈来，皆在法度之中。在文辞与句式裁量上，取清白高古之法。句式相偶，骈散开合甚当。古偶重气，其要素不在一字一词之骈对上，而在要点的贯通与突出上。读罢其文，深为江淮有此人物而感到欣慰，亦深信古典文学复兴之路，固然远艰，然必达之。

——凝樱子（著名辞赋家）

《诗屋赋》有佳句，意境亦华。

——方明（《两岸诗》主编、巴黎大学荣誉博士）

薛刚擅长赋这个文体，他用赋这个文体表达了现代人的生存状况，表现出个人体验世界与表达世界的独特方式，呈现出把抒情和语言推向极致的努力；使"赋"承载了现代性的复杂信息，有效表达了当下的精神世界……他能够把现代人的情感融入赋的创作中，通过古人文体语言与对象之间的关联来抒写现代事物，加深了对于具象的思考，这一点我觉得特别好。

——郝敬波（知名学者、评论家，江苏师范大学文学院中文系教授）